虹影长篇小说定本全编

饥饿的女儿

虹影 著

**Daughter
of the
River**

Hong Ying

SPM 南方传媒 | 花城出版社
中国·广州

图书在版编目（CIP）数据

饥饿的女儿 ／ （英）虹影著. -- 广州：花城出版社，2022.1（2023.5重印）

（虹影长篇小说定本全编）

ISBN 978-7-5360-9466-6

Ⅰ．①饥… Ⅱ．①虹… Ⅲ．①长篇小说－英国－现代 Ⅳ．①I561.45

中国版本图书馆CIP数据核字(2021)第193365号

出 版 人：张 懿
项目统筹：许泽红　李倩倩
责任编辑：许泽红　李嘉平
技术编辑：凌春梅
封面供图：马灵丽
装帧设计：友　雅

书　　名	饥饿的女儿 JI E DE NÜER
出版发行	花城出版社 （广州市环市东路水荫路11号）
经　　销	全国新华书店
印　　刷	恒美印务（广州）有限公司 （广州南沙经济技术开发区环市大道南路334号）
开　　本	880毫米×1230毫米　32开
印　　张	9.5　2插页
字　　数	200，000字
版　　次	2022年1月第1版　2023年5月第2次印刷
定　　价	54.80元

如发现印装质量问题，请直接与印刷厂联系调换。
购书热线：020-37604658　37602954
花城出版社网站：http://www.fcph.com.cn

献给我的母亲唐淑辉

目　录

1　女子善怀，亦各有行（总序）/ 林宋瑜
19　这是读来让人心生惊悸的书 / 阿来
23　终于把内心的黑暗和爱大声说了出来 / 费勇
27　新版说明

001　第一章
017　第二章
028　第三章
044　第四章
062　第五章
077　第六章
096　第七章
114　第八章
128　第九章
139　第十章
149　第十一章
163　第十二章
178　第十三章
192　第十四章

206 第十五章
222 第十六章
231 第十七章
242 第十八章
258 第十九章

总　序

女子善怀，亦各有行
——虹影创作的 N 面

林宋瑜

纳博科夫在他的《说吧，记忆》前言中写道："对俄国记忆的一次英语重述的一次俄语复归的这一英语的再现，首先被证明是一项恶魔般的工作，但是给予我某种安慰的是想到这样一种为蝴蝶所熟知的多次蜕变，以前还从没有任何人尝试过。"[①]这里有几个关键词让我记忆犹新，一是语言，涉及母语及客语；二是重述与复归，涉及文化与经验；还有，就是"多次蜕变"。在我读到这个中文版本的《说吧，记忆》时，我差不多也与虹影的创作相遇了。当时的虹影，客居英国伦敦，她用中文写作，追述中国往事，重构记忆中的中国。

2021年3月，大部分地区正是春寒料峭，广州却已经一片姹紫嫣红。在生机盎然的气象中，我收到虹影发来的最新长篇小说

---

① 纳博科夫《说吧，记忆》，杨青译，花城出版社：1992年，第4页。

《月光武士》的电子稿，文件名显示是3月8日修订的。3月8日这一天，是国际妇女节。《月光武士》书名很"异文化"，有玄幻小说的色彩。书名来自作为小说隐线的一则日本民谣故事：一身红衣的小小武士，骑着枣红色骏马闯荡四方。路见不平，拔刀相助，替天行道。他救了一个落难小姑娘，小姑娘不想活，小武士带她看月光下盛开的花，月色中长流的江水，人间美景皆是活泼的生命。小姑娘因此得到活下去的鼓励和力量……多么诗意和富有童话色彩！每个女孩心底都有一个"月光武士"，都有一种被呵护、被珍惜的渴望。虹影将这个情结置于残酷叙述之间，并让我们看见"月光武士"化身在人间，非常巧妙地化解了现实层面的悲惨、戾气、压抑和绝望的状态，让人有活下去的勇气。这种叙述方式，在虹影以往的长篇小说中是罕见的。

整个小说所呈现的生命情状，与广州这个季节的气息相呼应，是非常饱满、不断流动变化的生命方式。尘世的欲望与激情，色彩驳杂而灿烂；回首故乡的那种悲伤、审察和谅解的复杂心路，是对来路的回溯或追寻，潜蕴着对所爱之人刻骨铭心的依恋与怀念。小说通过真实与虚构的场景与人性解读，构造出一个强大的精神气场，生机盎然。而书名虽为"武士"，但我知道虹影的小说，主角必有奇女子。

这个一闪而过的猜想，大概来自对虹影数十年创作的理解。虹影在中国大陆发表的第一篇小说，标题我还记得：《岔路上消失的女人》（《花城》杂志1993年第5期），距今将近30年。虹影是多产的，长篇、中篇、短篇小说，以及诗歌和散文，甚至童话作品，其创作迄今运用了多种不同体裁，当然最重要的体裁是小说。她的叙事风格、她藏在作品里的思想情感，也一直在微妙地变化着，然后渐渐形成了她丰富而独特的文学世界。"岔路上消失的女人"似乎成为一个隐喻，或者一个预言。虹影的作品，总会让我想起女人，她们的性格、命运、生活的道路……女人的面孔是在雾中的，但身影的轮廓清晰，风一样的女人，不走直路，不在主流路线上。她随时可能拐进前方的岔路，探出自己小径分岔的莫名远方，消失又出现，或者转身是另一个神秘女子……

读《月光武士》，在阅读中升起感慨。30年的创作，对于一个作家，意味着什么？《说吧，记忆》就是在这个时候浮现出来的。我从书柜里把泛黄的书找出来，重温纳博科夫的话。如果说，虹影创作的基石，也即叙事的出发点，来自她出生以来所遭遇的伤害、苦难及困扰，来自她昏天暗地的生活记忆，那么，这种记忆究竟发生多少次蜕变，才成就当下的言说？

我读《月光武士》，走进一个少年的青春期故事里。"成长"，是虹影小说最重要的元素之一。这一次的成长，是一个少年的形象，那个愣头青小子窦小明，他的成长过程同样充满艰难曲折、迷失与回归。在他身上，既可以看见虹影的影子，也可以看见虹影的梦想。通过窦小明，她再次讲述了记忆中生活的粗鄙、凉薄与悲情，却也书写了一种刻骨铭心的、无法完成的爱情，心灵的热切追求，如梦如幻，义无反顾，至善至爱。因此让小说的底色突破灰暗岁月，很自然地呈现出一种明亮和纯粹，让阅读获得一种怦然心动和飞翔之感。

叛逆、自由、勇敢、好奇、侠气、专情……窦小明这个人物承载着理想和纯真，自带光芒，熠熠闪亮。他的生活背景是烟火气浓重的重庆市民社会。隔着纸页，我都闻得到二十世纪七八十年代"老妈小面馆"的麻辣香气，听得到江边码头汉子们粗野的吆喝。这也是一个重情有义的世界。所有的人，难以分好坏和正邪，他们是凡夫俗子，世俗的欲望与烦恼，不比你、我、他多，或者少。爱中有恨，恨里有爱，纠缠与分离，告别与重逢，剪不断的恩怨情仇，犹如那滔滔不绝的嘉陵江水，抽刀断水水更流。

当"大粉子秦佳惠"出现时，"整个身影罩着一层光，跟做梦似的"，让少年窦小明的"心飞快地跳动"。不是女主角会是谁？我还是不懂"粉子"的确切意思。专门查了一下词语解释："粉子，形容漂亮女性。'粉'就是漂亮的意思。对漂亮女人的赞美依次可以为：粉子、很粉、巨粉。在成都，大凡有点文化的人，把可能成为性对象的女人，都称为'粉子'，算是对女性的一种尊称。""粉子"是川方言。川方言在《月光武士》里并不少见，比如"哈巴""水打棒"，诸如此类，非常醒目。对于我这个在另一种方言中长大的岭南人来讲，这种阅读获得奇妙的陌生化效果。

秦佳惠是一位中日混血儿，她就是少年窦小明心中的女神。她美丽、温柔、神秘，有特殊的感染力；她身上没有虹影早期小说那些女性的凌厉、剑拔弩张，没有如《康乃馨俱乐部》那种深怀大恨绝处反击颠覆反攻的复仇心态。秦佳惠是温婉的、隐忍的、顺从的，甚至低到尘埃的，同样也是情深义重的。因为秦佳惠，《月光武士》有一种柔韧绵美的力量。秦佳惠是小说人物关系的联结点，她的父亲、落难的大学教授秦源，黑社会混混头子、出于报恩所嫁的丈夫钢哥，曾经生活在中国的日本女子、母亲千惠子，粗野泼辣而又顽强的窦小明母亲……这些人物着墨并不太多，却个性传神，留下很多想象的空间。虹影的写作,到了现在,已经张弛有度,不煽情,不文艺腔。爱恨情仇,分寸拿捏得恰到好处。叙事时间跨越几十年的一部作品,故事经历了时代天翻地覆的变化,但叙述节奏把握得很稳。物事、场景和人物关系随着情节一层层展开,读到最后,让人有一种"过尽千帆皆不是,斜晖脉脉水悠悠"的唏嘘怅然,却也可以波澜不惊气定神闲了。

结尾写道:"人只有忘掉旧痛,才可重新开始,但旧痛仍在,噬人骨髓,他将如何重新开始?"这一段是写窦小明的,也是虹影的独白。

无论是救苏滟,还是救秦佳惠,"英雄救美"都只是故事的外壳,是引子。《月光武士》的核心,有关一座城的精神变迁史,一个人的精神成长史。这种精神成长,不仅仅是窦小明的,也是虹影自己的,更是属于经历大时代动荡转折的一代人。所以,这部小说,尽管题材与《饥饿的女儿》《好儿女花》的自传色彩有很明显的不同,但究其内核,却有一脉相传的联系。因其呈现出新的叙事角度和价值取向,以及对前两部自传体小说的呼应与突破,《月光武士》应该是虹影创作的重要节点,甚至可以视之为虹影新的精神自传。

窦小明是具有双重视角的角色。一个是显性的视角,虚构的小说人物、当事者少年窦小明、男性窦小明;另一个是隐性的视角,言说者虹影、目击者虹影、旁观者虹影、女性主义者虹影。

多线叙事和双重视角,使《月光武士》具有一种复调效果和变奏曲般的音乐感。小说人物繁多,内部有着多声部对话,不同人物有各自的立场与表述。欢乐与苦痛,都在对话里或暗藏或显现。也正是这种显隐结合的叙事方式,让我们读到了扎根于虹影心中最有生命的东西,即是她关于世界及复杂人性的解读中那种真实有力的心理现实。这部小说,从个人写到群体,从家庭写到社会,横跨大半个世纪,是最普通的山城重庆百姓在历史滚滚洪流中命运沉浮、悲欢离合的深情记录和歌哭,包含她的痛与爱。这是一种叙述的转向,虹影不再执着于追寻真相与辨认某种界定。甚至,作为叙述者的女性主体、女性视角是隐蔽的,历史与记忆,虚构与想象,基于她当下的情感形态和心理认同,她从而呈现了超越性别的写作方式。

只有回顾虹影的创作历程,才能明了她当下的言说。

童年时代插入胸膛的那根刺,还在那里。拔出来,伤口还在。虹影通过她的写作,一次次晾晒内心的伤痛,那些不堪回首的往事、那些歇斯底里的喊叫,暴力的场面、践踏尊严的羞辱,都让读者产生压抑、揪心的感受。

在心理学精神分析疗法中,有一项"修通"技术。就是通过打破强迫性重复,实现满足现实需要,最终发展出满足自己愿望的能力。而一个人的现实需要一旦得到满足,强迫性重复就会被终止。更进一步,一个人能发展出满足自己愿望的能力,能做自己喜欢的、自己追求的事,愿望达成,他的身心就会放松、自如,内外世界和谐。这就是创伤记忆与心理修通的关系。这个过程,有点类似禅宗的"悟",而且是渐悟的过程。渐悟就是多重创伤愈合的过程,它是漫长而且曲折的修炼。虹影正是通过她一次次坦率大胆,甚至冒犯的书写,她的私人性故事与公众化表达,她看见了自己,接纳了自己,最终修通自己,活出自己缺少且一直追寻的那一部分。

　　这个最重要的蜕变契机,是女儿的诞生。"写完自传小说,是和过去的自己真实对视,在有了女儿后,才真正和过去的生活做了和解。"①虹影如是说。

　　成为母亲与书写母亲,是虹影最重要的生命经历。生命因母亲而来,18岁前在山城重庆南岸长大,也因此成为虹影生命的基阶。从《饥饿的女儿》到《好儿女花》,读者与虹影一起经历着边缘女性沉重的生存危机(底层的)、身份危机(私生女)、性别危机(受侮辱并损害的女性),以及自我审视、挣扎的艰难过程。这个因创伤记忆造成的巨大心灵黑洞,需要一生的时间去不停填充。那是一种多么巨大的饥饿!虹影曾经谈及心灵的伤痛:"我的内心一直住着一个困兽,我无法倾诉,我无法寻求救赎,我濒临窒息。我想一个女人为什么活着,男人、欲望、金钱和名誉?不,都不是,而是基本的生存中,那最寻常的安宁之乐,父母双全,一家人在一起相守。而现实总不会给我们。"

　　残缺之痛,被社会压到最低的弱者之痛,边缘性地位饱受偏见与侮辱之痛,被虹影赋予到小说女性命运遭遇中。女性,成为虹影无法回避也不回避的话题,"她是谁?""她从何而来?往何处去?"成为她无法停歇的追问。虹影写了多少部小说,就有多少个处境不同、形象各异、生命既复杂又丰富、或纯粹或妖娆的女性形象。她更多的书写了女性的受难与抗争,比如母亲,比如六六。她们好像萧红笔下的女性,卑微,隐忍,抗命。虹影也写了一些以

---

①　《虹影:不再饥饿的女儿》,《三联生活周刊》2019年第41期。

男性为主角的作品，比如《鹤止步》，还有最新完成的《月光武士》。但是她写男性，是试图以跨性别视角理解男性世界、审察性别关系。是站在"她"的立场发声。

评论家陈晓明曾经在《女性白日梦与历史寓言——虹影的小说叙事》一文中剖析虹影的小说《康乃馨俱乐部：女子有行三部曲》，称之为"文化幻想小说"。所谓文化是指被漠视的文化冲突、文明冲突等问题，比如关于性与欲、财与权、肤色与信仰这些我们必须面临的现实处境中的危机与矛盾冲突，虹影通过带着芒刺和尖锐棱角的叙事话语，大胆质疑勇敢挑衅。而幻想，则是《康乃馨俱乐部：女子有行三部曲》的三个独立篇章，由一个中国女子贯串起来，在未来时间里，在三个世界著名城市—上海、纽约、布拉格的奇特经历。事实上，《康乃馨俱乐部：女子有行三部曲》从体裁来看，也可以视为科幻文化小说，或者称之未来小说。关于《康乃馨俱乐部：女子有行三部曲》中这位中国女子的名字"蝃蝀"，虹影在自序中诠释，典出《诗经·国风》"蝃蝀篇"。从诗中得解，包含这样复杂的意义：女人是水，水气升发得虹，女人成精；女人是祸，色彩艳丽更是祸。于是"不敢指"，可能有些人"莫敢视"也。这个时期的女主角，是为爱而生，也为爱敢恨的，富有破坏力、反叛力和抗争性。这也是虹影当时写作的内心经验、情感经验。而当第76届威尼斯国际电影节上，娄烨的新片《兰心大剧院》入选主竞赛单元时，作为该电影原著小说《上海之死》作者的虹影，接受采访解读自己创作的女性人物时，她说："我认为原谅、宽容以及自我审判才是文学更强大的力量，这种力量是女儿唤醒了我，只不过转换了一种方式去书写，我依然是一个女战士，在文本中书写女性的反叛。"①

　　《上海之死》是虹影一系列历史虚构小说之一。虹影已经陆续创作了不少历史虚构小说，如《K：中国情人》、《阿难：走出印度》、上海三部曲（《上海王》《上海之死》《上海花开落》），都是借历史的碎片，抒写奇女子的命运故事及情感关系，其中包含着虹影强烈的女性观和生命观。虹影是一个很会讲故事的作家，但她如果停留在讲故事的层面，她会容易被指认为通俗作家。虹影说过："关于小说创作，我以为只有一条规则，'好故事，说得妙'。"②这个"妙"，包含了创作的各种玄机。一部作品，故事不是作为经验的表达，它还包括了精神的探索，生命意义的呼喊。它包括并呈现了人性的复杂、心灵的复杂，还有灵与肉的冲突、搏斗、交融。所以，真正的小说创作，我们称之为叙事艺术，因为它通过叙事话语所体现的故事，其境界是一般讲故事所不可比拟的。这就是小说的人文价值、审美价值。也是创作的玄机所在。

　　关于女性的话题，《好儿女花》可以说是一条分界线。在此之前，尤其是《康乃馨俱乐部：女子有行三部曲》（《康乃馨俱乐部》《逃出纽约》《千年之末布拉格》），在二十世纪九十年代后期，世界女性主义理论登陆中国，各种相关概念、术语为理论界所热烈讨论、广泛使用，虹影的作品被视为最激进、张狂的女权主义文本。她笔下的女性，抗争的方式往往是对抗的、造反的、运动式的，有破坏力的。"女权主义"这个标签，贴在虹影的作品上久矣。不仅是《康乃馨俱乐部：女子有行三部曲》，还有上海三部

---

① 《虹影：不再饥饿的女儿》，《三联生活周刊》2019年，第41期。
② 虹影公众号，虹影：《我为爱写作》2020年2月14日。

曲——《上海王》《上海之死》《上海花开落》，虹影以她的方式演绎并塑造了筱月桂——一个小女孩变成一个黑帮女王的过程，也虚构创造一个女明星同时也是情报人员，如何面对爱恨生死的人生大问题……我认为，中国当代女作家中，没有谁比虹影更熟悉世界女权主义的理论及发生的现实演变，她也曾经很认可这样的标签。

《好儿女花》，是我初读时很震惊的小说。小说中涉及的暗黑而沉重的家族历史、怪诞而挑战人伦禁忌的婚姻生活，极端的、超常规的，都是我的想象力所不逮的世界。我与虹影，是在不同文化传统和家庭环境中长大的两类人。我自以为很了解现实生活中的虹影，但我还是无法判断小说里有多少成分是来自真实的原型真实的生活，有多少是虚构。而且面对这部作品，阅读也是需要勇气的。这部小说的动因，来自母亲的去世和破碎了的婚姻。同时，这部小说的扉页，写明"给我的女儿SYBIL"。虹影站在人生的重要转折点，一道门关上了，另一道门已打开。她追述、追寻半生的母亲走了，她自己成为母亲，女儿SYBIL诞生了。命运的改变，人生轨道的改弦易辙，同时成为虹影重建自我、确认自我的新起点。在《好儿女花》里的《写在前面》，虹影写了一段话："我没有想到，也未敢想，有一天我会再写一本关于母亲和自己的书，但我知道，只有写完这书，才不再迷失自己，并找到答案，即使部分答案也好。"

那么，《好儿女花》之后，虹影还是女权主义者吗？

2016年9月在广州的1200书店，虹影与评论家谢有顺、龙扬志和我的一场对话讨论中，"女权主义"是其中一个重要的话题。

虹影认为她已经不是一个女权主义者了。谢有顺当时说了这么一段话："我认为最伟大的女性主义者绝不仅仅是反叛男性，或者对男性勇敢地抗议，我觉得这还不是伟大的女性主义者。最伟大的女性主义者肯定是包含了对男性的爱，其实最终还是希望改变两性对立的关系，而不是说要把男性从女性的世界摘除出去。恨不能改变一个人，也许爱才能改变。"[1]以此为标准，可以确定，虹影迄今依然是一个女性主义者，而且是当代中国女性作家中最彻底的女性主义者。"女权主义"与"女性主义"均是英文Feminism的不同译法，但我认为"女性主义"更为确切。"女权主义"让我们联想到的是"妇女的权利"（Women's rights），联想到西方曾经轰轰烈烈的女权运动。以此区分，《好儿女花》之前，虹影是女权主义者，《好儿女花》之后，甚至可以说，自始至今，虹影就是一个彻底的女性主义者。这个定义，来自她全部作品最热切的关注，最热情的抒写，是关于女性生命成长的各种可能，关于女人的苦难、忍辱负重、反抗与努力，关于女人的蜕变与重生，关于女人与男人的爱恨、宽容与和解。而她的性别视角、女性主义观念，在创作过程中，是不断演变的。

我重读《好儿女花》，再次走进这部争议不休的小说里。外婆与母亲之间的恩怨，成为理解这部小说叙述转向的切入点。从起源处重新审视自己的人生，以母亲为镜，看见自己尚未充分呈现的另一部分人格，给自己整合、重塑、新生的机会，我以为，这是《好儿女花》的书写意义之所在。"外婆的心眼儿诚，她种小桃红，朝

---

[1] 花城出版社公众号，《虹影〈康乃馨俱乐部〉与中国女性书写蜕变》，2016年9月14日。

夕祝福。母女之间长年存有的芥蒂之坝冲垮,母亲的心彻底向外婆投降。母亲泪水流个不断,悔呀恨呀,可是也没用,外婆不能死里复生……"①这是一部多线叙事的作品。除了母亲去世这条引线,还有婚姻崩溃这条线,还有"我"与兄弟姐妹之间的亲情关系这条线……每条线既清晰又相交叉纠缠,是一团越扯越紧的人间乱麻。更重要的是,在这貌似纪实、裸露、传记体的显性叙述中,却有一种小说氛围被精心营造出来,把读者引进内在隐秘、紧张、险象环生的中心。越过了相互关联的人与事,穿过整个关系蛛网,我看见虹影在描叙"小姐姐"的小唐,又换一套笔墨在讲述"我"的丈夫。然后"小唐"与"丈夫"合二为一,那些伤害、屈辱、压抑、恐惧、危机感……与对母亲的追述交织在一起,五味杂陈,伤痕累累。"我"和母亲作为典型的女性边缘人物,一生贯串着被嫌弃、被嘲笑、被误读、被羞辱的命运,但也以不同的方式相似的勇敢顽强,忍受着来自世界的恶意,经历跨越创伤、自我疗愈、忏悔、和解、包容并重建的艰难过程。

而对于这部小说中"我"与小唐、小姐姐的三人行关系,我曾经目瞪口呆,找不到如何评述的词。但这次重读,我清楚地看见虹影笔下一个PUA(Pick-up Artust)高手形象。"丈夫"形象可作如是观。我不知道虹影在写《好儿女花》时是否意识到这一点,但至少,她大概知道心理学中的"煤气灯效应",即认知否定,一种通过"扭曲"受害者眼中的真实,而进行的心理操控和精神洗脑。在创作《好儿女花》时的虹影,以强烈的女性身体意识和直觉在书

---

① 《好儿女花》江苏人民出版社:2009年9月版,第25页。

写创伤,小说中大量的短句子,那种紧迫节奏,像是沉重的喘气,给人一种窒息感。压抑的痛苦、深藏的悲伤和耻辱感,构成文本的隐性层面。其基底,有心碎、怨怒、依恋与矛盾的爱。虹影带着武器和盔甲。也就是说,她一手握矛,一手持盾,她的攻击与防护都是有爆发力的。《好儿女花》的开头写着:"温柔而暴烈,是女子远行之必要。"这可作为解读这部小说所有扭结不清的情感及复杂人性表现的钥匙。母亲葬礼结束不久,女儿诞生了,新的生命开启了新的未来,意味着各种可能。外婆—母亲—我—女儿,虹影循序抒写了女人的命运、身份蜕变与重生。它既意味着生命的轮回,同时构成一个极有张力的生命之环。无私的母爱,是其中触及灵魂的救赎力量。

而关于母亲的叙事,从《饥饿的女儿》开始,就执拗地贯串在虹影大多数的小说中,这是她难以释怀的心结。这部为虹影带来极大创作声誉的自传体小说,同时也是饱受争议和误读的作品。因为身世之谜及身份危机所带来的困扰,虹影闯进兵荒马乱之年母亲的爱情与婚姻历史之中。"我是谁?""生命从何而来?""什么是爱?""母爱是什么?"这些看似终极追问的困惑,在敞开裸露的家族历史追寻中,一步步逼近真相,难以直面。这让一个18岁少女的情感变得复杂、矛盾而纠结,几近崩溃。而它所引发的争议,恰恰是这种言说的方式触及当时作为叙事禁区的身体伦理与情感越轨。今天重新读《饥饿的女儿》,会发现,这种看起来极其胆大妄为的叙述,其实是老实坦白的手法。迫不及待地直白倾诉,甚至滔滔不绝,让虹影顾不上修饰、隐匿、曲笔、善巧。正如汉学家葛浩文的评价:"许多此类书,我看有个共同点,就是想要宽恕自身劣行,或呼喊受冤,或自我标榜,或有意卖弄……《饥饿的女儿》贯串的特点是坦率诚挚,不隐不瞒,它就是为什么连续三天时间我一直在读这本相当长的书稿。"①

写女性的命运道路,写两性关系,脱离不了性爱描写。而性描写,也是虹影小说被议论纷纷的一个方面。但不得不承认,虹影是描写情色的高手。性爱几乎是她小说的贯串性旋律,1999年写成的长篇小说《K:英国情人》,是其性爱主题的登峰造极。也因其惊世骇俗、颠覆传统引发更激烈的争论,甚至惹来官司。这部小说的内容,通过东方知识女性林与西方登徒子、青年教授朱利安的性爱传奇,将女性的主动性、自主性、自由精神写得淋漓尽致,无法无天。这显然是对男性中心主义的挑战。中国没有哪一个女作家敢如此写,也没有哪一个男作家会这样写。而最新完成的《月光武士》,荷尔蒙气息和肾上腺素同样弥漫纸页之间,写得血脉偾张。细节,非常考验创作功力,它是小说坚实而永恒的支点。正是通过细腻而奇妙的性爱细节,画面感极强、激情洋溢、狂野浪漫,使虹影小说中的性爱描写场面,被关注,也被读者津津乐道、褒贬不一。虹影写性,不是欲望化叙事,也不在于猎艳、宣泄。"性"是其风月宝鉴,以此照见人性与人心,照见性别文化的历史与演变。也是从写"性"的态度上,虹影小说显示出极大的文化张力:性别文化、中西文化、传统与现代的文化碰撞……

好小说除了好故事,还应该在其话语方式中包括作家对世界、对生命、对生存的看法和态度,以及价值取向。创作技巧是融入作

---

① 葛浩文《〈饥饿的女儿〉——一个使人难以安枕的故事》,《饥饿的女儿》,知识出版社:2003年,第234页。

家的洞察力、评判力和思想观念的。

很难说虹影的话语方式是传统写实还是后现代颠覆,是女性主义还是新历史主义,是海外流散文学还是乡土文学。似乎都包含了,界限不清。更准确地说,她的创作,从形式到内容,往往是跨界的。

创作达到成熟的阶段,跨界是自然而然的,体裁只是借来表述的工具。就好比武林高手,不按套路不拘拳法,该出手时就出手。萨尔曼·拉什迪给儿子写过《哈龙和故事海》,智利女作家、《幽灵之家》的作者伊莎贝尔·阿连德给自己的孩子写过少年探险奇幻三部曲《怪兽之城》《金龙王国》《矮人森林》,英国大作家吉普林写过《丛林里故事》。而成为母亲的虹影,是否也会为她的孩子写书呢?

虹影果然写了《神奇少女米米朵拉系列》《神奇少年桑桑系列》九本小说。《米米朵拉》讲述了10岁主人公米米朵拉怎样在"丢失母亲"之后走遍世界的寻母冒险记,是一次对童话、神话、奇幻、民间故事等多体裁的混搭,讲未来世界人类会面对的种种困惑和危险。这是她对女儿爱的启迪与教育,她自己也在成长。成长是生命不断变化,从一种境遇走向另一种境遇的过程。小说所要表达的,正是这种变化着的生命哲学。她从对女性欲望叙事、两性关系探寻,到对母爱、友谊、亲情等普遍人性光辉的呈现,把自己生命中寻找到的重要意义表达出来。而这个核心,是关于女性身份与生命道路,关于女性命运的各种可能性,关于女性心灵的深刻体验。在这个意义上,虹影是真正的、彻底的女性主义者。

《好儿女花》之后,虹影关于性别关系及女性的生命观,有明显的转变。如果之前的女性形象面对男权中心世界的方式是呈现创伤、控诉呐喊、对峙复仇的,在《罗马》《月光武士》中,她赋予女性人物更鲜明的现代性,独立、自主、圆融洒脱。比如《罗马》里的燕燕和露露,以及《月光武士》里的苏澹,还有秦佳惠最后的人生抉择……她更多强调女性的自我意识,自我觉醒,女性必须成为一个吹笛者,才能得到拯救。

转变的力量来自虹影心灵上生长起来的爱。小说虽是虚构,但它的情感、表现出来的生命情状都是真实的,活生生的。所以说,小说也可以视为作家的个人史、心灵史。虹影的小说人物,总在反复提出这样的问题并试图去解答:什么是爱?什么是生命?你是谁?我是谁?什么是现实?什么是幻象?

神秘的幻象也是虹影小说中无法忽略的写作元素。她以此呈现另一类生命景象,另一种声音的存在。她看见不同的能量。《月光武士》中总在江边赤裸出没、不断被性诱怀孕的黑姑,她面貌丑陋、疯癫狂野,却也叛逆强悍、肆无忌惮。这个角色,在《饥饿的女儿》中曾以花痴的面目出现。无论是黑姑还是花痴,这个形象都给作品带来怪异的气氛,有一种冲击力。我设想,这个疯疯癫癫的女人是虹影的童年记忆之一,她的叛逆强悍是虹影在屈辱无助的年代内心渴望拥有的力量。如今她既是窦小明的性启蒙角色(有点类似《红楼梦》里贾宝玉梦遇秦可卿),也充当了秦佳惠形象的反衬,以一种非常态的出场,释放出被压抑的最原始的生命能量,挑衅强权的男性世界。这是虹影一以贯之的女性主义立场。

而出现在《月光武士》中的另一个神秘人物是黑衣黑帽的宾

爷。来无影去无踪,神出鬼没,似在非在,似人非人,却牵着会算命的神鹅,"会算命,代写信"。他出没于窦小明走投无路之时,犹如路标或先知。宾爷与其说是一个人物,不如说是一个作者设置的隐喻性符号。宾爷让人想起写于1996年的《饥饿的女儿》中那个在"我"走过的路上若隐若现、一闪而过的神秘男子。究竟意味着什么?这是一个困扰"我"的问题,也意味着前方有未知的各种可能,让"我"好奇,也让读者好奇。他仿佛是灵魂的秘密,而"我"的身世之谜已揭开,这个秘密却没有答案。20多年后,《月光武士》里的宾爷与之呼应,宾爷特立独行,走过混乱嘈杂的俗世,走过方向不明的暗夜,他是魂,是秘响,是叫醒的力量,他照见尚不为人知的精神内面。

这就是虹影的无界书写,也是她创作的N面。也借用《诗经》的诗句"女子善怀,亦各有行",典出《诗经·鄘风》"载驰"篇。这里的"女子"是诗中咏叹的远嫁许国的卫国女子许穆夫人。所谓"女子善怀,亦各有行",指的是许穆夫人要回卫国吊唁卫侯失国,却遭许穆公等人阻拦,夫人被迫折回,路上抒发自己的不满情绪。身为女子,虽多愁善感,但亦有她的做人准则……这大概是中国最早的女权思想表达了,许穆夫人道出了多少善怀女子的共同心声。虹影的叙事风格,已经发生很大的变化,在《月光武士》中,我读到平静淡定与开阔,她的写作进入一种新的境界。而且她的跨界写作已经很自如,不仅是历史与虚构融为一体,私人话语与公共表达也熔为一炉。诗意和散文化,也作为动人的抒情碎片镶嵌其中。而最根本的内核,悲伤之中对生命微光与暖意的珍惜,绝望中的信心与心怀希望，越来越彰显。

　　归去来兮，永远的长江水。从18岁知道"私生女"身世出走山城，到走遍世界之后，认定自己的灵感源泉依然在长江两岸。重庆，成为虹影写作的原点，流动的长江上游至中下游（武汉、上海），成为她最根本的文学地理。每个人心中，都有回不去的欢愉或伤痛的过去，生命一直在流动中变化。说吧，记忆。重新发现，重新看待，重新获得新的视角与领悟，这是精神与心灵的转世重生。这个过程充满内在的艰难，却意味着脱胎换骨，意味着无限想象的各种可能。

2021年5月26日

这是读来让人心生惊悸的书

阿来

这些日子,读了两本听说过很多年的书:《饥饿的女儿》与《好儿女花》。

这是两本读来让人心生惊悸的书,本来我以为是小说,有很强自传性质的小说,但作者自己的说法——至少在《好儿女花》中,她不止一次明确指认《饥饿的女儿》是一部自传。那么,《好儿女花》也可以视为自传了。前一本书的人物都在这本书里悉数登场,围绕着最主要角色的母亲的去世,与一场中国城市下层社会常见的葬仪,以沉痛的追思的方式延续了、丰满了母亲和与她一生密切相联的那些人物的故事。作者说,她是用这两本书写出内心深处的"黑暗与爱"。在我看来,前一本书更多是黑暗,和对黑暗的反抗。后一本书,则是爱,以及通过这种人类伟大的情感达成的宽恕。

锋利的解剖,勇敢的坦陈,因为深挚的爱恋,因为无论对自己还是对世界还怀有美好的期待。

作者写第二本书时,已经有了自己的女儿,所以她说,写这样的书，既是为了母亲，也是为了女儿。作者没有说出来的话，也许是希望自己不要再像书中的母亲，女儿也不会再是书中那个女儿。

其实，所有这些，作者在这两本书前的寄语中都有充分的说明。而这两本书，母亲之外，另一个主人公正是那个既为女儿，如今又已成为母亲的作者自己。女儿与母亲两个形象相互映照，才是这本书开启情感之门的锁钥之所在。

此时，在一个清晨结束了漫长的阅读过后，我一边写下这些文字，一边强烈地感觉到这在我可能是一次错误。

对于如此坦率真诚的写作，如此勇敢的写作，还有什么可说的？

我说自己可能犯错还有另一个原因。

这两本书的作者是虹影，在我还是一个文学上籍籍无名的初学者时，她就已经很有名了。在已经变得相当遥远的20世纪80年代，我就常从半地下状态的四川诗人圈子里频繁听说她的名字。虽然，那时我只从民间刊物上读过她几首尖锐的诗，但她的确是很有名了。当她把叙事性的作品也写得很有名的时候，我还在似乎毫无前景的黑暗中摸索。而且，依然没有读过她的书。那时，虹影在媒体上常常是一个话题，或者某个事件，我总是对成为话题与事件的人物抱有某种警惕。

如果不是之前和她见了迄今为止的唯一一面——这次见面的机缘还非关文学，是在一次推广牙健康概念的公益活动上。一起吃了主办方请的一顿午饭，除了互相认识，也没有深入交谈。晚上，再见面，是在一个地方喝德国啤酒，吃德式香肠。她和出版社社长商量三本书的重版事宜。我在旁边和别人聊天。记不得我是怎么加入他们谈话的。那时，酒已经有些上头了。酒会让身体和脑袋都变得轻飘起来，这种感觉会让人暂时摆脱了现实的压力与拘束。也许就是在那样一种情形下，我居然应承要为这三本书中文版的再版写这些文字。

后来，一边后悔这个贸然至极的承诺，一边还是找了她的书来读。

在这个过程中，真的为作者表现出如此的勇气感到震惊与佩服。当下，我们大多数的文学早已学会用一套娴熟的技术掩去现实的残酷，用中庸的温情遮掩着放弃了对人性弱点与黑暗的开掘，也正因为此，当我们试图从正面表达爱意时，也总是显得虚伪而孱弱。但虹影在涉笔于中国当代史密不可分的家族经历时，不回避，不躲藏，从家庭成员复杂的关系入手，坦率而直接地写出了时代，写出了一个城市被长期遮掩的一个残酷的角落。更为难得的是，作者意图并不止于暴露和控诉，而是专注于幽暗的同时也闪光的人性开掘，专注于曾经的青春所经历的中国式的残酷挣扎与成长，以及更多生命从坚韧充沛走向衰竭与消亡，专注于这些生命如何在这个过程动植物般生存却进行着人的自我救赎。

救赎——不能通向哲学，但至少通过亲情、爱情，达至中国人朴素的宗教感。虽然宗教感中也充满宿命，但这就是人，出身于脏污现实中的人，挣扎求生，作孽而又向善，身行丑陋却心向美好。

三天后的本周六，我要去一个图书馆讲讲非虚构文学。我将试图回答一个问题，非虚构文学为何开始越来越多被有思想的读者喜欢。我想，其间最重要的原因，也许是因为虚构的文学正在大面积地从现实撤退，尚未撤离者也正以中庸的温情和精致的美学遮掩了我们共同经历过的生活的残酷与艰难。

那次答应写这篇序文的地方,是一个非常能代表今天城市光明繁荣那一面的场合,可以用来证明我们终于过上了中产生活。那样的场合适宜谈论风花雪月,适宜大家共同憧憬即将到来的更为丰裕的物质生活。但是,这两本书让我回到了我们这一代人程度不同地经历过的真实生活,共同置身其间的残酷现实——从肉体到精神。我们跟书中那些人物一样,有着黑暗的记忆,我们都需要情感与灵魂的救赎。如果我们没有勇气与能力自我实现,而且这个社会也没有人提供这种灵魂的指引,那么,我以为这两本书,尤其是《饥饿的女儿》与《好女儿花》,也是一种间接的启示。

终于把内心的黑暗和爱大声说了出来

费勇

我特别注意虹影的小说，大约是在2000年，那时她因为小说《K——英国情人》而陷入一场官司。那场官司好像和凌叔华有关，而我当时正在写一篇论文，讨论凌叔华的《绣枕》和严歌苓的《红罗裙》。我顺便读了《K：英国情人》，也读了她先前的《饥饿的女儿》，感觉十分震撼。《绣枕》和《红罗裙》引起我的注意，是因为相隔了差不多60年，中国女性在欲望表达的方式上有一种潜在的轨迹耐人寻味，虽然凌叔华的女主人公是在军阀时代禁闭在幽暗的宅子里，严歌苓的女主人公在20世纪80年代走到了时尚的美国，却同样困在了某个狭窄的界域，只能依靠衣饰来曲折表达隐秘的欲望。

虹影的《饥饿的女儿》让我想起了中国现代文学的另一条传统，就是庐隐《海滨故人》到丁玲《沙菲女士的日记》的传统，这个传统就是女性以"自传"的方式率真地表达自己的欲望。然而，这个传统也无法说明虹影小说的意义。女性欲望在庐隐、丁玲那里，虽然率真，但还是被包装成了一种比较情调式的东西，转化成了某种流荡的情绪。而在虹影的笔下，再也没有忸怩、含蓄，而是直接、自然，是人性深渊里的一股瀑布，奔流不息。从庐隐《海滨故人》、凌叔华《绣枕》，到丁玲《沙菲女士的日记》，再到虹影《饥饿的女儿》，可以清晰地读到关于女性欲望叙述的中国谱系。

当然，虹影小说的价值，不只是比丁玲们更直接而已，更在于她的视角不是停留在自己情绪的表达，而是涌动着身份迷失的焦虑。虹影小说里对于女性欲望的表达，读者几乎感觉不到任何情色的挑逗，在于虹影的欲望，不是一种简单的身心悸动，而是她作为一个现实中的私生女，一直萦绕不去的身份迷失的焦虑。有人指出"私生女"是虹影作品中一个重要的情结，虹影是这样回应的：

"我想这可以用来解释我的所有作品，因为这就是我到这个世界上来的使命，我被命运指定成为这么一个人，或者是成为这样一种类型的作家，或者是成为这样一个类型的女子。我走过的路，其实都是跟我母亲最后决定要把我生下来，我的成长背景连在一起，由此可以解释我所有的行为、言谈、包括写作，甚至我要找什么样的男人也跟这个身份相关，我要走什么样的路，我要写什么样的书，包括女性主义的'上海三部曲'那样的书，也像《好儿女花》《饥饿的女儿》这样跟自身相关的书，都跟'私生女'这个身份相关。"

所以，虹影从早期写诗，到20世纪90年代定居英国后，陆续爆发出《饥饿的女儿》《好儿女花》等小说，一直到最近的《奥当女孩》等一系列"童书"，在我看来，显现的都是一个失去了现实身份的女性孜孜不倦地寻找自我的旅程，这个旅程从早期的诗的迷茫，到小说的狂暴，再到童话般的沉静。恰恰是一段精神觉醒的旅程。所以，在虹影小说里，欲望只是一个表面的东西，藏在深处的是她对于自我身份的焦虑。在中国文学史上，还找不出像《饥饿的女儿》《好儿女花》那样的如此深入如此痛楚地追寻女性自我的小说。

我之所以用了"震撼"形容我当初读《饥饿的女儿》的感受，是因为虹影的小说不仅写了女性的自我追寻，还把角度聚焦在"母亲"身上。虹影说她写《好儿女花》是因为自己做了母亲，是写给女儿看的。虹影后来对记者谈道：

"没有女儿之前，我的生活目的，如同博尔赫斯《失明》里谈到的一样：我总是感觉到自己的命运首先就是文学。他还说，将会有许多不好的事情和一些好的事情发生在身上。所有这一切都将变成文字，特别是那些坏事，因为幸福是不需要转变的，幸福就是其最终目的。把文学当作生命的作家，恐怕皆是如此。可是我有了女儿，一切都改变了。尘埃落地，菩萨低眉含笑。我首先是一个母亲，然后才是一个作家。一个母亲，她可以承受的东西是无限的，远远超过一个失败者，就像我的母亲生前一样。"

虹影的小说指涉到母亲、自己、女儿，透过女性宿命的社会角色，虹影创造了汉语写作里母亲叙述的另一种范式。冰心的慈母形象，一直深入人心，成为一种文学套话；而一些男性作家笔下受难的母亲，则是另一种文学套话。张爱玲可能是汉语写作里第一个触及母女之间隐秘情感的作家，但写得十分隐晦。虹影则把张爱玲隐隐触及的议题写得淋漓尽致，惊世骇俗，彻底颠覆了关于母亲叙述的既定话语，呈现了一个人性深渊里的母亲。这个母亲形象，不论是流言蜚语里的坏女人，不论是有很多情人，不论是坚强地生下婚姻外的孩子，还是晚年的捡垃圾等细节，都震撼我们的心灵，是中国文学史上从未有过的一个母亲形象：受难，爱，以及尘世的残酷、情欲与道德的波澜，都在这个形象里清晰地折射。

　　虹影把母亲的历史置于大时代里，既是个人的史诗，也是时代的史诗。1949年前后到20世纪80年代的中国历史，在一对母女的个人历史里充分展开，再一次显现了文学的记忆力量。她把这个时代个人的饥饿感上升为时代的饥饿感，确实抓住了这个时代的核心精神。

　　《饥饿的女儿》《好儿女花》之后，虹影开始了另一个童书系列，第一部是《奥当女孩》。这个系列表面看是写给孩子看的童话，但在我看来，都是成人作品，是虹影关于母亲故事的继续。《奥当女孩》的主角变成了一个男孩子，叫桑桑，地点还是在重庆。桑桑在一个废弃的兵营遇到了一个女孩子。关于水手的爱。故事充满灵异的气息，悲伤但是优美。当一切的苦难经过时间的洗礼，当一切的欲望经过时间的磨炼，倾诉、呼喊都变得没有什么意义，剩下的是平静，是对于不可知的敬畏。人世间的一切都曾经经历，一切都在消逝，唯一抱持的，是对于爱对于美的永不疲倦的期待。

　　读完《奥当女孩》，我的感受是：虹影终于把她内心的黑暗和爱都说了出来。当然，永远不可能都说出来。永远在等待着某种光亮，划过我们幽暗的内心。

新版说明

1997年第一次在台湾出版《饥饿的女儿》，扉页上写着"献给我的母亲唐淑辉"。

2009年末，我出版了续篇《好儿女花》，写母亲和我自己内心那些长年堆积的黑暗和爱。扉页上写着"给我的女儿SYBIL"。

其实写给母亲的书，何尝不也是给我的女儿。

幼年时我从未有过坐在母亲或父亲的怀里或膝上的好光景，听他们讲一个长江里金竹寺的神秘故事或大禹治水三过家门的神话——妻子每日在江边一个石头上等待他，天长日久化成一块呼归石。这自家门前的故事，是从街坊邻里道听途说而来。那时我不到五岁。

现在我喜欢抱着女儿，让她坐在膝上，给她讲故乡的从前，我的从前，我母亲的从前，有的出现在《饥饿的女儿》里，有的出现在《好儿女花》里。女儿还不到五岁，听完会有不少问题，有时会说她也在那儿，会帮助大禹战胜龙王。她说她梦见了外婆，外婆摇着一艘船，带她在长江玩。

记得当年重庆老家六号院子那一带临拆前,我曾回去办理相关手续,去拆迁办的路,全是乱石碎瓦和戴着安全帽的工人。我对三哥说,我想回家再看看。

三哥说,没钥匙,进不了门,再说什么东西也没有,也没路可去。

我看看手表,时间不够,只能作罢。

心头却一直不松开。

那些长江边半山腰的老院子,那些建在老院子边上的旧楼房,那些拐七拐八的陡峭的街巷,连着那些树草都不在了,说不定在我写这文章时可能就不存在了,从地图上消失殆尽。

我的根再也寻不见了。

奥德修斯离乡20年,经历磨难后重返,没人能一下子把他认出来。我呢,如书中所言在1980年离家出走,渡过长江,离开重庆,越走越远,最后到了英国。2000年返回中国。恰好也是20年。我的经历没有奥德修斯那样的奇险,少有辉煌耀眼的瞬间,多有失败和痛苦的岁月。这20年,阅读人间,最后渡回长江,归于自己的故土,归于出生之地。

我经常做一个梦,在老家的阁楼看到一个白色的身影,她是一个冤死的鬼,她飘出我的视线后,我要去追她。正在阁楼养鸽子的三哥却把我推下梯子。我呢,总会爬起来,再爬上梯子。他会再推我下去,我再往上爬。

写作如同爬梯子,目的不是目标,而是为了看清自己从何而来,看见那些消失在记忆深处的人和景致,把他们的形象记录下来。35岁时写作《饥饿的女儿》这本书就是经历了这样的过程。45

岁写作《好儿女花》也经历了这样的过程。用文字重现我的故乡，纪念我不在人世的母亲、生父和养父，也包括那些去世的从前的邻居。

谢谢阅读这本书的近30个国家的读者。

第一章

1

我从不主动与人提起生日,甚至对亲人,甚至对最好的朋友。先是有意忘记,后来就真的忘记了。十八岁之前,是没人记起我的生日,十八岁之后,是我不愿与人提起。不错,是十八岁那年。

学校大门外是坑坑洼洼的路面,向一边倾斜。跨过马路,我感到背脊一阵发凉——一定又被人盯着了。

不敢掉转脸,只是眼睛往两边扫:没有任何异常。我不敢停住脚步,到了卖冰糕的老太太跟前,我突然掉转头,正好一辆解放牌卡车疾驶而过,溅起路沿的泥水。两个买冰糕的少年跺脚,指着车乱骂,泥水溅在了他们的短裤和光腿上。老太太将冰糕箱往墙头拉,嘴里念叨:"开啥子鬼车,四公里火葬场都不要你这瘟丧!"

一阵混乱之后,小街还是那条小街。

我愣愣地站在杂乱的路上。是不是我今天跟人说话太多,弄得自己神神经经?从童年某个岁数起,我时不时觉得背脊发凉:我感到有一双眼睛盯着我,好几次都差一点儿看见了盯梢的人,但每次都是一晃而过。

那个男人,头发乱蓬蓬的,从没一点儿花哨色彩闪入我的眼睛。他从不靠近我,想来是有意不让我看清。只是在放学或上学时间才可能出现,而且总在学校附近,也从不跟着我走,好像算准了我走什么路,总等在一个隐蔽地方。

这一带的女孩,听到最多的是吓人的强奸案,我却一点儿没害怕那人要强奸我。

我从未告诉母亲和父亲,不知如何说才好,说不清楚。很可能,他们会认为是我做了什么不轨之事,臭骂我一顿。好多年我独自承担这个秘密,渐渐这件事失去了任何恐惧意味,甚至不再神秘。每次有目光盯着背脊——大约隔半月或十天,我总有背脊发凉的感觉。事情本身没什么可怕可恨,可能与生俱来,可能每个人都会遇到。人一辈子,恐怕总会有某个目光和你过不去,对此,我可以装作不在乎。说实在的,平时愿意看我一眼的人本来就太少。

而每次我想抓住机会捕捉这个目光,它都能躲开我。而我不过是为了某种确定,就像过分小心地逮一只翠绿的蜻蜓。或许虚飘飘的东西本不应该拽紧,一旦看清,反有大祸?

我不敢多想这件事,那一年我的世界闪忽迷离,许多事纠缠在一块,穿成一个个结子,就像我行走的小路边,石墙上的苔藓,如鬼怪的毛发一般,披挂下来。

2

我的家在长江南岸。

南岸是一片丘陵地,并不太高的山起起伏伏,留下一道道沟坎。如果长江发千古未有的大水,整个城市通通被淹,我家所居的山坡,还会像个最后才沉没的小岛,顽强地浮出水面。这想法,从小让我多少感到有点安慰。

坐渡船从对岸朝天门码头,可到离我家最近的两个渡口:野猫溪和弹子石。不管过江到哪个渡口,都得在沙滩和坑坑坎坎的路上,往上爬二十分钟左右,才能到达半山腰上我的家。

站在家门口的岩石上,可遥望到江对岸:长江和嘉陵江两条河汇合处,是这座山城的门扉朝天门码头。两江环抱的半岛是重庆城中心,依山而立的各式楼房,像大小高矮不一的积木。沿江岸的一处处趸船,停靠着各式轮船,淌下一路锈痕的缆车,在坡上慢慢爬。拂晓乌云贴紧江面,翻出闪闪的红鳞,傍晚太阳斜照,沉入江北的山坳里,从暗雾中抛出几条光束。这时,江面江上,山上山下,灯火跳闪起来,催着夜色降临。尤其细雨如帘时,听江上轮船丧妇般长长地嘶叫,这座日夜被两条奔涌的江水包围的城市,景色变幻无常,却总那么凄凉莫测。

南岸的山坡上，满满地拥挤着简易穿斗式木结构的小板房、草盖席油毛毡和瓦楞石棉板搭的棚子，朽烂发黑，全都鬼鬼祟祟：稀奇古怪的小巷，扭歪深延的院子，一走进去就暗糊糊见不着来路，这里挤着上百万依然在干苦力劳动的人。整个漫长的南岸地区，几乎没有任何排水和排污设施：污水依着街边小水沟，顺山坡往下流。垃圾随处乱倒，堆积在路边，等着大雨冲进长江，或是在炎热中腐烂成泥。

一层层的污物堆积，新鲜和陈腐的垃圾有各式各样的奇特臭味。在南岸的坡道街上走十分钟，能闻到上百种不同气味，这是个气味蒸腾的世界。我从未在其他城市的街道上，或是在垃圾堆集场，闻到过那么多味道。在各色异味中生活，脚踢着臭物穿行，我不太明白南岸人，为什么要长个鼻子受罪。

老是在说，抗战时日本人投下的炸弹，有好多没有爆炸，落在山坳沟渠，埋在地底；国民党1949年底才最后放弃这个城市，埋下炸药有几千吨，潜伏特务十几万——也就是说，成年人都可能是特务，经过50年代初镇压依然可能有无数特务漏网。解放后入了共产党的人，也有可能是假的。每天夜里，他们——男特务女特务们——都要出来搞破坏，杀人，放火，奸淫，做各种坏事。他们不会在对岸中心区的水泥大厦间、柏油马路上活动，喜欢偷偷潜行在这个永远有股臭味的南岸：这个本来不符合新社会形象的地方，自然该有反社会的人物出没。

只稍走出门来，倚着潮湿湿的墙，侧着耳朵听：打更棒棒一声声敲着黑夜，没准儿一个蜘蛛网罩住的房门，会神秘地露出一只旧时代的红平绒绣花鞋；那匆匆消失在街转角的男人，黑毡帽压低，腿上藏着尖刀。阴雨天暗时,走在脏水漫流窄坡上的每个人,都是一副特务嘴脸。随便在哪一寸地上,掘地两尺,没准儿就可挖到尚未爆炸的炸药炸弹,或是一本写了各种奇怪符号的密电码本,或是用毛笔记录了各种怪事的变天账。

一江之隔,半岛上的城中心,便有许许多多的区别,那是另外一个世界,到处是红旗,政治歌曲响亮欢快,人们天天在进步,青少年们在读革命书,时刻准备,长大做革命的干部。而江南岸,是这大城市堆各种杂烂物的后院,没法理清的贫民区,江雾的帘子遮盖着不便见人的暗角,这个城市腐烂的盲肠。

从过江渡船下来,颤颤悠悠过跳板,在砾石和垃圾的沙滩上走上十多分钟,抬起头来,一层层一叠叠破烂的吊脚楼、木房、泥砖土房,你只会见到一个最不值得看的破屋子迷魂阵,唯有我能从中找出一幢黑瓦灰砖的房子,面前一块岩石突出在山腰上,伸向江面。这一带的人都管这一角叫八号院子嘴嘴,它位于野猫溪副巷。野猫溪副巷整条街只是一条陡峭的坡道,青石板石级低低高高不匀,苦楝树、黄桷树,还有好些有时臭有时香的植物,歪立着好些早就应当倒成一堆堆木块的破房子。八号院子嘴嘴,院墙和大门黢黑,一侧墙青红砖相间,任意地泼了点色彩。那是得福于一场雷雨,电劈掉了半壁墙,重砌时,碎砖不够,找来一些红砖填补。

这还不是我的家。从窄小的街上看,只会看到一个与整个地区毫无二致的灰暗屋顶。和八号院子平齐的是七号院子,我家院子是六号,顺山坡地势，略略高出前两个还算像样的院子，墙板和瓦楞长有青苔和霉斑。中间是天井，左右一大一小两个厨房，四个阁楼。大厨房里有一个小回廊，连接后院，还有阴暗的楼梯，通向底层的三个房间和两个后门。

这么一说，像个土财主的宅子。的确，原先不知道是个什么人家的住房，1949年底解放了，房主人很聪明地落个下落不明，家具和几台土织布机充公搬走了。住在沿江南岸木棚里的水手家属们，立即半分配半自动占领了这院子。所以我说的什么堂屋、回廊、后院、偏房、阁楼等等，只是方便的称呼。

这个原先的独家院子住了十三户人家，不管什么房间都住着一家子，大都是三代人，各自的乡下亲戚熟人时来时往，我从小就没弄清过这个院子里住了多少人，数到一百时必掉数。

3

我家一间正房，只有十平方，朝南一扇小木窗，钉着六根柱子，像囚室。其实我们这种人家，强盗和小偷不会来光顾。窗只在下雨时在冬天夜里关上。而窗外不到一尺，就被另一座很高的土墙房挡得严严实实，开了窗，房里依然很暗，白天也得开灯。从窗口使劲探出头往那墙顶上看，可看到一棵大黄桷树的几枝丫丫。从中学街操场坝流下的小溪，在树前的峭壁上冲下陡坡，从那儿流入江里。夜深人静，溪水哗哗响，一点儿也不像野猫，倒像一群人在吵架，准备豁出命来似的。

我家幸好还有一间阁楼，不到十平方，最低处只有半人高，夜里起来不小心，头会碰在屋顶上，把青瓦撞得直响。有个朝南的天窗，看得见灰暗的天。

这两个房间挤下我的父母、三个姐姐、两个哥哥和我。房子小，人多，阁楼里两张我父亲手做的木板床，睡六个孩子。楼下正房也就是父母的房里，一个藤绷架子床，余下地方够放一个五屉柜，一把旧藤椅，一张吃饭桌子。

家里孩子大了，夜里只能拆掉父母房里的桌子，放一个凉板床，两个哥哥睡。白天拆掉凉板床，腾出空来放桌子吃饭，洗澡的时候，再拆掉桌子和凳子。说起来手续繁杂，成了习惯也简单。

1980年，我家住在这个院子已有二十九个年头了。1951年2月1日由江北刚搬进这间小房时，父母只带着两个女孩。国家在50年代鼓励生育，人多热气高，好办事，而且不怕打核战争，炸死一大半人，中国正可称雄全世界。大陆人口迅速翻了一倍半，80年代迈入了十亿。

从我生下，我们一家成了八口，我从未觉得家里挤一点儿有什么了不起，以前，下乡插队的姐姐哥哥只是偶然回来，现在"文革"结束了，知青返城，开始长住家中。到1980年这两间板房快挤破开了，像个猪圈，简直没站脚的地方。这年夏天的拥挤，弄得每个人脾气都一擦就着火。

几天前母亲对我说，大姐来信了，就这两天回来。

大姐是最早一批下乡插队知青，因为最早，也就最不能够回到城市。她离过三次婚，有三个孩子，最大的比我小六岁。她生了孩子就往父母这里一扔，自己又回去闹离婚结婚。"天棒！"母亲一提起大姐就骂。"我啷个会养出这么条毒虫？"大姐一回来，待不了几天，就会跟母亲大吼大吵，拍桌子互相骂，骂的话，听得我一头雾水。直到把母亲闹哭，大姐才得胜地一走了之。

但不知为什么，大姐不在，母亲就会念叨。一听见大姐要回来，母亲就坐立不安，时时刻刻盼望。我总有个感觉，这个家里，母亲和大姐分享着一些其他子女不知道、知道了也觉得无关的拐拐弯弯肚里事。

就这年夏天，好多事情让我开始猜测，恐怕那些事与我有点关系。一家人中唯一可能让我套出一点口风的，是大姐。因此我也和母亲一样，在盼大姐回来。

我是母亲的一个特殊孩子。她怀过八个孩子，死了两个，活着的这四个女儿两个儿子中，我是幺女，第六。我感觉到我在母亲心中很特殊，不是因为我最小。她的态度我没法说清，从不宠爱，决不纵容，管束极紧，关照却特别周到，好像我是个别人的孩子来串门，出了差错不好交代。

父亲对我也跟对哥姐们不一样，但方式与母亲完全不同。他平时沉默寡言，对我就更难得说话。沉默是威胁：他一动怒就会抡起木棍或竹块，无情地揍那些不容易服帖的皮肉。对哥姐们，母亲一味迁就纵容，父亲一味发威。对我，父亲却不动怒，也不指责。

父亲看着我时忧心忡忡，母亲则是凶狠狠地盯着我。

我感觉自己可能是他们的一个大失望，一个本不该来到这世上的无法处理的事件。

4

父亲在堂屋裹叶子烟,坐在一张矮木凳上,叶子烟摊在稍高些的方凳上。方凳的红漆掉得只剩几个斑点,凳面有个小方块,嵌镶着四块瓷砖,中心是朵红花。这样一个讲究的凳子不知从哪儿来的。他熟练地裹烟。堂屋里光线暗淡,但他无需看见。他眉毛不黑,但很长,脸上骨骼突出,眼神发亮,视力却差到极点,一到黄昏就什么也看不见了。他很少笑,我从未见过他笑出声,也从未见他掉过泪。成年后我才觉得父亲如此性格,一定堆积了无数人生经历。他是最能保守秘密的人,也是家里我最不了解的人。

我放学回家,见房门紧闭,里面传来洗澡的水声。

"是你妈回来了。"父亲说,极浓的浙江口音,"饿了没有?"他掉过头来问。

我说:"没有。"

我把书包挂在墙钉上。

父亲说:"饿了的话,先吃点填肚子。"

"等五哥和四姐他们回来。"我说。听着房门里洗澡声,我突然不安起来。

母亲一直在外面做零工,靠着一根扁担两根绳子,干体力活挣钱养活这个家。四人抬的氧气瓶,过跳板时只能两人扛过去。她抢着做这事,有一次一脚踩滑掉进江里,还紧抱氧气瓶不放。被救上岸,第一句话就说:"我还能抬。"

她不是想做劳动模范,而是怕失去工作,零工随时都可能被开掉。她抬河沙,挑瓦和水泥。有次刚建好的药厂砌锅炉运耐火砖,母亲赶去了。那时还没我,正是大饥荒开始时,母亲饿得瘦骨嶙嶙。耐火砖又厚又重,担子两头各四块,从江边挑到山上,这段路空手走也需五十分钟。一天干下来,工钱不到两元。另外两个女工,每人一头只放了两块砖,又累又饿,再也迈不开步,就悄悄把砖扔进路边的水塘里。被人看见告发了,当即被开除。

不久母亲得罪本地段居民委员,失去了打零工的证明,只得去求另一段的居民委员介绍工作。

那里的居民委员是个好心人,对母亲说:有个运输班班,都是些管制分子,你怕不怕?母亲赶紧说不怕。所以和母亲在一起工作的尽是些"群众监管"有历史或现行政治问题的人,没人肯去干的活,才轮到这批人去干。

母亲随整个运输班班转到离家很远的白沙沱造船厂,下体力活,汗流浃背,和男人一样吼着号子,迈着一样的步子,抬筑地基的条石,修船的大钢板。她又一次落到江里,差点连命都搭上了,人工呼吸急救,倒出一肚子脏臭的江水。

做了十多年苦力后,心脏病,贫血转高血压,风湿关节炎,腰伤,一身都是病。在我上初中时,才换了工种,在造船厂里烧老虎灶。算是轻活,烧全天。半夜里把煤火封好,凌晨四点把火启开,通煤灰,添新煤旺炉火,让五点上早班的人可打到滚烫的开水。

她住在厂里女工集体宿舍，周末才回家。回家通常吃完饭倒头就睡。哪怕我讨好她，给她端去洗脸水，她也没好声好气。

卷起她的衣服擦背，她左右肩膀抬扛子生起肉疱，像骆驼背，两头高，中间低，正好稳当放杠子，是杠子的肉垫。擦到正面，乳房如两个干瘪的布袋垂挂在胸前，无用该扔掉的皮叠在肚子上。等不到我重新拧干一把毛巾，她就躺在床上睡着了。她的右手垂落在床当头，双腿不雅观地张开。房间里响着她的鼾声，跟猪一样，还流口水。我把她垂下的手放回床上，厌恶得把脸掉转到一边去。

母亲在外工作，病休的父亲承担了全部的家务，到晚上天黑，他眼睛看不到，依然能摸着洗衣做饭。我生下后全是父亲把我带大。

星期六，我和四姐天麻麻亮就去肉店排队，全家肉票加起来，割半斤肉。做成香喷喷的一碗，眼睁睁盼到天黑母亲回家。母亲还不领情，挥挥筷子，绕过肉不吃。父亲有次火了，拍桌子，搁了碗筷。他们两人你来我去，然后把我们轰出门，关门吵架，争得越来越激烈，声音却明显放低，很怕我们听明白似的。我认为母亲是到父亲身上撒气，心里更对她窝一肚子火。

母亲很少带我们出门，不管是上街或是走亲戚。母亲岁数越大，脾气越变越怪，不时有难以入耳的话从她嘴里钻出来。粗话，下流话，市井下层各路各套的，点明祖宗生殖器官的骂法，我从小听惯了。但这是我的母亲，她一说粗话脏字，我就浑身上下不自在。

我左眼右眼挑母亲的毛病：她在家做事放东西的声音极重，经常把泡菜坛子的水洒在地上；她关门砰的一声，把阁楼都要腾翻的架势；她说话声音高到像骂人，这些我都受不了。

我当面背后都不愿多叫她一声妈妈，我和她都很难朝对方露出一个笑容。

我总禁不住地想：十八年前，当母亲生我养我时，更明白说，十九年前时，是一个什么样的母亲，怀上了我？

打我有记忆起，就从未见到我的母亲美丽过，甚至好看过。

或许是我自己，故意抹去记忆里她可能受看的形象。我看着她一步一步，变成现在这么个一身病痛的女人，坏牙，补牙，牙齿掉得差不多。眼泡浮肿，眼睛浑浊无神，眯成一条缝，她透过这缝看人，总认错人。她头发稀疏，枯草般理不顺，一个劲掉，几天不见便多了一缕白发，经常扣顶烂草帽才能遮住。她的身体好像被重物压得渐渐变矮，因为背驼，更显得短而臃肿，上重下轻。走路一瘸一拐，像有铅垫在鞋底。因为下力太重，母亲的腿逐渐变粗，脚趾张开，脚掌踩着尖石碴也不会流血，长年泡在泥水中，湿气使她深受其苦。

唯有一次，早晨刚醒来，我听见母亲趿着的木板拖鞋，在石阶上发出好听的声音。她从天井走到院外石阶上，打着一把油纸伞，天上正飘着细雨。我突然想她也有过，必然有过丝绸一样的皮肤，一张年轻柔润的脸。

我慢慢地明白了，母亲为什么不愿照镜子。她曾向三个姐姐抱怨，说家里一面像样的镜子都没有。谁也没搭这个茬，看来，她们比我还知道母亲实际上讨厌镜子。

在母亲与我之间，岁月砌了一堵墙。看着这堵墙长起草丛灌木，越长越高，我和母亲都不知怎个办才好。其实这堵墙脆而薄，一动心就可以推开，但我就是没有想到去推。只有一两次我看到过母亲温柔的目光，好像我不再是一个多余物。这时，母亲的真心，似乎伸手可及，可惜这目光只是一闪而逝。

只有到我十八岁这年，我才逐渐看清了过往岁月的面貌。

5

房门打开了，洗完澡的母亲对我说："六六，你把倒水桶给我提来。"她穿了件自己缝的和尚领无袖衫，裤子短到膝盖，脚上还是一双旧木板拖鞋。

母亲和我一起端起洗澡用的大木盆，往木桶里倒洗得浑浊的水。母亲说大姐不是今晚就是明天，应该到家了。

我故意地说："你等不到她，她准是骗你的。"

"不会的，"母亲肯定地说，"她信上说要回来就得回来。"

提起大姐，母亲的脸变得柔和多了，我瞥了她一眼，一不小心，水淌在三合土地上。她骂道："好生点嘛！叫你做事，你就三神不挂二神。"

我提着满满一桶水，迈过门槛。"别倒掉，隔一阵，你得拖楼上的地板。"母亲在房里大声夸气地说。

水精贵，一是水费高，二是常停自来水。几百户人家，共用一个在中学街后的自来水管。排队不说,那水总黄澄澄的,如果下江边去担江水,汗流浃背地挑上来,还得用明矾或漂白粉澄清消毒,做饭菜有一股铁锈味。除非断了自来水,平日江水只拿来洗衣拖地板。

每家地小,仅容得下一个不大的水缸,还只能放在公用厨房里,一整家人用,再多的水也不够。男人都下河洗澡,懒得下坡爬坡的人就在天井的石坎上放一盆水,身上只剩裤衩。反正这里的男人,夏季整个白天也只穿裤衩,打光背。

讲点脸面的男人夜里洗,大部分男人不讲脸面,光天化日下照洗不误,一盆水从头浇到脚,白裤衩被水一淋,黑的白的暴露无遗。我是个小女孩时,就太明白不过男人有那么个东西,既丑恶又无耻地吊在外面,我到厨房去取东西或往天井水洞倒脏水,就看见天井站着一排男人,老的,少的,白肉生生,一个紧挨一个,挤在唯一必经的过道边上,他们甚至当众在天井的水洞里解小便。

绵长的夏天,经常一个月不下一滴雨。长江开始涨水,上游的水仿佛来得慢,一旦到了旺水季,一夜间却会淹没上百米宽的泥滩。这城市之热,没住过的人,不可能明白:从心烧,贴着皮肤的毛孔,火苗般一丝丝地烤。没有风,有风也是火上加热,像在蒸笼里,紧压着让你喘不出气。

家里女人洗澡,男人得出去,到街上混,待到家里女人们一个个洗完了,才快快回家。女人放好木盆倒上水,掺一丁点儿热水,然后闩好房门,快快脱了衣服,洗得紧张,动作飞速:身上擦一遍水,打一点肥皂,用水冲一下,就算洗过了。

我们家有五个女人，时间来不及，就不能一个一个洗，有时几姐妹得一起钻进房里。我受不了赤裸的身子被人看见，哪怕姐姐或母亲也不行。我经常等到最后，端一盆冷水钻进房内，闩上门，擦洗身体。家里人认为我有怪癖，一家老小共有的一间房间被一个人独占，谁也不会高兴。

这是夏天。天稍稍凉快一点儿，洗澡就更不方便——没那么多热水，又上不起付几角钱的公共浴室。不方便就少洗不洗。干活的人一走近，就可闻到一股汗臭，街上每个角落钻出的许多气味，又增加了一种。

冬天的冷，跟夏天的热，同样是难忍，这里从来没暖气，也没取暖的燃料。人们只能用玻璃瓶装热水，暖暖手，一家人围在煮饭的炉子边，有时干脆蜷缩在被窝里。夜里睡觉，把能穿上的衣服，都套在身上，躲进被窝，脚手冰冷，到半夜也暖和不过来。我的手难得有个冬天不生冻疮，手指像胡萝卜。

我把拖把放入水桶，右手提着水桶，用手臂扶着拖把的杆，身子倾斜着小心翼翼，走到堂屋左侧的楼梯前，右手换到左手，右手抓住咯吱响的楼梯扶手，准备上阁楼去。

"你别忙着去拖地嘛，炊壶里还有热水。"母亲不高兴的声音，冲着我的耳朵，"你先洗澡，等会儿洗不成。"

母亲一会儿要我这样，一会儿要我那样。我搁下水桶，沉着脸，站在楼梯前不动。

她在扫洒在地上的洗澡水，把扫帚拿在堂屋干的地方甩了几下，扫帚上残留的水被干的地吸去不少。

父亲抬起头，示意我按母亲的意思办，先洗澡。

我只得听父亲的，取了脸盆去厨房倒来壶里的热水，关上房门，脱光衣服准备洗澡。看着自己汗渍渍赤裸的身体，闻到自己腋下的汗味，我觉得恶心透了。

第二章

1

这个有四百万城市居民的大城市,有十来所高等学院,没有一条大学街。南岸却因为山顶上有一所中学,有条中学街。可能若干年前,这个贫民区有了第一所中学,是件头等大事。

但这一带的中学,与大学无缘,每届高中毕业生,考上大学的幸运儿捏着手指可算。有的中学连续十年交白卷,明白此地学生不堪造就,就取消了高中。但在这一带的小贩、江面的水手、造船厂的工人中,很容易把校友召集起来。

中学街离我家不远。石阶较宽不太陡。街两旁依坡全是低矮简陋的木板房子,街面房子的人家大多做点小本生意,卖酱油醋盐,或是针线鞋带扣子。石阶顶头有个小人书摊,兼卖糖果花生米。下雨的时候,老太太将书摊移回房里,在门槛内放几张小木凳。

经常整条街无法通行，石阶上、屋檐下、房门、窗口挤满人。

"你龟儿子奸嘴猾舌，夜壶提到老子头上来，要假秤！也不去打听打听，老子是可以洗涮的么？你猫抓糍粑，脱得了爪爪喽？"

"啰嗦啥子，把他洗白。"

"我日你先人，你装哪门子神。"

"我日你万人，祖宗八辈。"

旁边的人添油加炭，唯恐打不起来："好说个卵，锤子！"

重庆人肝火旺，说话快猛，像放鞭炮，声音高，隔好几条巷子也能听见。重庆人动怒不是虚张声势，不到动刀子不罢休。南岸贫民比城中心居民更耿直，肠子不会弯弯绕。彼此投缘时，给对方做孙子做牛马都行。城中心人会看风向，瞄出势头，不吃眼前亏，背后整人却会整得你鬼不像鬼，人不像人。

我从小看这种街头武打，等到读武侠小说看功夫电影时，一眼就明白其中的英雄好汉，不过是打扮得精致一点的街痞子，说话还没街头对骂精彩。

该到动手的时候了，人群自动往后靠些。地方上的歪人，今天惹到冤家对手了。

"还不拉架，见红喽！"没人理睬这喊声。

"户籍来了！"这有用，街上的男人冲进场子中心拉架。这些人平常最看不起户籍，一有争斗还得互相扭到派出所讲理。人到底还是敬服权力。

在杂货铺上端的一间房子最大，可容下一百来人，是茶馆，以前晚上讲评书,讲三国水浒杨家将,满堂听众如痴如醉。在我未出生前就被改作大锅饭街道食堂,我四五岁时被改成向阳院,毕恭毕敬效忠毛主席,跳忠字舞。后来做造反派司令部和批判"牛鬼蛇神"反革命的会场,被打倒的人戴了尖尖帽游街从这儿出发。我那时还不让进这门,只是踮着脚尖站在外面石阶上,着急地等着里面变出新花样。后来有好几年挂了"学习班"的牌,"学习"的人一茬茬换,个个精神萎顿,脸上身上长起了霉点,气味难闻。到70年代末,最后一批人才不见了,每天晚上放上一个光刺刺的黑白电视机,挤满大人小孩,闹闹嚷嚷,前面坐凳子,后面站凳子。

我不能去看,我得复习功课,准备考大学。

2

背着书包,我拣阴凉处走。到放学后,太阳仍未减弱逼人的猛劲。夹竹桃粉白嫩红的花,沿着斜坡一路盛开,盖满湿漉漉青苔的石墙,将枝干高高托起。我从两块黑板报的空隙中穿进树丛。浓荫里的湿土有一股甜熟的霉味,太阳再猛,我还是情愿在树荫外走,我在心里对自己下命令:回家,不去,今天不去,这次不去。下次去不去再说,至少我可以不去一次。

但经过学校办公楼时,我的脚仍然向石阶上迈。拐上楼梯,来到熟悉的门前。

"进来!"还是那两个字,他永远知道是我敲门。

已经进门，我心里便没了路上乱糟糟的想法。在历史老师办公桌对面一张旧藤椅上，我坐了下来。

办公室原是一间大教室，隔成几个小间。书柜上堆了些红色喜报纸、几把折柄秃毛的排笔什么的。一个教师一张办公桌，除了一把露出竹筋的藤椅，还有几个没靠背的方凳。没有窗帘，朝南的窗大敞，阳光曝亮。他桌边的玻璃窗涂着绿漆，沥沥挂挂很不均匀，但遮住了强光，远处篮球场上的喧叫变得模糊了。

这城市四周绿荫密掩的山里，有不少达官贵人的英式法式别墅，原先住的是蒋介石的近臣、美国顾问，现在住的是高级干部。我从来没去过那些地区，心里没有这个对比，那是一个不属于我的城市。

这幢两层中学办公楼，斜顶方框窗，确实称得上是我十八岁前走进过的一幢上好的房子。虽然人走在楼梯上，楼板就吱吱嘎嘎哼唱。门和窗扉旧得钉了几层硬纸板，只需稍用劲踢，便轰然散架，近几年已被踢破过多次。

头一次到这楼里时，我告诉历史老师，觉得这里好熟，包括那绿漆的窗子，硬纸板的门，厚实的砖墙，要不是前生，就是在梦里来过。其实我在梦里还见过他这样一个人，或许就是跟踪的男人，使我梦境不安。我还未来得及说，他就好奇瞅了我两眼，不为人觉察地微笑了一下。从那以后，他就不再用老师的口吻跟我说话。

他头发总剪得很短，叫人不明白他头发是多是少，是软是硬，看起来显得耳朵大了些。一件浅蓝有着暗纹的衬衫，是棉布的，不像其他教师穿的确凉衬衫,整齐时髦。但是,与别的办公桌相比,他的那张桌子,一点粉笔灰渍也没有,很干净。他不抽烟,却一个劲地喝茶,不断地从地板上提起塑料壳的热水瓶,朝杯里倒开水。他的眉毛粗黑,鼻子长得与其他器官不合群,沉重得很。

仔细想想,他没什么特殊的地方。他讲课也是平平淡淡的,不是那种教师,能把历史讲成娓娓动听的故事,他不过是一名很普通的中学教师。

但是在这个世界上你会遇上一个人,你无法用一种具体的语言去描述,不用语言,只用感觉,就在漆黑中撞进了通向这个人的窄道。一旦进了这窄道,不管情愿不情愿,一种力量狠狠地吸着你走,跌跌撞撞,既害怕又兴奋。

我快满十八岁的那一年,忽然落到这么一种心境中:感觉哗哗地往外溢,苦于无法找到恰当的语言对自己说个清楚。我只知道第一个感觉是恨他不注意我,很恨。我只是班上许多小不丁儿女学生中的一个,或许是最不引人注意的一个。于是,我有意在课堂上看小说,而且有意让他看见。

他用老师对付学生的老办法——让我站起来回答问题。他故意提了一个我肯定知道的常识问题,但我站在那里,一声不吭。

历史老师走到我跟前,我直视他的眼神,使他很吃惊,这才看出这个女生的反应异样。他一时愣住了,忘了在课堂上,必须迅速处置一切挑战纪律的学生。这时教室里有点乱了,调皮的学生开始搞出怪声。

"坐下,"他轻轻说,"课后到我办公室来。"

我坐下了，兴奋得心直跳。我达到了他把我挑出来的目的。从那以后，我因"违反课堂纪律"多次走进他的办公室。

3

我快到十八岁时，脸一如以往地苍白，瘦削，嘴唇无血色。衣服的布料洗得发白，总梳着两条有些枯黄的细辫子。毛泽东去世已经四年，人们的穿着正在迅速变化，肥大无形的青蓝二色正在减少，角角落落之处又冒出30年代的夜总会歌曲。在过于严肃的几十年之后，这个城市在小心翼翼品尝旧日的风韵，胆子较大的妇女，又开始穿显出腰肢胸部的旗袍。老是在上坡下坎，这城市女人的腿特别修长而结实，身段苗条，走平路也格外婀娜多姿。

旧时代特有的气息甚至漫入南岸破烂的街巷。看多了，我对自己的模样、穿着便越发不知所措，就像赶脱一班轮船，被弃留在冷落的码头：一件青棉布裙，长过膝盖，一件白短袖衬衫，都是姐姐们穿剩下的，套在身上又大又松，使我个子看起来更小。乳白色塑料凉鞋，比我的脚大半寸，赤脚穿着，走起路来踢踢踏踏。

我就这么一副样儿，走近历史老师的办公桌。办公室已经没有人，下课后男女老师都赶回家去了，就我们俩面对面坐。他端详着我，突然冒出话来，声调很亲切："我想你误会了，你以为我看不起贫民家庭出身的学生。"

我心里一动，明白他是对的，至少对了一大半。就是为了这个，我在学校里觉得很别扭，几乎从来没有快乐的时刻。

"其实我也算穷人家出身，"他自嘲地一笑，不像上课时那么面无表情，"现在更算穷人家，真正的无产阶级。"

他说他父亲算历史"反革命"，因此从小就绝了读大学的希望。他和弟弟长很大了，还帮父亲做爆玉米花活计，或给人担煤灰，走家挨户，南岸哪条小巷他都熟。"那阵，你才这么一丁点大，在地板上爬，拖着鼻涕。"他不屑地笑笑。

"噢，你嫌我太小。"我站起来，怪不高兴地说。

"我比你大差不多二十。"他说。

这话是什么意思？我在想，他为什么说年龄？他的意思是我们不相配。

那么说，他已经想到我们配不配。男女相配！我的脸一下子红了，眼睛也不敢往他看，心跳得更厉害，好像在偷一种不该偷的东西，突然我泪水流了出来。

"嗨，嗨，"他说，"你哭什么？"

"你欺侮人。"我赌气地说。

"欺侮人？"他慢慢地重复我的话。然后站了起来，从裤袋里掏出手帕，到我身边，递过来。

我没有接。泪水流进鼻子，马上要流出来，很难受。但我就是不接，我想看他怎么办。我感到他的身体在靠近，仍未抬起头。

我就是不肯接眼前的手帕。我被自己的大胆妄为吓得喘不过气，再过一秒,我想,再过一秒钟,他的身体就会碰上我了。心一紧,我几乎要晕倒。

他碰到我了,他的手紧紧按住我的脑袋,像对付一只小狗,手帕使劲地擦我的眼睛和脸,强捏我的鼻子。我不由自主擤出了鼻涕,在他的手帕里。

我跳开了,离桌子一尺站着。这个坏蛋,把我当作小娃儿?

他满意地看了看手帕,放进裤袋,走回桌子那边坐下来,看着我又羞又恼,嘴上浮出了微笑。他理由十足地值得笑:他胜利地证明了我们的年龄差,而且,胜利地拒绝了与我的接近。我们又成了老师和学生,我气得一脸绯红。

他平静地说,你在准备高考,虽然还有时间,但要背要记的内容很多。他装样地翻翻桌上的纸片,好像那些是我的功课。他又说我成绩并不是最优等,得好好努力才行。他重复地说他们那一代,出身不好,完全没资格,从来就没有上大学的奢望,他让我珍惜考大学这个机会。

他的话是真诚的,如此说也没恶意,他明白我最弱的就是死记功夫。我们互相看着。我喜欢看着他,我觉得他也喜欢看着我。没一会儿,我心情就好多了。

4

差不多每次我们都一起出办公大楼,在操场上高高兴兴地道了再见。我想,第二天我又会见到他,至少在课堂上。

学校围墙一段站立一段坍塌，可有可无。间隔着小块菜田，操场外，每条小道都弯曲绵长。附近药厂烟囱在隆隆吼着，排出的污水顺着田坎淌。阴沉的云包住太阳，天气更加闷热，只能等雨来降低气温。

阁楼漏雨，能接水的桶盆都搁在床上地板上，人缩在不漏的地方。

我端着接满雨水的盆子，小心地下楼，准备倒在下雨的天井里。

这个早已不该住人家的院子，木板漏缝，墙灰驳落，屋梁倾斜，镶在壁龛里的灶神爷石像，被烟火熏得面目全非，用力擦抹才会现出眉开眼笑的脸。

天井四周墙根和石角长年长着青苔，春夏绿得发黑，秋天由青泛黄，带点碧蓝，干燥的地方毛茸茸一片，潮湿的地方滑溜溜一顺。二娃一家五口住着碎砖搭就的两个小房间，在天井对面。二娃的妈，一个瘦精精的女人，拈起扫帚，扫门前的那一块地。每次清扫，每次放开喉咙骂，什么人都骂。不知为点什么小事，多少年前，我母亲得罪过她。她不想忘记这件事，反正欺侮我家，算政治表现积极。七上八落的语言，好像影射性病，无头无绪，我一点听不明白。她丈夫从船上回家，发现她与同院的男人疯疯闹闹打情骂俏，就把她往死里打，用大铁剪剪衣服，用锤子在她身上砸碗，吓得她一个月不说话，也顾不上骂我家。

但不久又满院响起她特殊的声调，像有瘾似的。父母沉默地听着泼妇乱骂，不仅一声不吭，脸上连表情也没有。

在学校，最呆最没劲的男同学对我也没兴趣，觉得招惹我不值得。有的女同学会突然拿我撒气。有一次我蹲在厕所里，被人猛地撞了一下，差点一条腿掉进茅坑洞里。我没来得及稳住身子，一个大个子的女同学已经走了出去。站在门口,她回过头来,挑衅地说:"你吼呀,你咋个连吼都不会?"我没有吼,拉上裤子,从她身体旁挤出门,匆匆地跑了。我甚至没感到屈辱。

表露情感,对我来说是难事,也没有什么人在乎我的情绪反应。我的家人,会觉得我所想说的一切纯属无聊。至今唯一耐心听我说的人,是历史老师,他立即获得了我的信赖。终于我遇见了一个能理解我的人,他能站在比我周围人高的角度看这世上的一切。他那看着我说话的眼神,就足以让我倾倒出从小关闭在心中的大大小小的问题。

我喜欢他听我说,我需要他听我说。他一定明白,这些听来枯燥无聊的琐事,对我究竟意味着什么。只有在他面前,我才毫不拘束,有时很想把横在我与他之间的办公桌推到一边去,我想离他近一点。

有一天,他一边听我说,一边从抽屉里拿出一个画板,钉上纸。"你坐好,我给你画一幅像。"我坐正了,但继续往下说。

他不断地从画板上抬起头来端详我,每次都很短暂。最后,他停下笔来,看着我郑重地说:"你最好忘了这些事。为什么到集中精神复习高考的时候,你偏偏想这些事?"

我说我也不知道,我从来没有向任何人说过这些事。

接过他递过来的纸,是一幅素描,纸上的头像分明是我。几条线就勾勒出我的脸,只是眼睛太亮,充满激情的样子。脖子、肩,没有衣领,他一定是嫌我的衣服难看。纸空了很多,画太顶着上端。

"像吗?"他问。

"像只小猫,"我说,"这眼睛不是我。"

他起身,伸过手把画抢过去。"你哪懂,你还是太小。"他有点夸张地叹了一口气,把画往抽屉里一塞,无论我怎么找他要,他都不肯给我,说以后画完再给。

第三章

1

母亲回家,家里比平日多了一菜:豆豉干煸四季豆,照旧熬了个酸菜汤。

我在楼上拖地。说拖地,不过是把弹丸大的空地弄湿,降降温。两张木板床几乎把阁楼的空间占满,一张矮小方桌,我学习的时候才架起来放在电灯下。常常忘了拆,人经过得侧着身子。地板薄,两层夹板里,耗子在里面不停地跑着。我尽量把拖把的水拧干,以免水直穿过地板,滴到楼下正屋。敞开的天窗没有引来风,刚洗了澡,又是汗腻腻。

"六六,下来吃饭。"四姐站在堂屋叫。

我提着拖把水桶,走出来。从木廊望下去,四姐碗里的菜,喷香,绿绿的。她脸瘦了一圈,可能是因为当建筑工人,天天日晒雨淋,面颊皮肤紫红得像个农妇。她比我好看多了,身材苗条,一米六二,比我高整整三公分。只有牙齿不整齐，我们姐妹几个牙齿都长得挤挤歪歪。"换牙齿时尽吃泡酸萝卜，不听话。"母亲骂我们。

我下楼和父母一起坐在桌前，刚端起饭碗，五哥悄声无息地进屋，在靠门右侧洗脸架那儿洗手。他的背影像个女孩，肩比较窄，头发也不浓密，五官长得细巧，但上嘴唇有道明显疤痕。五哥生下来，上嘴唇就豁，吃东西时裂得更开，样子很丑。母亲看着伤心，就怪父亲，说父亲在她怀五哥时，在家门槛上用柴刀砍柴，叫他别砍，他不听，砍得更来劲。

半岁时五哥在地区医院做缝合手术，手术做得太差，粗针粗线，拆线又马虎，伤口感染，嘴唇正中间留下一条很不美观的痕迹。他大我四岁，已是一个二十二岁的青年，恍然一看，却比我还像孩子。他尽量不开口，比父亲还沉默寡言，可能是怕人看到他，就会注意到他的嘴。五哥在造船厂做电焊工，有便船就搭乘回家，没有便船就走两个半小时山路回家。

昏暗的灯光下，我们一家五口围着桌子吃饭。

院子里的人，喜欢到院门外的空坝和石阶上去吃，邻居乡亲，互相不必请就可以夹对方碗里的菜。一言不合，筷子可能就对准对方脸，破口大骂。火一点爆，碗就扣在对方头上，稀饭混着血往下流。马上，就满街是边看热闹边吃饭的人。

桌上清汤寡水，不值得挤在一起，父母却不允许我们端着饭碗到处跑，倒不是我家特别讲礼，而是尽量躲开邻居。院里街上的人瞧不起我家，父母情愿待在家里，我们家的孩子最多也就在堂屋或天井站着，不像其他人家的孩子吃到院门外，蹲在石坡上，甚至吃过几条街，吃到江边去。

五哥端着饭碗，坐到堂屋里一张矮凳上，紧靠房门。

母亲没好气地看了我一眼，接着就开始说，她才五十三岁，厂里人事部门说她病多，要她提前两年退休。若回家，只能领一点儿津贴。

屋子里的人都握着筷子，停住吃饭。我问母亲，那样一月有多少钱？

"二十八块不到。"

见我们没说话，母亲又说："以前二十八块钱还管用，现在就不值钱，工资、退休津贴往上提升，慢得眼珠子都望下来了。看嘛，六六，你上高考补习班，就缴掉二十块，读书有啥用？我们家既没钱又没路子，供养不起你上学。"

母亲在上星期天也提过退休缺钱的事，让我别再考大学。但这次话几乎说绝了：希望我马上去找份工作做，补贴家里。大学教育是个无底洞，再负担我四年的学习生活。哪怕读完大学，没后门，毕业时只能"服从需要"，不知分配到什么鬼地方。我们全家工人，"权"与我们从来没一点儿缘。虽然这个时候，我们家孩子，除我之外，都能靠双手养活自己，不再去江边挑沙子卖钱。我们家生活与我生下时没多大变化，邻居有办法的都离开这破院子，我们却在老地方过着一成不变的日子。

母亲说我不懂做父母的苦心，他们一生为儿女操劳，假如家里稍微有点钱，父亲的眼睛就不会坏到现在这个地步。要是有点钱，重庆的医院治不好，还可以到上海和北京的眼科医院去治。母亲一边念叨，一边给父亲夹一筷子四季豆。

我从小就发誓：等我长大后，我什么都愿去做，什么都舍得，只要能有办法让父亲的眼睛医好。但在这时候，我哑口无言了。

母亲没看我，心思很乱。桌上酸菜汤汤已见碗底，酸菜余下不少，母亲往父亲碗里夹。

"我已吃完了，你不要夹菜给我。"父亲的浙江口音说快了，本地人听不清他的话，但我听得懂，父亲说，"六六要读书，就让她读，你不是也说过，有文化少受人欺侮。"父亲不爱说话，但一两个字就点中了要害。

"这事你别多嘴。"母亲寸步不让。

我气得起身离座，搁了饭碗，就往阁楼走。

2

我无法忍受委屈，我总没能力反抗，退让，反使我情绪反应更强烈：我会很长时间不说话，一个人面对着墙壁，或是躲到一个什么人也找不到的地方去，想象我已经被每个人抛弃。我的自怨自艾会变成愤怒，刺刺冒火，心里转着各种各样报复的计划，杀人的计划，放火的打算，各种各样无所顾忌的伤害仇人、结束自己的计划。总之，让亲属悲痛欲绝悔恨终生，我却不给他们任何补救赎罪的机会。想到没有我以后种种凄凉的场面，连我自己也觉得值得好好伤心。

这么一路想下去，我竟然会感到伤害的切实，觉得肝和心脏在一块块爆裂，往我的胃道喷着鲜血，沿着食道往上猛升，然后我的喉咙堵住,气透不过来,咯咯地冒着血腥的泡沫。有时,我感到我的肠子痛苦地绞起来,打成一个哪个医生也解不开的怪结,肠子里的东西往两头挤压,一股酸臭翻出我的胃,直冲到嘴里。急得我赶快去找药,父亲的小药箱里有一些包治百病的药:桂皮金灵丹、牛黄解毒丸、银翘上清丸等等。

父亲问我出什么事了,我只说肠胃不舒服。他焦虑地看看我,帮我找他认为合适的药丸:清火的、驱风散热的、退火解毒的。拿了药我赶快走开,不想告诉他肚子怎么又会突然难受起来。

过后,父亲爬到阁楼上来,问我好些了没有。

他好几次说,不要紧,你这肠胃是生下来的毛病:你恰恰擦边躲开了饿肚子的三年困难时期,是福气。但这边擦得够重的。你在娘胎里挨了饿,肠胃来跟你要债。为了让你母亲不挨饿,也就是让你不挨饿,这一家子淘了多少气,伤透了脑筋。

从我的生日推算,母亲怀上我时,是1961年的冬天,是三年自然灾害最后一个暗淡的冬天。

对那场大饥荒,我始终感到好奇,觉得它与我的一生有一种神秘的联系,使我与别人不一样:我身体上的毛病、精神上的苦闷,似乎都和它有关。它既不是我的前世,也不是我的此生,而是夹在两个悬崖间的小索桥。我摇晃着走在这桥上时,刮起一股凶险的大风,吹得我不成人形。

有一天我问历史老师我出生前的大灾难,他脸色忽然变得很苍白,眼睛移开了去。我惊异地问他怎么回事,他没有回答我,而是猛地站起来,走到窗口,双手狠抓头发,静止在那儿,过了一阵才开口:"别相信你的肉,别相信你的骨头,把石头扔进腹中。灰火嗞嗞作响时,我们就能抛开天堂危险的重量。"

我吓得呆住了,他朦朦胧胧的怪话,在我听来,比几千万几千万的死人数字更令我震动。

过了很久,他才平静下来。我才知道,他个人开始挨整,就是在那时候写了一封信,向中央政府反映四川饥馑的现实情况。那时他还不到二十岁,而我还没出生。信被退回地方公安部门,他被宣布为右倾机会主义分子,拘押检查。他写的只是说这场饥荒是干部造成的。有的干部讨好上级,往上爬,欺瞒上级不管老百姓的死活。有人一连好几年坚持谎报特大丰收,饿死了人,没见一个人承担责任!

大部分老百姓是不说这些事的,他们软弱而善忘,他们心宽而不记仇。

饥饿与我隔了母亲的一层肚皮。母亲在前两年中一直忍着饥饿,剩下粮食给五个子女。当时这个城市定量成人二十六斤,"主动"节省给中央两斤,节省给本省两斤,节省给本市两斤,节省给本单位两斤,落到每个人身上只有十八斤,其中只有六斤大米,其余是杂粮——玉米、大豆、粗麦粉之类的东西。四川人很少尝过饥饿的滋味,饥荒一向是水土流失的黄淮河流域的事,在长江嘉陵江流经的肥沃土地上,粮食从来像年轻人的毛发一样茁茁壮壮。

我们家的五个孩子，都在生长发育期，个个都是抢着要吃。

要吃，也有办法：买高价饼，一个饼要两元钱，相当于一个工人两天的工资。我们家一个月的余钱全用来买这种高价饼，也只能每个人半个。过什么节下决心后才去买一个饼，遮遮掩掩拿回家，每人一小角。

三天两头，便有人带着手铐，将我们家附近这几条街上的一些人铐走。抢国家粮食仓库的判刑，全是十年以上。国家的粮仓必须满满的，预备与苏修美帝打仗用。说野猫溪一带的人，十有七八做过偷鸡摸狗见不得人的事，真是一点也不过分。为了填饱肚子，很少有几个人能够响当当拍胸膛说：我们家一清二白。我们院子里有一家人，四个儿子有三个进监牢，轮换着出出进进，才使一家人没饿坏。

菜也是按票定量供应的，每人每天只有几两，卷心菜连菜带皮一起卖，不然，菜边皮都会被人哄抢。做豆腐滤下的豆渣，也是定量分配的东西。花生榨油后剩下的渣，挤压成紧紧的一个大圆盘，是美食，有后门才能弄到。老百姓能自己弄到的食品，是榆树的新叶，是树皮剥开露出里面一层嫩皮，在石磨上推成酱泥。那年四川树木毁掉不少，就是这样剥光皮后枯死的。野菜野蕈，早就被满山坡转的小孩，提着竹篮子、背着小筐摘尽了，抢吃野蕈中毒的孩子多得让医院无法处理。

大姐带着弟妹们，到附近农村去采一种与草不太能分清的香葱，她让弟妹们在草里找，自己钻进农田里偷菜。农民守命似的守着几棵菜，一发现就拿着长棍子猛追狠打。大姐的背篓里，偶尔才有点又老又硬的菜根。

三哥决不会跟着大姐去挑野菜，也不屑于与其他小孩，在山坡或田坎上慌神地打转，也不在那些蹲坐在江岸石礁的垂钓者中求运气。他靠江吃饭，再冷的水也敢跳下去。只要看到有什么像食物的东西从上游冲下来，什么菜皮、菜叶、瓜皮之类，他能游出好几里，跟着目标不舍。直到把那东西捞回岸，带到家里，让母亲用水冲洗干净，去掉腐烂的部分，做上几口菜。有时，还能捞双破塑料凉鞋，拿到收购站去卖几分钱。

他不是总那么幸运：江上大部分时间只有泥水滔滔，他常常是两手空空，回家还得受大姐嘲笑。但他还是幸运者，有不少用这种方式寻食的孩子葬身江底——从西藏雪山一路奔下来的江水，一年大部分月份江水冰冷彻骨，在水里一旦抽筋就很难游上岸，眼睁睁被江水卷入漩涡。这些孩子，本来就已经饿得没有力气。

一个孩子用各种方式采集回来一点可吃的东西，有功当然有权多吃。三哥从江里捞回一把萝卜缨的那天，他的脸骄傲地在家人面前转动，吃东西时，故意发出响亮的声音。

哪怕是一家人，每个人都眼珠瞪得好大，生怕自己少吃了一口。有时他们还为互相偷藏起来的食品，吵闹大打出手，大姐个儿最大，吃亏的自然不是她。

偶尔从船上回家的父亲挥着瘦削的手臂，用竹棍赶散扭打的孩子们。父亲吃得最少，有权威。

3

这城市有个动物园，有一头华南虎，已经绝灭的珍贵品种，按规定供给活物。即使灾荒日子，全省就它独一个华南虎，也得优先照顾，就像某些高级干部、中级干部，按等级得到特殊待遇。负责饲养老虎的是一个矮个子。他和凶猛暴戾的老虎相处融洽。老虎也只认他，若他病了，旁人代班，只能隔着高高的铁笼将食物扔给老虎。他到大铁笼里，老虎有时还向他做出让游客惊吓的动作，只有他知道那是老虎在向他撒娇，表示亲热。他是饲养有功的劳动模范。

大饥荒了，劳动模范更是饥肠辘辘。熬了一年，未熬过第二年，他把该给老虎吃的活兔每星期留下一只，杀了自己吃。都说老虎并不完全是饿急了，才将劳动模范吃了，而是嗅出他身上有兔子的气味，才把他撕碎了吞进肚，但这无法解释老虎为什么要留下他的一只脚。公安人员研究几天，才弄懂老虎的动机是在有意警告接班的人，甭想偷吃该它的一份。

这个故事只流传了一阵子，恐怕属于政治谣言。此后老虎也饿死了，模范饲养师趁有点小权时解了馋。不成为老虎食，到此时也一样得饿死。

没权的人唯有干熬，父亲船上，每个船员早饭一两稀饭，中午和晚上各二两，自己用小秤称，装进自己的饭缸里蒸，快蒸好后，再往饭上不断地浇水，使米粒发胀起来，"提高出饭率"，哄骗肚子。船员们进进出出船上的大厨房，盯着自己的饭缸，怕人偷去一些，大家的眼睛全变得贼明贼亮。

到处流动的工作,使船员们关系越发怪诞。船每到一地,就上岸弄少得可怜的土产,再到另一地转手卖出,从中牟利。船员之间也因分赃不均而彼此告发,那些时候的处置迅速而严厉,开除公职裹铺盖卷回家,省了公家一份定量。

父亲是老实人,连仙人掌之类勉强能吃的植物也弄不到。棕树开花,花大,形状大如玉米,也是抢手货,轮不上他。偶尔运气好,得到点芭蕉头,煮过水,去了点涩味,切成片看上去像芋母子,难吃。但比起其他充饥的东西,算不错的了。父亲想到母亲正拖着大大小小的孩子去山坳里挖野菜草根,他就勒紧裤带限制着自己每天的定量,节省下来带回家去。

终于有一天,他脚一绊,一头从驾驶舱栽到甲板上,扑腾着却没能站起,反而滚落到江里。他的头摔了个大口,血流不断。船从宜宾开到泸州,父亲才被送进医院,检查时发现他的眼睛出了问题,视力严重衰弱。

那个饥饿的冬天,母亲已有身孕,还在塑料厂做搬运工。她有必要多吃一点,为了肚子里的我。

没有,母亲没有这个权利。我的姐姐哥哥没感到有这必要,让母亲多吃——没必要让尚未出生的我多吃一点。在那难忍的日子里,他们为我作了不必要的牺牲。后来,他们脑子里忘了这一点,心里却很难忘记。我感觉到了,却一直未弄懂他们怨气的由来。

我在母亲肚子里就营养不良,在胎中就拒绝动弹。母亲觉得怪异,一直担心害怕。我是城中心七星岗那个妇幼保健中心生下来的。母亲说她到医院去的路上,路过一家电影院,那里正在演一个歌颂共产党游击队女英雄的电影《洪湖赤卫队》。在电影院门口,羊水流了下来,她忍着继续走,痛得受不住就坐在街边石阶上。过路的好心人见她大肚子,咬着牙,脸色惨白,就把她扶到这家医院去。

母亲生过那么多孩子,都不是在医院生的,她自己生,自己剪脐带,洗和包。母亲捏算日子,我早过预产期,早该出生了,她怕我是死胎,这才去了城中心。我生下来,过了许久也没哭,医生倒抓我的腿,使出力气打屁股,才拍出我满喉咙胎里带来的苦水,我的哭声只是呻吟一样的哼叫。

4

都说我有福气,生下来已是1962年夏秋之际。那年夏季的好收成终于缓解了连续三年的饥荒。

等我稍懂事时,人们又有了些存粮,又劲头十足地搞起"文化革命"政治实验来。都说我有福气,大饥荒总算让人明白了,前无古人的事还可以做,全国可以大乱大斗,只有吃饭的事不能胡来。"文革"中工厂几乎停产,学校停课,农民却大致还在种田。虽然缺乏食品,买什么样的东西都得凭票,大人孩子营养不良,却还没有到整年整月挨饿的地步。人饿到成天找吃,能吃不能吃的都吃的地步,就没劲儿到处抓人斗人了。

饥饿是我的胎教，我们母女俩活了下来，饥饿却烙印在我的脑子里。母亲为了我的营养，究竟付出过怎样惨重代价？我不敢想象。

我整个平静的身体，一个年轻的外壳，不过是一个假相。我的思想总是顽固地纠缠在一个苦恼事中：为什么我总感到自己是一个多余的人？

我真希望那个跟在我身后的陌生男人不要离开，他该凶恶一点，该对我做点出格的事，"强暴"之类叫人发抖哆嗦的事。那样我就不多余了，那样的结局不就挺狂热的吗？这想法搞得我很兴奋。

每天夜里我总是从一个梦挣扎到另一个梦，尖叫着，大汗淋漓醒来，跟得了重病一样。我在梦里总饿得找不到饭碗，却闻到饭香，我悄悄地，害怕被人知道地哭，恨不得跟每个手里有碗的人下跪。为了一个碗，为了尽早地够着香喷喷的红烧肉，我就肯朝那些欺侮过我的人跪着作揖。醒来一回想，我便诅咒自己，瞧不起自己，不明白哪来那么多强烈的身体需求。

我一次次对自己否认：你不是生来这样，胎儿不会有记忆，不会受委屈，不会有创伤。但是我无法解释我的某些行为。比如，我对食物的味道特别敏感，已经这么大一个姑娘了，还是永远想吃好东西，永远有吃不够的欲望，而且吃再多还是瘦骨嶙峋。闻见邻居家灶上在炒鸡蛋饭，我清口水长流。我从不吃零食，讨厌同学中有小钱买零食的"五香嘴"，却对肥肉特别馋，幻想以后的一天，能自己做主了，就天天吃肉。

而且，我对受亏待特别敏感，不管什么样的亏待，别人受得了，我就不行。心里一闹，怎么想也想不开。

我知道自己并不是个特别好高要强的女孩,我嘴笨,一到公众场合就紧张得什么也说不出来。无论在学校,还是在家里,在似锦如花的少女堆中,我不仅个儿矮人一截,脸也瘦削些,连头发也长得稀疏些。我总在最不扎眼的角落里待着,觉得受到别人的有意压制:别人得意,总拿我作牺牲。

十八年过去了,难道饥饿的后遗症就这么严重?比我大几岁的人出生后挨了饿,与我同年龄的人大都胎中挨过饿,几乎都是死里逃生。为什么他们高高兴兴忘掉了,现在享受着青春年华,日子过得自得其乐,我却抑郁不欢。

难道我出生前后还经历过别的什么事?

我很想让母亲讲讲那一段时期。但母亲总说:"灾荒年嘛,苏修美帝吧,'反华大合唱'吧。不也把你们几个没心没肝的拉扯大了,不也熬过来了,数那些陈年烂谷做啥子呢?"

母亲有意冷漠,我好奇心更强。一个抬杠子的女工,重庆所谓的"棒棒"女子,她怎么度过这饥荒之年的?有谁会关心她?母亲有的只是她自己,或许,她曾讨好过大锅饭食堂打粥掌勺的,手一低一转,也就比别人稠了几分;或许,她曾向打菜的师傅赔过笑脸,手一高一扬,也就比别人多了小半。饥荒年每个人眼睛都瞪得癫狂圆亮,随时会为缺半两少几钱大动肝火哭闹打架,但食堂总是有油水,养得活一二张嘴,包括肚子里的小嘴。当时食堂总由最严格最靠得住的人来管,这样的好事,怎么可能轮得上我们这种毫无靠山的人家?

大姐不止一次在与母亲的吵闹中说,她去食堂打饭,那些掌勺的人给她打最清最淡的稀饭,跟水差不多,她坐在凳子上哭,没用,便把清汤水饭端回家,在路上喝掉一半,让家里饿得七歪八倒的弟妹一起去食堂闹,弄到一圈圈人围观,掌勺人只好给大姐重新添几勺稠的。

"就是因为你,我们才被人欺,差点都成了饿死鬼!"大姐一向管不住嘴,但这样指责母亲,太不像话了。

母亲气得脸通红,大口喘气,竟也忍住了要脱口而出的话。为什么家里人一提到饥荒之年,向母亲发脾气,母亲就哑口无言了呢?她做了什么理亏的事?

5

第二天上午的四节课,我脑子里都在想母亲的话,她将退休,领少得可怜的退休津贴。

我怎么办?听从母亲?不准备高考,就不能去学校,等于就见不到历史老师。后者最让我难受。而继续复习,别说下学期,就是本学期还得用的课本、作业本,别想让母亲给钱。课本也许能借,作业本呢?着急之中,我想起父亲的病休工资那么低。夜盲症应该算工伤退休,该给全薪。如果我去把这件事办成了,父亲补几年的工资,不就有我的一份了吗?我壮起胆,乘轮渡过江到城中心。

"上不沾天,下不沾地,鬼都不到这个旮旯角角来。"邻居经常抱怨住在这个地方。医院、煤店、菜市场、电影院、邮局,不仅隔得老远,而且高了或低了上百米,办任何小事,都得打定出远门爬坡的主意。我更是难得过江到城中心去。

1980年重庆长江大桥建成，从城中心跨江通南岸，南岸人兴奋若狂，以为从此就是半个城中心人。但不久就发现，我们这些住在隔江半山坡上贫民区的人，得往山顶走，直走到有马路的地方，乘公共汽车绕一个大圈，才能过桥。时间长不说，付的钱还贵，没沾到什么好处。只有遇上大雾封江，或洪水暴涨，渡船停开时，才去拼命挤公共汽车，从大桥上过江。坐轮渡，路要短些，还省钱，因此一切如故。

这天找到省轮船公司劳资科，大约下午三点。好几个干部模样的人，坐在各自的办公桌前在看报喝茶，有个人在打电话聊天。

我问了好几声，没有一个人理我。然后，我走进办公室，说我是退休职工子女，来这儿主要是想问问父亲为什么没拿工伤退休工资。几个人照旧不予理睬。我再说了一遍，打电话的人搁了电话走过来，看看我，打着官腔说：

"一个姑娘家，还能到公司来，还晓得来问父亲的工资。回家去，我们做这种工作都按党的政策按中央文件办事，哪会有错？"

我觉得牙齿在抖，我不看说话人，眼睛盯着桌子，按打了一上午的腹稿说了下去：我父亲不仅不该拿病休工资，我父亲的工龄也有错，不该从1950年底解放后算起。他是1945年前参加轮船公司的，那时国共联合抗日，按文件该算工龄。

不等我的话说完，喝茶的一个脸刮得光光的男人站起来，从鼻子里哼了一声："看你人年轻，还真有两刷子。也好，让你看，看完就别在这儿给我们添乱。"他掏出钥匙，打开柜子的锁，从摞成小山的宗卷中,取出一袋卷宗,翻了半天,才从一堆纸片里找出一个本子,翻到某一页:"你自己看吧!"

我按照他指着的地方,一看,吓了一跳:"梅毒治愈后遗症目衰"。我的父亲规矩得不让我们家孩子说话带一个脏字,他会有别的女人?决不会的,他心里唯有我母亲,他怎会和这样的病有丝毫的联系呢?我大声嚷了起来:"这怎么可能?我父亲是世界上最老实的人!"

几个干部相视一下,大笑起来。

我很惶惑,父亲那么多年白天黑夜都在开船,眼睛累坏了,明明是在船上工作时跌下河去的,差点还送了命,该算工伤。

"他的工资搞错了,你们行行好纠正过来。"我声音放低,恳求地说。

有人在问:"这不知高低的丫头是他的第几个女儿?"

"好像是老六。"

"哦,老六。"笑声里夹有一种暧昧的鄙视,那种盯着我看的目光,仿佛在从头到尾地剥开我,检验我。劳资科的人经手近万名职工,对我父亲的什么事,却比我清楚得多,他们的档案袋掌握着职工的命运。

我委屈极了,费了好大劲才没让泪流下来。我的脚步跨出这间办公室后,心里很害怕,人怎么都有好多秘密?弄不好一下冒出来,令我惊吓不已。

第四章

1

晚饭后我呆坐在桌边,心事重重,看着哥哥姐姐在屋子里出出进进。"六六,别拿脸色给妈看。实话讲,让你活着就不错了。人活着比啥子都强,不要有非分之想。"母亲坐在床边,边说边用针线缝枕头套脱线之处。

好几天没见母亲,母亲还是纠住老问题不放,考大学在她看来就是不安分。我赌气地说:"你不支持我继续读书就算了,何必死啦活啦的?"

"就是死和活的事,"母亲说,"你的三姨,我的亲表妹,比一个妈生的还亲,不就是没活成!"

母亲说她最后一次提着草药,到石板坡我三姨家时,那是1961年刚开春。三姨躺在床上,营养不良得了浮肿病,皮肤透明地亮,脸肿得像油纸灯笼。母亲熬草药给她洗身治病。三姨夫原是个开宰牛店铺的小商人，雇了个小伙计，日子过得还像模像样。50年代初，不仅不能雇伙计，店铺也"公私合营"了。三姨夫是1957年被抓进狱的，被人打了报告，一查，他参加过会道门，就被当作坏分子送去劳改了。

三姨为了活命，只好自己去拉板车，做搬运，抚养两个年龄很小的儿子。两个儿子先后得病死了。她没力气拉板车，就到菜市场捡菜根菜帮子，给人洗衣服。

母亲听人说她病重，赶过江去。

她一见母亲就泪水涟涟，从床上挣扎着坐起来，紧抓母亲的手臂，说，二姐，你看我这个样子，是等不到你妹夫回来了。

母亲赶快给她做开水冲黄豆粉羹，那时，都说豆浆营养好，能救命。三姨不吃，说你家那么多口嘴，二姐你带回去。

母亲把那袋豆粉留下了，她没有想到三姨会死得那么快。

那是1961年初冬一个礼拜日，母亲在堂屋，一个憔悴不堪的男人，挺陌生的，从院门口朝她一步一挪走来。走近了，男人开口叫二姐，母亲才认出他是三姨夫。他七年劳改，坐了四年，还应当有三年。母亲吃惊地问，你咋个出来啦？

三姨夫也不坐母亲递上去的凳子，就坐在我家门槛上。他衣衫极为破烂，眼睛几乎睁不开，以前他一说话就笑，并且很会说笑话，还能稳住自己不笑，让别人笑个不停。爱干净，头发总梳得有样式，哪像这么一头野草，还生有许多斑疮，而且哪会一屁股坐在门槛上？

他说劳改营里没吃的，犯人们挖光了一切野菜，天上飞的麻雀，地上跑的老鼠，早就消灭得不见影子。当地老百姓，比犯人更精于捕带翅膀和腿的东西。劳改犯中有病的、年老的先死,剩下活着的人已经没力气再埋死人。管理部门给他个提前释放,让他回重庆,交给街道"管制"。

他说:"她走了,就不肯多等几个月!"母亲正在苦想怎么告诉他三姨饿死的事,可他已知道。

三姨夫说,他已没去处了,街道上说这一家已经没有人,就把一楼一底三间房收了交给房管局让别人住。新住户当然拒绝他进门。

母亲还没听完三姨夫的事,就被一个邻居叫到大厨房,那里已站了几个阶级觉悟高的邻居,有男有女。他们直言直语对母亲说:"你不能让这个劳改犯留在这个院子!留下也没人敢给阶级敌人上户口!你哪儿来吃的喂一张本来就该死的嘴?还不快些赶走他,让他赶快离开这个院子!"他们不容母亲有一个插话的可能,婆娘们的声音尖又细,故意让坐在门槛上的三姨夫听见。

邻居们还算对我三姨夫客气,没直接去赶他轰他。母亲犹犹疑疑走出大厨房,三姨夫已经走掉了。母亲连忙挣脱这群还围着她的人,追出去。

三姨夫病歪歪的身子走不快,母亲追上了。坡上坡下,这年树枝光秃秃都还未抽出芽,吃嫩叶还不到时候。母亲拿出两元钱递过去,三姨夫好歹不收。母亲说你不收,今天随便啷个我也不让你走。

三姨夫边收钱边说:"我这么落难,你还同情我。"

他哭了起来。母亲也哭了,哭自己没能力留下这个亲戚。

两个星期后,母亲不放心,就乘渡船去石板坡三姨夫原先的住房看他。打听了几个人,都说不知道。那儿已有一家六口住着,果真如三姨夫说的，房子交了公，房管局把房子里家什卖了，房子分给了人。

三姨夫在周围流浪了几天，无处可去，当然没人给他上户口，给定量的口粮。他脸和身子都饿肿了，这种时候要饭也太难了，乞丐越来越多，给剩饭的人几乎没有。他夜里就住在坡下那个公共厕所里，没吃没喝的，冷飕飕的天连块烂布也没盖的，活活饿死了。"眼睛也没闭上，睁好大。"住着三姨房子的女人一边比画一边说。

"尸体呢？"母亲觉得自己整个人直在摇晃，连忙扶住门框。

"弄走了。"那女人突然反应过来，对母亲说，"你是他啥子人？管你是啥子人，听我一言，别再打听他。他是劳改犯，别惹麻烦。"说完，女人把两扇木门合拢，母亲只得退出门槛，让那门在面前哐当一声关上。

"我怎个就给他两块钱？我身上明明还有五块钱，他是专来投奔我们的。那阵子我已经怀上了你，我是为了你，活活饿死冻死了他。以前他搭助我们时，真是大方。"母亲用牙齿咬断线，把针线收拾好，瞟了我一眼。那句她说过的话又响在我耳边：让你活着就不错了。

那个公共厕所，和每个公共厕所没多大差别，脏、臭、烂，脚踩得不小心，就会掉下粪坑。死在那种地方，比死在露天还不如。我觉得母亲的后悔药里，全是自圆其说——她可以顶住一切压力，让又病又饿的三姨夫在家中住下来，起码住几天是可以的。不过母亲如果能顶住那种压力，也太完美了点。她没有那么完美，她自私，她怕。米缸里没米，锅里没油，头上随时可能有政治"辫子"。为了姐姐哥哥们，更为了我，母亲畏缩了。

为了我，母亲行了不仁不义，让三姨夫饿死。就这一点，我也不必再与她纠缠读书的事，起码今天我不能跟她闹别扭。

这么说来，我还没有出生，就是一个有罪的人？

2

收拾起碗筷，我到大厨房自家的灶前洗碗。一盏十五瓦电灯悬在房中间，投下微光。脏碗都泡在炒菜用的大铁锅里，水是凉的，炉火已灭了，烧热水费煤，好在碗筷几乎没有油腻。父母说：我们穷归穷，但我们得干净。每隔半月或二十天，就用碱清洗碗筷、木锅盖和灶前的竹桌子。

女人响亮的哭泣声，从正对着厨房的王妈妈家传出。

没隔一会儿，她家开着的门被一脚狠狠蹬上了。"成天打，有完没完？想逼我进高烟囱呀？"王妈妈在劝架，同时也在骂架。她的幺儿和幺儿媳都有三个小孩了，还三天两头打架。闹得王妈妈的两个女儿，即使回家也坐不上半天。一家三代人窝在一起，隔不了几天，就有场戏演。

王妈妈的二儿子参加解放军，正是1956年康巴地区叛乱之时，被派到四川与西藏交界的地区剿匪。剽悍的康巴牧民马队，在草原上来去如风。夜里摸了帐篷，袭击部队，后来国家调动大批飞机，空投伞兵，用喷火器迎着猛烧，才挡住了狂奔的康巴马队。像王妈妈儿子这样的新兵去剿匪，简直是去送死。

王妈妈在一夜之间成了光荣的烈属，逢八一建军节和春节，街道委员会都敲锣打鼓到院子里来，把盖有好几个大红圆章的慰问信贴在王妈妈的门上。有一年还补发了一个小木块，红字雕着"烈属光荣"，醒目挂在门楣右侧。王妈妈周身上下落得光彩，脸上堆满喜气。鸡毛蒜皮事与人口角，不出三句话，她总会说："我是烈属。"

"儿子都没了，你一回也不伤心落泪。"幺儿媳骂架时洗刷王妈妈。

"我为啥子要伤心，他为革命没了，我高兴还来不及呢。"她振振有词地答道。

王妈妈死去的二儿子，是她四个儿女中生得最周正，也最听话的，学习成绩一直冒尖，有点像是读大学的料，但十九岁的青年，觉得能当上解放军那才是最了不起的事。

"儿子太乖，鬼都要来找。"工休从船上回家的王伯伯自言自语说。每次回家他心头怄气，总是未到工休结束便返回船上。老二放大成五寸的黑白头像，一个中学生腼腆的笑容，镶在玻璃镜框里，挂在立柜和床间的墙上。每次我看见这照片，老是怕去想这颗头颅是怎么滚下地的。

三四岁的孩子，一上幼儿园就得被带去参观阶级斗争展览馆。上幼儿园要缴几元学费，我只能在幼儿园的围墙外，眼红地听着围墙内传来的歌声，手风琴伴奏着"不忘阶级苦"。上小学，我七岁，才有这幸运走进展览馆，里面有反动派对革命人民用酷刑的刑具、被害的革命战士血肉模糊的照片，还有人民大胜利后，枪毙了的反革命一个个死相狰狞的照片。

"你们要注意，时刻警惕，有很多国民党的残渣余孽改头换面留下来，革命小说告诉我们国民党溃败前安排潜伏人员，要破坏这座山城，破坏我们新中国的幸福生活。你们千万不要忘记阶级斗争，对那些在阴暗角落偷偷摸摸鬼鬼祟祟的人，要赶快去派出所赶快找党支部报告。"

不断的警告和训示，搞得几岁的孩子成天眼睛东瞅瞅西瞧瞧，心里充满了紧张和恐慌，觉得个个人都像特务。下雨天，个个人头上戴着斗笠，遮住脸，阴暗的天色下，个个都不像好人。

我很少到王妈妈家去，一看到她那革命烈属骄傲的笑容，我就想起阶级斗争展览馆，吓得赶紧手捂住嘴。白天一想，夜里就添噩梦。

倒掉铁锅里的洗碗水，我把铁锅往木板墙上的钉子上一挂，拿起筷勺，端起一摞碗，赶快离开厨房。王妈妈怕幺儿，她只不过借机发泄几句，几句之后就会转移目标。果然，我刚经过堂屋左侧楼梯，还未跨进我家门，就听到她骂起来：

"电灯这么早就拉亮！天还亮晃晃的，又不是看不到。政府号召要节约一度电一滴水，这幸福是用鲜血换来的。这个月电费肯定贵到娘心尖尖上去了。"她的声音又伤心，又气粗理壮。

我想复习数学，被那没完没了的声音吵得心烦，就只好到院门外去。天都黑得快垮下来，还说成白天？这电又不是你一个人缴费，每家每户分摊。我心里这么一咕哝，就马上想起被枪毙的照片，革命反革命，一张张挂满了墙壁。不知为什么，被枪毙的反革命裤子都掉下来，上面是血淋淋白花花的破脑袋，下面是黑糊糊不知什么东西。

3

乘凉的人，街沿摆龙门阵的人，全都回屋里去了。我在路灯下，默默地看着功课。眼睛开始打架，书页上字迹逐渐模糊，扭动起来。我不时留意院门，怕被人插上，又要叫半天门，才会叫开。

我终于坚持不了，便拿起课本，端起小板凳，进院门。掩好重又厚的院门，拉上比粗杠子还大的插销。院子里很静，白天的喧闹变得像前世的事，此时的寂静让人感到非常不真切。

阁楼门半敞着，我进去后，关上门。秋老虎过后，夜比白日里气温要低许多度，天窗不时吹进些许风，空气不那么闷热，但也不必盖薄被。我脱掉衣服，换了件棉质布褂，躺在麦席上，扯过被单搭在身上。忽然布帘那边，四姐和她男朋友德华在床上翻身的声音传入我耳旁，我的瞌睡顿时不知跑到哪里去了。

四姐睡的那张床，以前是我们家几个女孩挤着睡，正对着阁楼的门。另一张床，靠门口，也就是我这刻睡的床，稍微窄些，过去是两个男孩睡。屋顶从左墙斜到右墙，那儿最低。布帘在我们长大后才挂上，花色洗得像豆沙，还有一小块亚麻布连接两墙和布帘，放着一个有盖的小尿罐。

布帘那头又响起动静。德华掀开布帘进角落，解小便。他出来后，紧跟着是四姐下床进去。

我就这么闭着眼睛，听着床那边太响的小便声，成人的尿骚气涌过来,我还是未动。直到他俩回到床上躺得没声息了,我才翻了一个身,眼睛对着屋顶的玻璃亮瓦。

我从小就住在这样一个男女混杂的环境里,羞耻心、脸面、文明都是心里在撑着,兄弟姐妹间,都已习以为常。现在我四姐的男朋友,一个非血缘的人挤进我们这间小屋,与我们住在一起,我感到非常不自在。

月光蓝幽幽,从屋顶几小片玻璃亮瓦穿透下来,使阁楼里的漆黑笼罩着一种诡秘的色彩。房顶野猫踩着瓦片碎裂的屋檐,那么重,像是一个人在黑暗中贴着屋顶行走,窥视瓦片下各家各户的动静。这个破损败落的院子,半夜里会有一些极不舒服的声响。忽然我想起那个跟踪我的男人的身影,他为什么老跟着我,而不跟别的少女?我头一回因此打了个冷战。

究竟,究竟为什么我会出生到这个没有一点快乐的世界上?有什么必要来经受人世这么多轻慢、凌辱和苦恼?

我轻轻撩开衣服,这呼吸着的身体,已很羞人地长成了一个女人的样子,有的部位不雅观地凸了出来,在黑夜中像石膏那么惨白。马上就满十八岁了,十八岁,应该看到生活令人兴奋斑斓的色彩,可我看不到,哪怕一些边角微光的暗示。我绝望地想,我一定得有梦想。现在我什么都不拥有,前面的岁月,不会比现在更强。我的功课复习似乎走入绝路,越背越记不住那些公式和社会主义理论。野猫溪一带几乎没有人考上过大学,怎会轮到我这个从没被人瞧得上眼的女孩身上?我的成绩并不比别人好,我的将来,和这片山坡上的人一样,注定了挑沙子端尿罐养孩子。

我对自己说，不管怎么样，我必须怀有梦想，就是抓住一个不可能的梦想也行。不然，我这辈子就完了，眼看着成为一个辛苦地混一生的南岸女人。

4

一早起来，父亲依然坐在堂屋楼梯边小板凳上抽叶子烟，烟杆是竹子做的，烟叶是便宜货，很呛人。我把头偏向一旁，避开漫散开来的烟。我没见过父亲早晨吃过东西，只是抽一杆烟，他说，他不饿。我小时真以为如此，长大一些才明白，父亲不吃早饭，是在饥饿时期养成的习惯，省着一口饭，让我们这些孩子吃。到粮食算够吃时，他不吃早饭的习惯，却无法改了，吃了胃不舒服。

父亲放下烟杆，从衣袋里摸出一张崭新的票子，是五角钱。票子中间一道新折，四角方正。他看看堂屋四周，迅速地把五角钱的票子塞到我手里。

我一下未反应过来，不知父亲为什么这么鬼鬼祟祟地给我钱。

拿着钱，我一步步顺着楼梯上阁楼。白日的光照射下阁楼异常陌生，隔在两张床间的布帘半拉开，四姐和德华都不在了，被单和枕头歪斜，破竹片伸出来。我任书本从膝盖滑下地板，坐在自己的床边。云影一遮住山坡，阁楼里光线马上变得很阴暗。

母亲的声音从楼下屋子传来，她是在和父亲说：又要去江边了，才没隔多久，不知啷个搞的，又一背篓脏衣服？

我盯着手里崭新的五角钱,听着母亲的脚步声朝院门方向走去,我突然明白过来,今天不就是9月21日,我的十八岁生日吗?难怪父亲破天荒地悄悄给我五角钱。

母亲,她应当记得我的生日,可她没有,昨天也没提起,她不像要给我过生日的样子,自个儿朝江边洗衣服去了,连叫上我的想法都没有。

母亲从没给我过生日,那是以前,可这是十八岁生日,她比我更明白十八岁对一个姑娘意味着什么。母亲对我是有意绕开?不,她根本就忘得彻彻底底。她记得又能怎么样?只要是我的事,她总不屑于记在心。

我下了楼,有意不和父亲打招呼,就出了院子。

爬上中学街坡顶,经过小学宿舍院子,那儿经常坐着站着几个退了休的教师,抱孙子外孙,看过路人。一个满头花白的老太太叫住我,说遇到过我大姐。

好像不止一个人。老太太说,我大姐肩上挎了个旅行包,和一个矮个胖胖的女的在一起。人多,她说她未能叫住大姐。

我终于盼到大姐回来了。

但往前走了没一段路,我想,大姐从外地回重庆了,怎么不回家呢?她不喜欢做事瞒人。我不太信老太太的话,她准看错了。

我朝石桥走去,各样各式的人拥挤着。这是个星期天,又未下雨,天气又不热,仿佛远近的人都赶集来了。农民挑着蔬菜,还有各式各样可以换钱的东西,早已扎断了区政府规定可摆摊的两条街。吆喝声、论价声和苍蝇嗡嗡声混杂一片。这里人买食品喜欢看到当街杀生,图新鲜,买了放心。一个小贩坐在长条木凳上,正在从竹篓里抓鲜活的青蛙,当脖颈一刀,熟练地一下剥掉皮,掏掉内脏,露出白嫩的尚在抽搐的四肢。他的手和塑料围裙一样血迹斑斑,脚下黑黑红红的肠肝肚肺、绿色的蛙皮扔得四处皆是,盆子里有宰剥完毕的青蛙,横竖堆压着相连的大腿小腿,血水依着乱石堆成的街墙流淌。

我下了一排石级,绕开拥挤不堪的路段。但人还是很多,一家一家,大人牵着小孩,有说有笑,亲亲热热。邮局、电影院、茶馆,没有一个地方人少。

买个什么样东西,给自己过生日?我继续走在人群中,不知不觉经过照相馆。五角钱在我和父亲眼里值个数,但照个最低价的单人标准相都不够,橱窗里已经换掉举着《毛主席语录》、戴着毛主席像章的男女形象,挂出了烫头发穿裙子摆出姿态的女人的笑容。对面是药店,旁边是百货商店,我几步走了进去。

从一个柜台到另一个柜台,看不出哪样东西既是我要的,又是我能买的。化妆品有了种种新鲜玩意:口红、胭脂、眉笔。我买不起,它们和"美容"两字联系在一起,我不明白这两字有什么用。

我直接上了顶楼,站在那儿可望得很远:长江对岸,江北青草坝,江北造船厂及古塔;往东能看到石桥广场。石桥广场在我的视线下,并不像走进去那么庞大,它一边靠菜市场,一边是小块相间的农田,另外两边是肮脏巨大无面目的建筑物:铁器加工厂、关押政治犯和长刑期重犯的省二监狱。

石桥广场原先只是一块较宽敞的空地，本地人乱堆垃圾、废砖，就无法种菜了。

我还在读初二初三时，每周得停课两天，义务劳动，从江边挑沙子来填平大大小小烂坑，扩展成一个像模像样的广场。所有的小学中学生都得跟当地的成年人一样劳动，下有定额，我每次都是战战兢兢地完成规定的数额。

石桥广场最光彩的时刻，是开本地区的公审大会，临时用木板搭起的台上架着震耳欲聋的高音喇叭，旗帜和横幅竖幅标语飘舞在四周。公审大会后，荷枪实弹的公安人员，押着犯人上卡车。犯人一律剃光头，五花大绑，脑袋被按下，脖颈上挂着重重的大木牌，写着"杀人犯""强奸犯""反革命犯""贪污犯""抢劫犯"，还有我不明白的"鸡奸犯"，第二行是犯人的名字，画着大红叉。卡车在南岸地区主要街道缓慢行驶，游街示众。没几年前，枪毙人就在广场土坎上执行，示众效果好，但场面喧闹激动，开枪的人和挨枪的人偶尔会出差错，打不中要害处，犯人乱嚷乱吼。有一次有个犯人脑袋被打碎，身体还朝观众奔了好一段，好些人吓昏过去。甚至还发生过犯人挣脱捆绑，在杀场上忘命奔跑的事。此后，最后一幕毙人就改在无法奔逃的山沟里进行。

连我也险些在这个广场送了一条命。初中要毕业那一年，开公审大会，审判"文革"中得意过了头的造反派，都是年纪轻轻的人，罪名是"打砸抢分子"。在派性武斗时枪炮打死人，血债要用血来还。开公审大会时，学生由老师带来受教育。起码有万人挤在这个叫广场的地方，连墙上也坐满了人。那天阳光普照，陡然响起炸雷，闪电交错，几秒钟不到，下起大雨，正是宣判死刑即将执行枪决的时刻。主持者不让人撤离，大雨淋得每个人像落汤鸡，没人敢动。突然，靠马路那头的墙倾坍，随着墙土倒下十多人。即刻全场炸了窝，神经绷得紧紧的人，从倒塌的墙、从倒下的人身上往外扑逃。我害怕得悚悚抖，躲在一边不敢动。身后的人，尖叫着从这缺口往外拥，互相践踏。会场大喇叭叫大家镇静也没用，警车、救护车乱成一团。

"不该砍脑壳的砍了脑壳，敲了沙罐，挨了枪子，老天爷不容，要人陪着死啊！"说这话的是个蹲馆子煤灰坑的乞丐，当天就被人告发，抓走了。

那天我一身是泥水回家，路上老看到三三两两的人，依着墙角挤着眼睛，鬼祟地咬着耳朵。

5

这个石桥广场尚未建成时，传来毛主席逝世的噩耗。那也是个九月，凡为修建广场出过力的单位，才有资格参加在这儿举行的隆重追悼大会，否则，只能参加在本单位自己搞的小型追悼会。这荣誉使所有能参加广场追悼会的单位容光焕发。

石桥广场白花黑纱一片，全地区的警备人员都带枪出动了，森严庄重。从北京传来华国锋的山西方言，通过广场四周的扩音喇叭，真是气势磅礴。唏嘘声逐渐变成哭嚎，我周围的人都湿脸一张，哭最能传染人。我当时十四岁，恐惧抓住我的心，泪水涌上我的眼睛，便止不住了,越哭越厉害。

追悼会后,老师和同学回校的路上,要检查是否流过泪,红肿否,表情如何。我的眼泪来得快也干得快,眼睛不够红,微微有点肿,但我的面容忧伤,一如平日。平日我的抑郁让人不舒服,这时算是帮了我一次。

6

有一年连日暴雨,石桥马路和街巷全是水。暴雨和大水把许多乱七八糟的东西都卷走了,雨水把石阶洗得那个白净,直让人想躺在上面睡个好觉。可是一看江里,全变了样:茅草篷、木盆、整棵树,有时淌过一个身体,不知是猪狗还是人。

不少人划着自制的木筏,到江上拈自己想要的。最让人羡慕的是从死人手腕抹下手表,手表很值钱,这不是偷抢:死人用不着手表。野猫溪正巷有个漆匠,是个胖子,两天抹了五支手表戴在手臂上,走街窜巷地炫耀,被公安局铐走了。他一路哭骂,说他没有像那些扒手,扒完后把人打晕往江里推。

那场罕见的暴雨把一些摇晃的房子,连同家具和垃圾都冲走了,水馆子这个吊脚楼却奇迹般挺住,三天后水退尽,墙上留有点点霉斑,又开始营业。自那场暴雨后,水馆子蒸出的肉包煎出的锅贴饺子,香味漫过几条街。有人说,是水馆子店主的老爹使的法,他在峨眉山学过道术,他发的功,落在包子馅上。

我只看到肉好，分量多，萝卜缨、蒜、葱、青菜，嫩得晃人眼。

走出百货商店，上一大坡就是电影院。看一场电影，是我向往的。只要是图像，即便没色彩和音乐，我都不在乎。看一场电影，即使是放映纪录片，祖国河山一片大好，中央首长接见外宾，飞机洒农药，我都想看。都是父亲开恩，私下给我五分钱看学校组织的电影，才能一饱图像的眼福。我一人选择看一部片子，是从未有过的事，这念头使我激动。电影院黑糊糊的墙壁，假如那是一面玻璃，我会看见一个梳着两条细细辫子、头发不多、脸无光彩、身体瘦弱的少女，这便是我。此刻，正在精神粮食与物质粮食之间做痛苦的思想斗争。

结论还是买吃的。我看着自己走下坡，穿过马路，走向那家馆子门口的柜台。那儿已有十来人在排队，等着新出笼的肉包。

有块小黑板写着包子、饺子、烧饼、小面、馒头、三角糕和豆浆的名称，标明每一样需多少钱和粮票，字迹歪歪倒倒，浓淡不一。我身边只有五角钱，但我仍站在队列里。带菜肉馅的包子，松软，面皮显白还薄，牢牢抓住我的心。里面四张桌子，皆长木凳，挤挤地坐满人，有的人喝豆浆，有的人喝饺子汤，浓浓的乳白色，上面飘了星星点点的葱花。

轮到我了。卖筹子的青年人剃了个小平头，不耐烦地等着我说话。

我把手里的五角钱怯生生递过去：“两个肉包。”

果然，他问：“粮票呢？”

"我忘了。"我着急地解释：反正两角钱一个，两个四角，剩一角抵二两粮票，行不行？我想我一定从脸颊红到脖子胸口了。我从未自己买过点心，没想到要粮票，况且粮票可当钱用，家里不会给我。

卖票的青年人朝储藏室叫了一声,随即从里走出一个脸上打满皱的女人,系着白袖套白围裙,沾了些面粉酱油。她问了情况,说行。到蒸笼前,亲自用大夹子将两个肉包放在盘子里。

"我不在这儿吃,我要带走。"我说。

她在橱窗边搁着的一沓发黄的纸片上,取了一张,放上两个包子,搁下夹子,又取了两张纸垫着,叮嘱道:"好生拿哟,烫得很!"

我捧着热乎乎的肉包,闻着扑鼻的肉香,第一次感到幸福的滋味:这是我的生日,我在庆祝。

我没从来的那条路回家,而是顺水馆子前的小街走,这条路坡坎多,但近一点。肚子开始咕咕叫,在下命令:趁热赶快将肉包子吃了。可我还是咽下了口水,想带回家去,与父母一同庆祝他们生下我。我一口气跑上粮店旁的石阶顶,一坡几十步的石阶看起来不陡,但一气上到顶,就喘不过气。

坡顶正好是三岔路口,一个老荫茶摊紧挨着棵苦楝树,树桩连着块生得奇形怪状的石头。我刚走近,就感到背脊一阵发麻,迅即转身:一个穿得还算规矩的男人,站在一户配钥匙低矮的屋檐下,他并没看我,在跟配钥匙老头说话。

一个正在等配钥匙的人?我的心就放下不少。回过身,即刻又感到自己被盯住了,我的头控制不住地轰轰乱响,我惊慌,说不出的惊慌,一个包子从手里滑掉。

我急忙蹲下,一个包子还在纸上,掉在地上的那个,滚在老荫茶摊下的一片满是灰的树叶上。我拾了起来,包子沾了灰,我吹了吹,灰沾在包子上,一动不动,我只得心痛地用手轻轻揭下弄脏一处的皮。

我站起来时,那男人已不在。这人很可能就是以前那个跟踪我的人?今天他跟着我说不定已不止这一刻。今天是星期日,不上学。以前总是在上学放学期间我被盯梢,这次此人却打破了以往的习惯。

是不是我刚才上坡上得太急,气喘,眼花了?

绝不是的,我清楚自己的感觉。肯定还是那个男人,为什么他隐蔽地跟了我十多年,今天突然冒出来——几乎径直走了出来?

这个地区强奸犯罪率较高。山坡,江边,角角落落拐拐弯弯的地方多,每次判刑大张旗鼓宣传,犯罪细节详细描写,大都拖到防空洞先奸后杀,尸体腐烂无人能辨认,或是奸污后推入江里,使每个女孩子对男人充满恐惧。我记起初中时一个女同学的父亲被抓走的情景,她和她的妹妹们哭啼啼跟过几条街。

"没有堂客,又没妓院!叫我啷个办?"那个丧妻的男装卸工吼叫着,像头咆哮的狮子。说是他把邻居的黄花闺女给诱奸了。

我不敢想下去,心里一阵着慌,拔腿奔跑起来,直跑到中学街操场坝。周日放假,学校没了喧哗,操场空旷,没人在打球,连捉蚱蜢扑蝴蝶的小孩也没一个。天空比操场延伸得更远。我放慢脚步,走在杂草中被路人踏出的一道清晰小径上,努力让自己心定下来。

第五章

1

从碗柜里取出平坦的土碗,我将两个包子放在里面,小心地把粘在包子上透了油的纸揭去。碗柜上有碗稀饭,我又渴又饿,端起稀饭,稀里呼噜一阵,统统灌下肚子。

父亲进屋来,我拉亮电灯,虽然光线昏黄,但房里的床、桌子、五屉柜比先前清晰多了。

"爸爸,你和妈妈的。"我把装包子的碗递给父亲。

"你呢?"父亲没拿。

"我已经吃了一个,这两个是你们的。"

"你连撒谎都不会,五角钱哪能买三个这么大的肉包子?"父亲说,"你喜欢吃,你就吃吧。"

正说着,母亲端着碗筷进来,把筷子插入墙上的竹篓里。"六六,一早你就没影了,也不帮妈举杆杆晾衣服,人一大就不听妈的话。也是,竹子都靠不到,还能靠笋子?养这么多儿女,一个不如一个。"她越说声音越不耐烦。

我说,妈妈你别念叨我了,我有你最喜欢吃的东西呢。

母亲也看到碗里的肉包,果然十分高兴,竟然忘了问买包子的钱是哪来的。"买这么贵的东西做啥子,你去哪点了?"

我说,我去石桥了。

她拿起包子的碗,想起什么似的,问我,在石桥哪家馆子买的?

我说,当然是水馆子,每个人都说那儿的肉包子肉饺子好。真是人多得很,还排队。

我的话未说完,母亲手一甩,把碗撂回柜上。她扶住绷子床的柱头,干呕起来。"水馆子的包子。"母亲恶心地摇头,她接过我递上去的湿毛巾,拿在手里坐在床沿上。

"你这人太疑心了点。"父亲不快地说。

"哪是疑心?"母亲说,"那是啥子年?"

从母亲不太连贯的话语里,我听出了个大概:灾荒年水馆子的包子是用小孩的肉剁烂做的馅。吃了包子的人还想吃,这才生意红火,就像现在火锅馆里的人,往汤料里放大麻根、罂粟秆一样。当年有人发现肉馅里有手指甲,告发了。公安局把开馆子的两夫妻给逮了,馆子给抄了闭了,好多年,店才重新开张,归了街道合作企业。

"街上老太婆瞎嚼嘴。"父亲说。

"那阵子肉多稀罕,可水馆子的肉从哪儿搞来的?而且鲜得要命,比味精还鲜。说没证据，也有证据。"母亲说和她在一起抬了一两年石头的联手，联手三岁的娃娃也是那阵子失踪，连个影也找不到。联手最先一说起泪就叭嗒叭嗒地掉，后来不哭了，就跳进中学街操场坝那口古井。尸体烂在井里发臭才被发现。那口井也就封盖起来。母亲说这个联手最好，在一起抬杠子，从不把绳子往母亲那头移。

"你小声点行不行？"父亲正色道，"六六买的包子，她都舍不得吃，你不吃就算了，让她也不敢吃，还尽扯些无根无据的事做啥子？"父亲跨出门槛，到堂屋去了。

母亲的声音一下子提高了："小声点，小声点，犯得着吗？反正我老了，不怕。"房间里没有父亲，母亲的声音降了下来。

我盯着柜上装有包子的土碗，那饥饿年代的传说，在我出生之前，我用不着害怕，但我的生日就变得没意思极了。我从母亲旁边擦身走过，拉开五屉柜左边第一个抽屉。

"你在找啥子？"母亲注意到我毛手毛脚。

"信。"我手不停，翻捡针线盒、剪刀、纽扣、梳子，恨不得把整个抽屉端出来，倒在地上翻个痛快。"大姐的信呢？"我问。

母亲说不在那里。她扳起枕头摸摸，一支小巧的口琴从枕头里滑出。我伸手去拿，母亲一把挡开，样子不是很凶，而是有点出乎我意外。母亲怎会有这东西？看上去是什么心肝宝贝似的，而且她犯不着对我如此。我从小没有玩过任何乐器，不管哪件乐器都不会，玩具，也只玩过一个母亲自己做的布娃娃。

"哦，我忘了，肯定早晨洗衣服给洗掉了。"

母亲说，她好像在掩盖什么事。我想她是故意的，并且不让我看大姐的信。大姐一定告诉母亲一些事，母亲生气，当即就把信撕了。

"我不相信。"我说。

"你今天吃了火药，老跟我顶嘴？"

"大姐已经回来了，今天早上有人看见的。"

"看见就看见的，她爱回哪回哪去，只要别迈进我这个门槛，我就谢天谢地了。"母亲的脸垮下来，一听说大姐回来，母亲全没了平日盼望的劲。

母亲又开始骂大姐是个惹事祸害虫，不争气，从不听她的话。跳楼，退学，嫁人，哪一样事大姐问过她？要不也不会落到今天这步。"六六，"母亲看着我，"你小小年纪也不听妈的。"

我说："我哪点不听你的？我已经不是一个小孩，起码，我连选举权被选举权都有了。"这话丝毫没能提示母亲——今天是我生日，反而使她情绪更坏。

"哟，还知道选举权？"母亲用嘲笑的腔调说，"谁要我就给他，哪年选举不是服从规定就一个格子划圈？教训我们：字都认不得，还要民主？"

我几乎要叫起来：妈妈，今天是我生日，你怎么会记不得？

潜意识中，我已经感觉到了这个生日不是一串数字中的一个，而是一溜儿不准逆转的念珠中最特殊的一个，数过去，就会触到许多不可知的禁忌。我本能地恐慌起来，想哀求母亲抓紧我。这根维系着我和命运之间的绳子，是个定时炸弹的导火线，在一点点闪出幽蓝的火花，我感觉我已经准备跨出这一步,今天,就在这刻,我必须向母亲点明。

我走到门槛边,身体靠住木门。木门在半闭半合中承受我身体的重量,悠慢地咯吱响。我索性把门关严,我内心怕得要命,费了好大劲才稳住自己。然后,直撞进题目中去:

"你女儿即使被人划了脸盘子、镪水泼毁了容、强奸杀死了,你也不会哭第二声。"

"啥子意思?"母亲厉声问。

"有个男的总跟着我。"

母亲忽地一下站起,走过来,她用手摸我额头上沁出的汗珠,"有这种事?"她盯着我的眼睛。

我故意扭过脸去说:"我在撒谎,你就这样想好了。"

"我就晓得你这个人。你不搞得我不舒服,就要搞得自己不舒服。"她嘴里这么说着,眼睛还是没离开我身上,忽然她推开我,拉开门冲了出去。

大约十来分钟,母亲回来了,喘着气,对坐在桌旁的我说:"我就晓得你在撒谎,啥子人也没有嘛。"她喘定了气,接着问:"这男的像啥样子?有多久了?你啷个不早给妈说?"

看到母亲是真着急了,我也害怕起来:"好久了……不止一次。"

我说那跟踪我的人既不是棒小青头,也不是涎皮赖脸的骚老头,是比这两种人都还危险的一个中年人。我没正正面面看清过,要看清了,也不值得给你说了。我最后一句话,是有意气母亲的。

啪的一声,母亲把房间里的电灯关了,火气旺旺地吼道:"去,去,滚到阁楼上去。"

我一步跨出房间,把房门摔上。

我在堂屋站了一会儿,憋着气上了阁楼。

2

想着母亲一个人坐在暗淡的楼下屋子里,我拿着书本,一个字也看不进去,不知她心里在翻腾着什么。我伸过手去按单放机的键,它像一个小搓衣板,是四姐和德华几个月省吃俭用买的最便宜货。我们走路都异常小心,怕碰翻桌子摔坏了这个全家共享的宝物。

"人生难得几回醉,不欢更何待?来,来,来,喝完了这杯再说吧,好花不常开,好景不常在。今宵离别后,何日君再来。"

这首半个世纪前在这座山城被唱得烂熟俗气的歌,有三十年之久是绝对黄色的禁歌,直到这一二年才从革命歌曲的重围中又冒了出来,带着古怪的诱惑味。以前听,多少能使心绪改变些,但这个下午一两点钟,却让我更加焦灼不安,在阁楼里坐也不是站也不是。长这么大,我是头一回如此牵挂着母亲,于是我关掉音乐,下了楼。

母亲不在屋子里。奇怪,她上哪儿了呢?

父亲正蹲在院外空坝上,满手黑糊糊,捏打着煤渣饼团。

父亲若不是特别需要,谁去主动打帮手,他会不高兴。母亲相反,她经常故意不叫,考验我们做儿女的,谁最勤快,谁最与她贴心。

院里院外都没母亲的影,找不到她,我回到堂屋,在门槛前愣着,有人在我身后叫：

"六六。"

我顺声回头，是大姐，她手扶我家的门。

我早上遇到的老太太说的事是真的，大姐真是回重庆来了。我这么一走神，就听见大姐不耐烦地喊："六六，你耳朵聋了？"

3

大姐用水洗过脸。"啷个家里一个人也没有？"她边问，边拉开五屉柜抽屉，取出一把断了齿的木梳，又找到四姐用的一个小圆镜。她吹了吹上面的灰，对着小镜子梳一头乱糟糟刚烫过的头发。

我半年多未看到她，她没大变化，脸圆了一点，身子丰腴了一些，眼珠比以前更灵动跳跃。

"爸爸不在家吗，我不在家，怎么说没人？"

"哟，说不得了，"大姐脸上有了笑容，"幺妹，你书比我读得多。"

我忘了母亲不愿拿给我看她的信。我的心思不在上面。"我没一样事顺心。"大姐说着，接下来她必定又是她那套离婚经，该怎么办？

我赶紧接过她的话，说："我知道你早就回来了，何必搞得怪里怪气的？"

她笑着说，她就是不先回这个家。她到以前一起下乡的朋友家去串门，就是要让母亲晓得了不舒服。她突然想起什么似的："哦，妈呢？

哪个不见她?"

她的问题正是我的问题。我说中午母亲还在,后来我下楼母亲就不知到哪儿去了。

大姐酸溜溜地说:"不管妈,妈准是过江去城中心看二姐,妈心疼二姐,心里没有我们这几个儿女。"

二姐运气比我们哪个都好,读的师范,1969年上山下乡,师范学校的学生可以不去,免受当知青的罪。分配时两个有门路的人互斗,僵持不下,让她这种本应分到乡村小学的人拾了个便宜,分到城中心的小学,摇身一变成了城中心人。生了个儿子,又生个儿子,丈夫对她也好。

"饿死了!饿死了!"大姐像带股气似的叫,翻锅碗,打开碗柜,发现两个肉包,一手一个,吃将起来。"好吃,真好吃。"她不到一分钟就吃完,用手帕擦手。

"幺妹,"大姐突然问,"你哪个脸色死人一张,难看得很?"昏黄的灯光下每张脸都一个颜色。毕竟是我大姐,许久不见,照样能感觉出来。"是不是我一个人把包子吃了,我以为是剩的呢。"

"你真会说话,肉包子会剩?"我说完这话就一声不吭了。父亲和我舍不得吃,母亲和我还为这包子吵了一架。大姐在家里虽排行老大,却像最小。母亲说她比家里哪个孩子都会来事,发"人来疯",一点不懂事。

大姐可能是对的,母亲到二姐那儿去了。二姐性格温柔,做家里事做教师都细心认真,对母亲算得上孝顺,即使和母亲扯皮,也是气在心头,不会像我们这三个姐妹那么顶嘴对吵。二姐已经不住在家里,她不时过来看父母,母亲有时也过江去看她。今天,母亲不留在家里,就是有意冷淡我。

"今天,是我的生日。"我朝大姐声音很高地喊道。本来这句话是准备对母亲嚷出来的。"妈妈都忘了,她从来都是故意的!"

"哎呀,怎个不早说?"大姐最会装巧卖乖,"幺妹,你该早点说嘛。这包子肯定是你过生日的。"她不笨,甚至给母亲说起好话来:"妈不是忘了,不准那么想。妈可能记错日子了,嗯,她记旧历。"

"不管旧历新历,她就是故意忘的。"我嘴上这么说,心里想你们记得也会一样待我。生日不生日,反正我无所谓,像母亲说的,让我活着就不错了。

"大姐给你赔小心。来,我给你梳个头发,换一种扎法。你看我的头烫得还行吧,不像街上那些小卷卷刨花头,也不像那种小县份土里土气的。跟你说吧,是大姐我自己烫的。"

她不管我同意不,就关掉灯,把我拉到堂屋,让我坐在一个小板凳上。堂屋光线好多了。对门邻居程光头的老母亲坐在她家门前,背靠墙,眼睛眯着。

"大姑娘了,要爱漂亮。来,头仰起,梳个独辫子,两边乱发往后拢,让头颈和耳朵露出,让你左脸边的痣现出来。脸上有颗痣,吉星高照,厄运全消,不会像你大姐这么命苦。"

她从我身后走到我面前,看看,让我坐着不要动。

一分钟左右,她从屋里回到堂屋,把我长短不一的刘海梳了梳,剪齐。又把小圆镜递过来。我朝自己举起镜子,站了起来。镜子里的我两根辫子已变成一根,这么一来,真有不少变化。我注意到,因为发式改变,脸颊和脖子显了出来,我第一次喜欢起自己的模样,高兴起来。但我不想让大姐得意,脸上表情平淡。

"啷个样嘛?喜欢不喜欢,吭一声。"大姐这天也一反常态,我越不理她,她越要讨我个好。

"黄皮瘦脸一张,再打扮也是个丑样,一看就是受你欺负的。"我把镜子还给她。

"好,好,幺妹,今天你生日,几岁了?"

"62年生的,几岁嘛?"

"十八岁,我的老天爷!我还以为你只有十五六岁呢。幺妹,今天是你生日,大姐也不知道,知道就会给你带个礼物。"

我鼻子里哼了声,心里还是有些热,礼物她是不会送的,能这么说,就跟别人不一样了。

"十八岁嘛,算一个大生日。这样,你今天要我为你做啥子事,大姐都愿意。"她说得真切,很诚恳。

"此话当真?"

"当真。我要骗人,可以骗的多着呢,还会骗自家幺妹?"

我想了想,说:"大姐,我要你陪我到江边走走。"

她笑了:"你那么一本正经,我还以为是啥子了不得的事呢。没问题,我陪你去。"

4

我俩出了院子,下着石阶,往江边走。

我必须弄清,或至少明白一点点从小就盘绕在心头众多的谜团和阴影。所有的人都或多或少地知道一些什么,但都不肯告诉我,他们在有意组成一个巨大的阴谋,我就这么被框定在沉默之中。也许人人都落在别人"不言"的囚笼里,别人不说的正是我急切想知道的真相?不行,我决定把一切抛开,高考复习这种所谓的第一大事也搁在一旁,得问个明白,不然,我就活得太不清楚了——这么十几年!

我庆幸自己还未完全丧失看人的本能:我生日这天大姐回家,我就逮住了她,认准了她。她比我大十六岁,生在我前头十六年,对我负有推卸不掉的责任。肯定有些事与她有关。是命运让她偏偏在这个时候回来,解答我的疑问。

大姐是唯一不与家里其他妹妹弟弟抱团结伙的人。她和母亲不停息地吵闹,吵得最厉害时,眼里充满了怨恨,或许是她在众多兄妹中独享宠爱,才会如此撒娇。1969年闹遍天下革命的红卫兵被解散到农村边疆广阔自由的天地去,而大姐早在1964年就响应号召下乡,她是全国第一拨下农村的知识青年,比别人多受了好些年的苦。在农村呆了九年才到四川边界一个山区的煤矿当工人。

她在十八岁卫校快毕业的一刻,与一个男生在校外散步。团支部书记批评了她,学校纪律不允许谈恋爱。她说要男朋友又怎么样?大吵之中,两人同时动了手。她一人受到处罚,不让她参加元旦表演节目。她气得说跳就从两层楼高的地方跳下,腿骨折,进了医院,被记过,因此"历史有污点"。她不愿写检查,却直接去找校长。校长不主持个理,她将学生证朝校长当头丢去,退了学回家。

街道办事处的干部动员她说:"长江三峡美如神话,巫山河里的鱼像桶那么粗,煤用手帕包都不会黑。那是个好地方呵!"她相信了,偷了家里的户口本,注销了城市户口,她想与惩罚她的同学老师比比哪个最革命。

父亲说他走船去过巫山,那里的情况完全不是干部们说的那么一回事,苦得很,父亲不准她去,要她去派出所把户口重新上回去。她骂父亲在造谣,是反革命。父亲哭了。母亲哭着去街道办事处求情,被狠批了一顿,说你反对女儿去农村,就是破坏上山下乡运动,你应该晓得担当啥子罪名,走遍全国,也没有人敢给她已经下掉的城市户口上回去。母亲被吓坏了,眼睁睁看着她笑嘻嘻地走了。

同学笑她是傻瓜,母亲骂她无法无天。

而我总怀疑大姐有什么理由,急于离开这个家,她不想属于这里。

她见到我话特别多,话里有话,真真假假,像逗我似的,从小如此。有时,她脸上表情丰富到夸张的地步。如果不这样,当她在江边洗衣服,浓密的黑发盘上高高的额头,看上去她还真漂亮,不止一人说过她的眉和嘴像年轻时的母亲。她的脸相,还有高挑丰腴的身材,不同于家里其他姐妹兄弟。重庆女人小巧玲珑,秀丽,沾了重庆山水雨雾地气,性格阴柔。我大姐性格却像男子,刚烈而火爆,敢动嘴,也敢动手,甚至用刀卡住第一个前夫的脖子,逼他签字同意离婚。

她做什么事都不想,先做了再说,做糟了,不屑于收拾,让别人去着急。她在乡下时,巫山县城一个算命八字先生说她命带血腥气,走盘陀运,吉凶难卜,四十岁左右若能躲过一次大劫,才可血顺气返归正路。

"说不信命还是得信,我四十岁左右肯定要出事,还是老实点过吧!"这是大姐几年来老挂在嘴边的话。

不过今天她的话不一样,她比我落后几级石阶,朗声骂道:"我今年满三十四,按那老该死的算命先生说的,我只有几年可活,干吗小小心心做人?我就要看到底会发生什么。"

我转过身,盯着大姐,劈头盖脑就说:

"你们有事瞒着我!大姐,你得告诉我!"

她没听到似的,急急往下走。我跟着她,不肯落下一步。没有房屋和树遮挡的江面,有两个人在游泳。嘉陵江水较清,与浓黄的长江水在朝天门汇合,中间像有条弯扭的线分开两江水,在我们这山坡前,就全是长江的浓黄湍急了。我又重复了一句。

"告诉你啥子?"大姐不当一回事地说。

"你刚才可许过愿的,说今天是我生日,你啥子事都愿为我做!"

大姐朝我的背就是一下,问:"你今天是怎么啦?"她的手真重,我忍住了痛,没说话,等她说话。她嘻嘻哈哈一阵笑,"我许了愿,就当然照办。但你太正儿八经了,好说好商量。我好不容易回来一趟,你和我就这样走走,看看船,望望风景不好吗?如果你愿意,我就陪你过江去城里玩,看场电影。"

"我是认真的,你得告诉我!"我不理她的茬,同时,我感到绝望。江上的汽笛一声高于一声相互交错,聚集在我眼前的空中。不只是这个下午,但就这个下午,我的感觉是如此强烈。在我听来,每艘船的汽笛都是不一样的,仿佛上面附有一个受伤的灵魂,在诉说自己的命运,令我不寒而栗。于是,我冲着大姐喊叫起来:

"你是知道的,对不对?你们一直都不想让我知道一丁点,你们一直都在骗我。不管怎么样,大姐,你得告诉我!"

大姐无动于衷笑眯眯看着我。我的喊叫变成了哀求,声音低得只有我和她两人听得见。

大姐收起笑容,说:"好吧,你想知道什么?"

"到底为什么父亲会视力如此衰退,在我生下后,就不得不提前病休回家?我决不相信那种说法。"

大姐问我,哪种说法?

我说,父亲单位劳资科说是"梅毒后遗症",还有院子里的人也含沙射影地骂过。

"哪个杂皮、梭叶子、烂娼妇敢乱说!"大姐吼了起来。

我赶紧掩住她的嘴,我们离住房区并不太远,她这样大声嚷,会有人听见。大姐狠骂着,转头奔下又湿又滑的石阶小道,道旁的垃圾臭得熏人,鼻子难受。她忽然闪进一个暗黑的山岩洼口,扑地跪下,朝石壁磕头。

"你也来给菩萨磕三个头!"她吼我。

"这是什么菩萨?"我犹犹豫豫走进黑暗中。

"江边白衣观音,"她说,"文化大革命中砸烂,你没见过。最近刚由行佛事的善人修起来。快让观音保佑全家。"

难得大姐提到全家福佑,我只好朝幽暗的石壁拜了几拜。大姐又摸到潮湿的石壁下,捧了一掌水,低头喝了下去。她让我去喝。我想起我们院子墙后从坡上无数家流下来腥臭的阳沟水,连声说"不"。大姐弯下身,又捧了一掌,送到我嘴边,水从她手指缝里一滴一滴地漏着。"菩萨水,香的,治百病。"她认真而强硬地说。

我只得张开嘴,顺从地喝下去,果真是清凉的泉水。"好了,"我说,"大姐,你也弯酸磨蹭够了,现在该可以开始说了吧?"

"说什么?"大姐却反问我。

倒给她问准了。我想知道什么?我想知道一切,但我怎么知道大姐知道什么?

等了一会儿,大姐说:"好吧,我讲给你听,关于我的身世,我只知道我的身世,其他事我可不知道。你还得答应我,保守我的秘密。"

我们在礁石边坐下,面朝着翻卷出一片漩涡的急湍江水。

第六章

1

母亲是乘船到重庆来的,大姐说,她是逃婚,她是个乡下逃婚出来的女子,溜进这个巨大的城市,想叫家人再也找不到。

那天雾浓浓稠稠,一片片的,像破烂的棉絮。"到重庆了!"有好些人站在船舷吼叫。从臭熏熏让人作呕挤嚷的底舱钻出来,母亲走上甲板,吸了一口江上的新鲜空气。岸上依山而建奇形怪状的房子,古城墙下石梯一坡接一坡。越离趸船近,越看得真切。码头上挤压着接客送客的人:男的西服、礼帽,女的旗袍、高跟皮鞋、烫发,手拿扁担绳子的脚夫,抬滑竿的,兜售叫卖的小贩,带枪的警察。这一切都太新奇了,她一时忘了为什么到这地方来。

那是1943年,严冬尚未结束之时,雾很浓,雾却是安全的信号,狂轰滥炸的日本飞机,要到雾期结束的五月才会再次让这城市震动。这城市当时是国民党政府临时首府,抗战大后方,许多医院、大学、工厂、公司,包括牲畜也都迁移到此,依靠长江天然的河运交通,依靠四周层层叠叠山之屏障,这个又脏又潮的城市忽然一时成为中国的政治文化中心。

几天前母亲从家里跳窗逃出,忍着腰痛,趁着拂晓雾霭笼罩,走山路,一刻不敢停,亲戚家没人会收留她。鸡叫了,天色变亮。跟上一伙上县城卖竹席的人,她手里只有从家中抱走的唯一的陪嫁物:一床麻纱蚊帐,大片白色中飞有几只墨蓝的鸟。

当晚,母亲随着十来个少女上了沿长江开上来的客轮。她们的家乡忠县不过是一个小码头。

她们在铁板的底舱,大通铺。少女们和两个招工女贩子,挤着挨着睡在吵闹的底舱里。两个女贩子睡在最外边,怕这些少女进纱厂前出意外。

听着江水拍打着船哗啦响的声音,少女们愁眉苦脸。轮船凄厉的一声长鸣离岸时,几乎所有的少女都哭了。但母亲没听见,她早就傻愣愣地睡着了,她睡得很幸福,像一辈子没睡过觉似的困,身体缩成一团,甚至都没有换个姿势,翻个身。

2

母亲从纱厂下班后,看到的是一个并不可爱的城市。春天来临,离雾期结束还有一段平安日子。雾气慢悠悠地在这座城市飘移,在山脊线上结成浓云，山脊以北的上半城朦朦胧胧，山脊以南的下半城若有若无。街道凌乱狭小，弯曲起伏，贫民区的码头与沿江坡地区，吊脚楼一边靠道路一边靠崖，像一群攀附在山坡上的灰色蜥蜴。

大姐说的事发生在三十七年前，但我并不陌生，这个城市的工人住宅区，半个世纪以来，恐怕没什么不同，今日的房子只比那时更挤。

这座城市令人战栗，有股让人弄不清的困惑，时时隐含着危险和埋藏着什么秘密。重庆男人走到街上，无论他装束什么样，你都无法猜出他的身份。他可能是地痞，也可能是正人君子；可能是特务，也可能是顺民；既可能是暴乱分子，也可能是秘密警察、袍哥、学者、赌徒、官员，或是戏子、二流子，或是扒手。重庆女人也一样，无法依她的打扮举止看她是良家妇女，还是荡妇、野鸡。不管什么人，都有点潮湿湿的鬼祟气，也有点萎靡的颓丧感。

时间很快到了1945年，虽然这时，几乎没有了人们熟悉的警报声和奔逃凄厉的尖叫声，人们也忘了抬头仰望天空，不再关心是否有日本飞机的小黑点，防空洞开始门庭冷落，这个城市渐渐充满战争胜利的喜庆。巨大的历史转机，与这个年仅十八岁的做工妹本没有多大的相干。但命运却让她看到尚在田里耕作的父母兄弟、她同龄的乡村少女永远看不到的东西。

大姐坐着的礁石面上有许多蜂窝似的蚀坑，她与我肩挨肩，说的事却离我越来越远。远程的大客轮驶近朝天门码头，拉响汽笛，听来像个廉价雇来的吹打队在奏丧曲。太阳退到对岸江北，一层淡淡的红晕浮于山头。江里零散的几个游泳者,顶着衣裤往自家岸边游。这个城市的历史太喧闹,传入我耳旁的声音极杂乱,单凭耳朵,很难一字不漏地听清大姐的话,我必须凭我的心去捕捉。

那天上午走进位于沙坪坝地区601纱厂戴礼帽的男人,本来毫无兴趣看一眼养成工的宿舍。他只是走过门口,听见了一点奇怪的声音,探了一下头,他身后跟着跑的两个小打杂也忙不迭地站住。大棚式房子里两排草垫通铺,有股积久的汗臭。

一个少女被捆绑在木桩上,发辫早已散开,有几绺飘拂在她的面颊。漏进棚的光线像故意落在她的身上,显得她皮肤健康细嫩,睫毛黑而长,嘴唇傲气地紧抿,在愤怒中潮湿红润。工头的皮鞭在挥舞,她挣扎着,有一股抗争到底的狂野劲儿。

大姐坚持说,男人的这一伸头,是我们家的第一个命运决定关头,因为他马上被母亲的美貌勾掉了魂。母亲那天早晨的倔强,使那个袍哥头儿觉得有趣,竟然还有这么个乡下妹崽,不仅不顺从凌辱,被捆绑鞭打了还不愿服个软,也不愿说个求情话,让工头下不了台。工头正气得没办法,转身看见那男人,立即赔了笑脸来。袍哥里认辈分,这个戴礼帽的男人辈分高得多,问了两句,就走了进来。

那时母亲抬起头,因为背光,走向她的男人又戴着帽子,来人的五官轮廓不分明,只觉得他个儿高,身子直直的。母亲顿时害怕起来,想这下自己真完了,她绝望地把眼睛掉到一边去。因为恐惧,她的脸通红,呼吸不均匀,成熟挺拔的胸部一起一伏。

男人叫松绑。

母亲这才正眼看清进来的是一个英俊的青年。他关切的眼神，一下子就触动了她的心。

大姐生性浪漫，老是没命地爱上什么男人，我没法阻止她的讲述，也没本领重新转述她说的故事。我只能顺着大姐的描述，想象这场一见钟情中的逻辑：一个乡下姑娘，敢为贞操拼命，长相又俏，或许正是这个袍哥头心目中看家老婆的标准。他自己也是个从社会底层爬上来的帮会小头目，本能地不信任这个大城市里，像苍蝇一样围着他转、赖在他床上的风骚女人。

他看了看母亲，与工头咕哝了两句话，就匆匆走了。

母亲那天被松了绑，躲过一难，又开始下班上班，很快忘了这件事，就像忘了她年轻的生命中已多次历经的危机。她节衣缩食，想积攒钱寄回家乡。两个月后，一天放工时，着工装的女工们正在过例行的搜身——厂里怕女工带走棉纱团、布片之类的东西——工头却满脸笑容走过来，请母亲到厂门外去。

她出了大门，一下愣住了：一辆新崭崭的黄包车停在那里，每个金属部件都亮得晃眼，穿着整齐的车夫恭敬地等在一边。

3

那种时代，到那种餐馆的男客个个西装革履，头发胡子修剪得体，女客则一律高跟皮鞋，烫着和好莱坞电影里女演员一样波浪的发式，耳环、项链、别针、手镯,把自己披挂得郎当作响。旗袍也都是锦缎,开衩到时风该露的顶端位置。

大姐从小是个摆龙门阵的能手。和上辈人不同,她这一辈摆的已经是电影和小说。我那时才几岁,总是缩手缩脚在一个角落,张着嘴,不作声地听这些回城探亲时间过长的下乡知青聚着讲故事。他们坐在两张床和地板上,挤挤团团地嗑着瓜子。恐怖的山间鬼魂,国民党特务梅花党。有时是亲历的实事:知青间谈恋爱,与农民打群架,反抗乡村干部欺压动了刀子,最后被公安局枪毙。故事一个接一个,有时全室哄笑,有时唏嘘一片。

母亲嫌我不做家务,老在阁楼下喊"六六下来"!弄得大姐认为我讨嫌,也赶我走。我每每做完了事,就在阁楼门口蹲着听,以便再要做事时下楼快些。

我不知道这段家史,有多少是大姐在过龙门阵瘾。说实话,大姐比我更适合当一个小说家。大姐没有受完足够的教育,她的黄金岁月都给"文革"耽误了。怎么追也追不回。有一次她对她过去的几个知哥知妹说,命运不帮忙,要是能让她做个作家,她的经历足够写成好多部精彩的小说。我一旁听着,替她抱屈,觉得她太可惜了。

但是在这时,我很难把她勾勒的母亲那时的形象,与如今臂腿粗壮、身材上下一般大小、没好脾气、非常不女性化的母亲合成一体。

我努力想象:母亲穿了她最喜欢的靛青色布旗袍,衬出苗条玲珑的身段,布鞋,没有一件装饰品,一头黑发光顺地往后梳成两条辫子,露出额头,就是剪成短发也行。但她的眼睛黑而清亮,和她的脸色一样羞涩，在她微微一笑时，既温柔又妩媚，的确很美。大姐是对的，母亲不可能没拥有过青春。

坐在母亲对面的那个男子，更为神采飞扬。

他，一身考究的白西服，头发看来是在理发店整治过的，体面，黑黝黝的头发，上了油，眼睛与眉毛有棱有角，长得比当今电影院门前广告上的明星还帅，不像30、40年代电影里的奶油小生，或戏台上的白面书生。八角灯笼光线柔和，桌上蓝花边盘碗勺碟，瓷面细腻，一式光洁透亮。星月上升到天空，山城万家灯火闪烁。母亲微微低垂脸，没吃菜，双手安静地放在膝上。

他们在说什么呢？母亲竟然忘记了生平第一次穿罗戴绸进大饭馆的拘谨不安，聚精会神地听起那个男子讲他自己的身世。这个身世，是那个男子说给母亲听，母亲在不知什么时候说给大姐听，大姐在这一个晚上摆给我听。

他说他老家在四川安岳，家贫，母亲给人洗衣做衣，父亲有力气，给人抬滑竿。母亲前后生了十一胎，只有第八胎和十一胎活下来。母亲给他取了个小名"长生娃"，想他顺当长大，盼长生平安；给弟弟取小名"火林娃"，算命先生说弟弟水气邪气重，求个吉利。

1938年安岳害瘟疫，又天旱，他的父母先后不到一周得病去世。当时他十四岁，弟弟五岁，他们成了街上的叫花子。有一天，他跟前经过一队拉壮丁的人马，其中一人很像早些年远走他乡的舅爷。他跟上部队，做了当伙夫的舅爷的助手，这支川军杂牌部队兵员不够，也就不赶他走，反正他不拿饷。部队1942年入驻重庆时，他已成了宪兵队的小头目。抗战时期,重庆袍哥已六七万人。川军里几乎全是哥老会袍哥,他在礼字位第五排,难怪工头见了他那副龟孙子相:礼字在低层社会影响大,职业袍哥结交有钱有势兄弟,摆设红宝,聚赌抽头,买卖烟土,开鸦片梭梭馆。

母亲难以相信坐在面前的这个仪表堂堂的男子,曾经是个又脏又臭的叫花子。她的心慌乱起来,她水一样流逝的生命中,除了一位从未见过面但可给父母两担米的小丈夫,没有与任何男人联系在一起。

逃婚对母亲来讲是难免的,是她骨子里刻上的叛逆性格。母亲的眼里盈满了泪,或许在这个青年男子叙述他的经历时,她就明白自己的一生,她未来的子女的一生,都不得安宁。

锣鼓声,爆竹,游行的队伍,使整个山城彻夜不眠,好几个星期,都笼罩在八年抗战胜利巨大节日般的欢庆里。日本人投降,国民政府准备还都南京。重庆突然出现了权力真空。袍哥势力正在积聚,并更靠拢政府,政府也注重依靠地方势力巩固这个经营多年的后方。

母亲和那个男子举行了婚礼,婚宴办了七十桌。母亲被牵来拜去,晕头转向。喜房红烛不是两支,而是两排;一直燃到天明。

不久,母亲就怀孕了,于抗战胜利第二年生下一个女儿。

大姐说,那就是她,她是流氓恶霸头子和逃婚不孝妇的女儿,反革命子女。

4

原来大姐另有一个父亲,她跟我们兄弟姐妹不一样。说出来了,她似乎挺得意扬扬:流氓头子也是好汉,我们的父亲却是个老实巴交的工人。我大吃一惊,对大姐不光彩的虚荣,很不以为然。

跟所有人一样,我一上小学就得填无穷的表格,在籍贯一栏,填上父亲的家乡:浙江天台县。那是我眼前的长江,流过了千里万里,将到达大海的地方。我从未去过,也听不懂那里的话。

父亲的生日在中国正是六一儿童节,我从小就记得。父亲说话有很重的浙江口音,一说快,没人能听得懂。他讲得稍慢一点,我能半懂半猜,就给人当翻译。如果我讨厌这个人,就故意翻错。父亲白我一眼,忙不迭地给人解释说,他小女儿不懂,说错了,请原谅。

冬天既潮湿又寒冷,家里没有燃料烤火取暖,有支气管炎哮喘病的父亲就容易发病,只能靠药物支撑。严重时,也不肯去医院住院。本来就瘦,一生病就瘦成一束枯枝。他个子本来不高,这时,就更缩了一截。他总是一个劲地挨,否认自己生病。发高烧时唯一的症状是一股劲念叨:"回家。"

"让他回浙江!"家里姐姐哥哥异口同声说。

"不行的,"母亲反对,"他哪是要回去?他要去死在那儿。"

父亲和四川大部分下江人一样,由于抗战才来到重庆。十五岁时到县城跟人当学徒,先是倒屎倒尿,端茶递水,后来背弓弹棉花。他心灵手巧,帮师傅拉线铺棉絮,很快就学会了弹棉被整套手艺。1938年,他二十一岁那年国民党在天台县抽壮丁。乡里的保甲长收了贿,将别人的名字改成父亲的,他只得辞别家人,跟着部队到了重庆。部队就驻扎在南岸山上,他在通讯排,挂防空袭讯号。

1943年春天,正是母亲从家乡忠县逃婚前往重庆的日子,父亲所在的部队开拔另一城市守防。路上,父亲肚子痛绞得厉害,躲进树丛解决问题。等他钻出树丛,部队已成小芝麻点在另一架山的道上,举着火把赶夜路。他当机立断,朝相反方向走。准确地说,父亲是一名国民党的逃兵。逃兵是要被国民党枪毙的,但解放后他这段历史也不被喜欢。当时,幸好无人注意,或许以为他生急病死在行军路上。战乱之年,谁去调查一个士兵的真死假活?他回到重庆,在招商局的船舶队当了一名水手。

按照大姐的说法,父亲一生之中真正有胆有识的唯一一件事,是1947年那个春天与母亲的结合。为了与我的父亲相遇,母亲须再次出走,得再次逃离自己的家,才能完成她遇见父亲的弯曲的路径。这四年中,父亲已在这个仍然是陌生、却强要他留一辈子的城市做水手,他得等候一个自甘落难的四川女子,这是命定的。

大姐站了起来,我也站了起来。夜使两江三岸变得美丽了一些,一轮淡淡的月亮升起在天空。行驶的船打着一束束白光,洒在江水波浪的一片黑色上,那山上江里的小灯,像一只只温柔的眼睛,忽近忽远地闪烁。山坡上有人在吹口琴,被风一阵阵带来,我第一次觉得口琴声是这么好听。

大姐嘲讽地笑了："我妈也真傻了巴叽的，争啥硬气，非要走，那个倔犟劲，倒真是像我。我生父，那个混账男人，"大姐说了下去，"那混账男人不仅常常通夜不归，后来就带了摩登女人回家。母亲独自垂泪，他看见母亲哭，就动手打，一边打一边还骂：养不出个儿子的女人，还有脸！我早晚得娶个小。"

母亲受不了，一气之下一手抱女儿，一手拎包袱，就逃回了家乡忠县。家乡呆不住，按照家乡祠堂规矩，已婚私自离家的女人要沉潭。母亲在家里躲了三天就返回了重庆。那男人登报找，还布置手下弟兄找，没有下落。

5

父亲在嘉陵江边，一片吊脚楼前的石阶上，看见一个年轻的女人，背上背着一个刚生下只有几个月的婴儿，在洗一大堆男人衣服。那些都是男船员们浸满汗臭的衣服袜子。她洗衣服动作麻利，专心致意。洗衣妇个个都是疯言疯语，笑骂不断，否则就接不到足够的活儿养活自己。她站起身，虽然背上有个婴儿，但遮不住诱人的身材。

她的脸转过来，头抬了起来。他入神地看着，不转眼。他以为她在朝他看，但他错了，她不过是为了舒舒腰，马上就背过身，蹲在地上洗衣。早春二月，江水异常清澈，但冰冷，刺骨，她的手指冻得通红，袖口挽得极高，头发梳了个髻，不知是怎么梳的，竟没有一缕头发垂挂下来，耳朵，脖颈和手腕没一件饰物，整个人干干净净，清清爽爽。如果不是背上那个不哭不闹的婴儿,带来了一点真实感,他真以为这个女人是从另一个他所不知的世界而来。

沿江一带山坡上的吊脚楼,大都住着与江水有关的人:水手,挑夫,小贩,妓女,逃犯,人来人去如流水,租金也比城里便宜得多。那个女人住在一间吊脚楼里,除了洗衣,也接补补缝缝的针线活儿做。不提她的模样,就凭她自个儿养活自己和孩子的勤俭能干,理应是船员追逐的对象,可是没有任何人去惹她,她似乎也安于清闲,谨谨慎慎地度着日子。

干水上活这行当的人,哪个码头没个相好。男人们怎会有意躲着这个女人呢?

有明事的人点拨他:我看你八成给那个女人迷住了,跟每个见到她的男人一样。这是城里一个袍哥头子的老婆,从家里跑出来的。离远点,别提着脑袋瓜儿耍女人。

1947年初春,对父亲一生来讲,是个特殊的分界线。他本对机械和器材有着天生的兴趣,几年来背熟了水道情势,加上好学多问,没多久就学会了驾驶。主流支流,下水上水,就这个蹲在江边背着婴儿在一心一意洗衣服的女子,总晃荡在眼前,忘也忘不了。当她又像第一次朝他这个方向站起来,为了舒动酸痛的腰、腿和手臂时,他看见了她的全部:善良、孤零、浑身上下的倔强劲,她就那么站在他面前了。

他把衣服送给女人洗,每次给的钱比别人多。不等女人目光示意他走,他便告辞,头也不回一个。

"你看你衣服还是干净的,用不着洗嘛。"女人开口了,声音很轻。他不好意思了,脸红红地愣在门边。他实在是送衣服送得太勤了。

女人没背婴儿,婴儿正睡熟在床上,女人的身子灵巧地一转,递出一个木凳,让他在门口坐。

6

袍哥头四处找我母亲,登报,派手下人专门到母亲家乡忠县寻找,都没有下落,一气之下返回自己家乡安岳,挑了个正在读中学的姑娘。匆匆办完喜事,安了一个家,自己一人回了重庆。他是地头蛇,竟然找不到母亲,就断定母亲已远走他乡。岂不知是身边一个舞女在捣鬼,她买通他手下人,不让他知道我母亲的下落。母亲在江边洗衣服时,曾瞥见过一个浓妆艳丽的女人,母亲没有在意。1947年春天,抗战胜利的喧嚣早已被国共两党内战的炮声取代。地方军阀与各帮会宗教组织忙于扩大势力抢地盘,市面上各种谣言纷传,人心浮动。袍哥头没心思管弃家出走的妻子女儿。当然,如果是个儿子,情形就不一样了。

父亲言少语拙,他只能靠行动,让母亲相信他的真心诚意,下定决心请求母亲与他生活在一起。他不像其他垂涎母亲的男人,他不怕杀人如家常便饭的袍哥头。不过也可能父亲是个外乡人,不太相信四川黑社会的厉害。不管怎么说,这就是目前这个家庭的正式由来。

大姐说到这一段时,三言二语打发过去,我几次回到这个题目上来,她几次虚虚地迈过去。我知道她不是对父母结合不满——正是靠了这个婚姻,她才活了下来——而是觉得这种贫贱夫妻的事太实际,不浪漫。我找到过父亲陪母亲到城中心相馆拍的一张照片，母亲梳的流行发式，穿了她最好的衣服，折价买的一件白底白花绸旗袍。日本投降时，急着赶回南京上海的富贵人家，带不走的家当，就便宜卖了，那时有好几条街有人专收专售。父亲不在照片上，母亲抱了大姐，端坐于一个花台边。照片上的小白花的粉红，是后来大姐加上的颜色，给平淡的黑白照片添了点儿韵致，照片上的人在框起来的尺寸里，眉眼很沉静，甚至有点儿忧郁，看不出她内心痛苦还是快乐。这是我能追溯到的母亲最美的形象。

7

家里有门亲戚，我们叫他力光幺爸，但不和父亲一个姓，我从来没问，也没想过，以为是家里认的干亲。他一来，就是母亲不在家，也与父亲关起房门，说话声低得听不见。看来他就是袍哥头的弟弟，大姐说的小名火林娃的人，大约"文革"开始，他就很少来我们家，以后也就没见到过了。这也许和大姐说的与"反革命"几字的瓜葛有关，彼此没联系，也就减轻了祸事临头的担忧。

力光幺爸的样子，我已忘掉。

我只能在大姐身上，找寻那个她叫作生父的男人的形象。他不像一般重庆男人那么矮小，瘦弱，他喜欢穿长衫，戴帽子，是个风流情种，偶尔吃点小醋。朋友义气重，可以有难同当，有福共享。这么一个和母亲有紧密联系的人，一个我从未看见过的人，无论多么真实，对我而言,也只是影子一个。

他曾被派去江北的兵工厂,捕捉在那儿半公开制造炸药的共党,却一身是血败逃回家,母亲被吓坏了。为此,在袍哥中他没有得到提升,在家中发酒疯,砸坏结婚时客人送的所有的匾,用脚踩,狠抓自己的头发,母亲才明白这男人日子并不一味轻松。时局一天比一天紧张,街上巡警和便衣增多,半夜也会听到敲门声,清查共党。他常常不在家,突然回家,也会突然就走掉。这样的日子,恐怕母亲离开时也没有多少留恋。

大姐说,这个男人走到哪里身上都不必带钱,到哪里只要发一声话,就有小喽啰、小流氓跑前跑后,将钱递上。

"流氓头子罢了,这有啥子值得说的?"我不以为然地说,"幸亏妈妈抱你出走,否则,解放了,你还会有好日子过?"我想杀杀大姐的傲气。现在我明白了,她为什么老抱怨这个家穷。

"你说得有点道理,"大姐清清嗓子说,"哪条道,我都不会有好日子过。"

共产党占领重庆前不久,一场大火在重庆上空腾起。火蔓延着,顺着夏季的江风沿山坡往上卷。临时板棚,吹到热风就着火。泊在河滩渡口的木船趸船也燃烧起来,贫民百姓在火焰中奔逃。

母亲抱着未满周岁的二姐,牵着三岁的大姐,尽量躲避着尚在冒余烟的房屋,沿江岸寻找父亲的船。到处都是烧伤呻吟的人,狂奔乱逃的人,不相识的人蓬头垢面、衣衫不整地聚在一起哭着。还有人在拾没烧坏的碗勺，也有人用木桶往已经烧得焦黑的柱梁上泼水。大人寻找孩子，孩子寻找大人，还有人飞跑过街狂呼亲人的名字。

有个孕妇在翻找尸体，认自己的亲人。小孩烧死最多，身体缩成一小块炭。一个老头坐在石梯上，脸上黑糊糊的一条条，傻掉了，他让三岁的孙子坐在木箱上，等他回去从火里抢东西，回来时箱子和孙子都不在了。

火熄之后，一船又一船运载江里江边的死人，往下游江滩的大坑堆埋。朝天门码头中心一个大空坝，却在烧街上的尸体，架着柴泼着油烧，穿黑制服的警察站在一旁。死人的气味跟着滚滚浓烟，罩住了整座城市。

母亲听到重庆饭店那头传来枪声，说是抓到了放火的人，毙掉了。是否真如街上传言，是国民党的消防队在水里渗了汽油，使火越燃越旺？还是共产党地下组织放的火，为了让老百姓对旧统治者彻底绝望？

谁去弄清楚？这是个兵荒马乱，每天要死上千上万人的日子，重庆大火不过只是小灾小难。

这场罕见的大火发生于1949年9月2日，它熄灭之后两个月，即1949年11月下旬，这座山城终于落入共产党军队合围之中，长江上船员大都弃船溜跑了，都知道在重庆这水道枢纽打仗时，船最惹祸。

父亲舍不得船，哪怕是老板的船。十几个国民党士兵把一个个封得严密的军火木箱运上船。父亲在刺刀下被迫驾驶船，他只得用棉被裹住全身，仅露出眼睛和手。船上溯长江，从第一声枪炮响起，父亲就用他关于航道水势的全部知识，大拐"之"字行进，躲避船外两岸飞来的炮弹。押船的一个军官大腿被子弹击中,倒在驾驶室昏了过去。受伤的士兵惨叫着,血溅到玻璃上,跳入江,有的士兵跌趴在船舷后。父亲的棉被上,血在一摊一摊漫开,船上的军火随时都可能爆炸,但是父亲却奇迹般冲到了目的地。

当官的掏出两块大洋赏给父亲,算是租船的钱。然后,用手枪指着父亲说:"我们要沉船!"他跳到岸上,给士兵下任务。

父亲的胆子已掉光了,但是他把船开来本是为了救船。他当没听见一样,便将船掉头往回开。在船离朝天门两里路远时,炮火过于猛烈。他怕船被打沉,便将船开向黄沙溪的河滩搁浅,想保住船。

那天,这个古怪多劫的城市已经很寒冷了,人们皆在抢购粮食或逃离战区。母亲又有了身孕,在通向江北桂花街的石阶上,她拎着一麻袋干胡豆,抱着二姐,让三岁的大姐自己走。江面炮火不断,风把树刮得弯到地面,把硝烟刮进深蓝色的雾中。母亲跨进房门,血从她的身体里流出,顺着大腿冰凉地滴。

她小产了。房东太太从门口路过,说掉出的肉团若是一个瓣儿,就是一个儿子没了,若是有两个瓣儿,就是个女儿。她边说边用涮马桶的竹棍去戳看,连连叫道:"是儿娃子,是个儿娃子呀!"

听着房东太太离去的脚步声,躺在床上的母亲绝望了,她认定父亲肯定死在运军火的途中,尸体随着船的残骸在长江里漂走。

可是父亲从炮弹乱飞的江上回来了,脸被烟火熏抹得只剩两个眼珠子在动,吓得两个女儿哭了起来。母亲一把紧紧抱住从死神那儿挣脱掉的父亲。

三天后，要父亲运去军火的部队，被包围重庆的解放军部队歼灭，被捕的军官说出了那艘船，他对那个不怕死的年轻船长印象太深，但忘了说那两块大洋。

清算的镇反、肃反运动，父亲交代不清，运军火的事，他写的检查详详细细，也忘了交待那两块大洋。父亲得救于他的一技之长，凭着他对长江航运的了解和熟悉，被共产党新政权留用了。长江上游金沙江一段，水流急，暗礁多，航标灯少，稍不留心，就会船翻人亡。父亲被派去，算是对他优待处置。夜航加班次数太多，加班费不值几文，他的眼睛开始坏了。

我很小时知道家里箱底有两块大洋。父母低低的声音争执得很厉害，不像院子里其他两口子吵架那样呼天喊地，凶煞恶气，他们的声音畏畏缩缩。那时我人太小，缩在暗淡的墙根就跟不存在一样。

"把大洋拿到银行兑换了，再借些钱，找个好医院，治你的眼睛，"母亲说。

"算了，已经这样了，治不好。"父亲叹息道，"再说，去兑换，不就不打自招了吗？"当时我不明白他们怕"招"的是什么，现在才觉得他们的小心无不道理。

8

大姐打了几个大呵欠，望望山腰，稀少的几盏路灯在那一片黑漆中特别亮。她说回去睡觉吧。

怎么这就完了？我问：你还没有回答我的问题，哪来的梅毒？

那还不明白，大姐说，袍哥头从来没有戒过嫖妓，他传染给母亲，母亲传染给父亲。

我说，这中间隔了好多年啊，什么时候发现的呢？父亲结婚前就知道吗？难道他的眼睛不是开夜航累坏的？

"早治好了。哎呀你真烦！"大姐嚷道。

她也许并非不愿意说个仔细，而是认为不值得，还对此有股不轻的怨恨。这是完完全全的中国贫穷市民生活，绝对无法浪漫化的怪物。我们这一带肮脏潮湿长着苔藓的墙上，"包治性病，药到病除"招贴处处可见：

尖锐湿疣龟头烂痛

滴虫阴痒菜花肉芽

尿口红肿阴道流脓

这类广告的读法我始终弄不清楚，上下左右前后怎么念，都是一堆乱糟糟的恐怖符号，老在指向最令人恐怖和羞耻的一些东西，在阳光最亮、即使社会最革命化、号称全世界唯一无性病之国时，这些广告也没有完全消失，80年代初又是贴得满街满巷。我从来不敢看个明白，也从不知道谁在医治，谁在求医。大姐一打住，我也被自己吓得没有追问下去。

第七章

1

昨天上完晚自习出来,我发现历史老师办公室的灯光还亮着,就走上那幢斜顶大楼。他在看书,但我觉得他在等我。看见我进来,他就笑了。你想喝水吧?他指指桌上的茶杯,说你不在乎就喝我的杯子,我这刻没病,向毛主席保证。

我没去拿茶杯,站在办公桌前。窗外飘起了小雨,办公室灯光柔和,我心里有种找到家的感觉。他的心情比以往任何时候都好,眼睛里闪着光泽。

他住在他父母的木结构平房里,一个房间隔成两部分,有个小后门。我不太清楚他父母的经历,只知道解放后某一年的某一个政治运动起,他父亲成了受管制的"反社会主义分子",开除工职。到底什么样的人算作"反社会主义分子",连历史老师也说不清。母亲先是在银行做职员,后也没了工作,在家做些缝缝补补的事。他们早就不在人世了。他家房基是个斜坡,后门石块垒起五六级,粗壮的黄桷树枝丫往邻居家伸延,那家人房子只有一间,就以黄桷树依岩石搭了个吊脚楼。

历史老师家后门还有棵葡萄树,藤叶蔫巴巴的,欠肥料欠爱护。他有个弟弟,在"文革"武斗中死去。他弟弟死后,那棵葡萄树突然窜长,枝蔓四处勾延,缠着黄桷树,贴着墙和瓦片,枝叶茂盛,而且果红甜香。从树叶上掉下的猪儿虫也绿得莹晶,蠕动着肥壮壮的身躯,葡萄引来许多偷摘葡萄的人。

在月圆的半夜里,后门外面有怪叫和哭闹声。"是死儿变鬼,成树精爬在树上了。"邻居九岁的小孩,中午睡了一觉,揉揉眼,直冲冲走到街上逢人便讲。他满街满巷走,被赶回家的母亲当街赏了几巴掌,才把他从梦游中唤回,罚他在有齿的搓衣板上跪着。

大人打孩子,天经地义,看热闹的人只看不劝。就跟到江边看淹死的人,山上看无头尸体,路上看突发病昏厥的人一样。人们的眼睛一般都睁着,很少伸出援手,倒不是怕死鬼替身。生生死死疯疯傻傻本是常事,不值得大惊小怪,每人早晚都要遇到。

历史老师说他有几个朋友,常在一起聚聚。"你来,你可听听他们谈文学。你自己来挑挑书看,"他的口气里真有种希望我去的意思,这是他第一次诚恳地把我当平辈。他们都是一群有同等经历或背景的人,几个人聚在一起,读书谈文,讨论共同感兴趣的题目。听自己改装的收音机,他们不像这里的一般居民,只有收香港电台的流行歌曲,他们听别的节目，收别的台：美国英国的中文短波广播。这些是我想都不敢想的事：收听"敌台"这罪行，三十来年，都是要判重刑的，虽然到1980年已查得不如前些年那么严了，干扰音也不那么强了，但一提起这两个字，还是让人心惊肉跳。

这地方，暴雨若下起来，非常惊人，从山坡上能看见闪电和雷云，在江面狂飞，但暴雨不会长过十分钟。就跟重庆人胸中有气得出，气未出尽就收场。叫人受不了的是这个城市长年细雨绵绵，非要把每家每户的木家具霉掉烂掉，所有的虫类都赶出墙缝，凑热闹到餐桌前聚会一番，才称心如愿。

细雨下起时，石板的街面全是泥浆，滑溜溜的。雨下得人心烦百事生，看不到雨停的希望。冬季雨天特别多，买不起雨靴的人，就只能穿夏天的凉鞋。冰冷的雨水从脚趾往外挤，冻得浑身直打战。

细雨，有时细得变成了雾，在空中飘忽不落，看不清远处，更看不见江对岸，仅仅听得到江上的汽笛呼喊着，相互警告。

在这么一个细雨天，我顺江往山坡上爬，石阶不平整，好像一踩就会滑动。我戴了顶旧斗笠，竹叶已从折断的边框伸出根须，斗笠前沿成串滴水，必须身子朝前倾，雨水才不至于洒在身上。

历史老师家的门是假合上的。据他说，邻居是不去他家的。好像是有什么鬼祟？越可怕对我越是诱惑。我站在他家屋檐下，心里怕怕的，叫门。

等了好半天，也没人应。

我轻轻推门走了进去。一张妇人的照片端正地放在书橱上，她的头发虽说是全中国一样的挂面式，但拢在脑后，漆黑油亮，椭圆脸，脖子边是件毛衣，外套了件粗呢的大衣。这感觉让我怦然心动。不用指点，我知道是他的母亲。和他像极了，她的神色像有话要对我说。

在屋角有个用水泥糊补起来的瓷瓶，看得出原有古色古香的鸟树山水。有一台老式唱机在紧靠书橱的独脚凳上。窗外的竹林，被雨打得青绿一片。过道有粗粗细细的竹竿，搁在横空的两个梁柱上，洗过的衣服串在上面，在这细雨天里耐心地阴干。

屋子里许多地方，椅子、床头、柜子都搁着书，还有报纸。他和他的朋友都嗜书如命。他们聚会时可以一晚上不说话，各人看各人的书，也会一夜吵闹不休，为书，为书中人的命运。

有好几次，我就这么在梦里去历史老师家。然后像他那些聚会的朋友们一样，在房间的一个角落里坐下来，手里捧着一本书，听他们说话，整段整段背诵书里美丽的篇章。

也可能我胆小，见生人不习惯，也可能我心怀鬼胎，不想让他的那批朋友看到我，我从未去敲他的门。我只需做着到他家去的梦，就觉得每天的日子变得短促而好过一些。

"文革"开始时，我四岁，"文革"结束，我十四岁，十年有七年时间本应坐在教室里，大部分时间却在义务劳动：造梯田支援农村，在工厂垃圾堆里扒拾废钢铁，甚至夜里摸进工厂，偷好好的零件去交给收购站，换回一张交了废铁多少斤的证明条子。

每学期期末，专会打小报告的班干部们总是控告我，说我表现最差。我害怕鉴定上"品学"出毛病："不热爱劳动""不关心集体"，或者"对国家建设不积极""政治活动不踊跃"。父亲站在最亮处吃力地读了，沉下脸不说话。母亲识字不多，看不懂，又不相信父亲说的，就去求人读，知道后觉得太丢脸，回来加倍发脾气。

我的鉴定一年比一年糟，有一年期末鉴定简直轰轰烈烈：资产阶级思想，看旧得颜色发黄的厚厚的小说，不止一次扯路边的花放在书包里；政治觉悟低，不愿写入团申请书，还说不想凑这无聊的热闹；从不愿向老师和班干部"交心"，不虚心接受群众帮助；团结同学不够，课间休息时间不接近群众。这是小组意见，依座位排的十四个同学互相就学期表现，提优点缺点，我不知自己为何就成了众矢之的。班主任意见一栏总是：同意小组意见，希该同学接受经验教训，认识错误，改正错误。

好像就是那一年我第一次见到历史老师？如果我记得不错，他是在我上初中的学校代过一周或是两周的课。但是我不会去注意他，正如他不会注意我。我那时不注意男人，他呢，也不觉得我有什么可注意的，恐怕至今也不认为我有什么吸引人之处。

如果他不会再次出现在我的生活里？如果他也像老师、同学、邻居，一样对我冷漠？不，他不会像那些人。他出现在我的生命里，我心里该充满感激，我想这便是上天对我不薄。

这个夏天刚开始时，喜欢捣弄无线电的三哥，不仅自己装配收音机，还喜欢帮人修理。有一天把别人不要的一个小收音机修好，给了眼睛不好使的父亲。

我从父亲那儿借来，半夜里调了许久，才听到历史老师说过的电

台,那是我第一次知道《圣经》,里面一个温和的声音说着:

> 我虽然行过死荫的幽谷,也不怕遭害,因为你与我同在;你的杖,你的竿,都在安慰我……
> 我一生一世必有恩惠慈爱随着我,我且要住在耶和华的殿中,直到永远。

这些话就是说给我听的,不然我不会如此激动,眼里噙满泪水。我是在那个偷偷收听短波电台的晚上爱上《诗篇》、爱上《雅歌》的。我不管这个神来自何方,只要他能走入我心中,就能保护我。我对着寺庙里的菩萨画十字,对着十字架双手合十,常被人笑话。有人指责我亵渎神明,我却不认为有什么错。

2

收音机报道,长江二十六年来最大一次洪峰,正从长江上中游涌向下游。我记得1980年9月还有一件事,是与这则消息在同一天宣布,婚姻法修改草案规定:法定结婚年龄男二十二岁,女二十岁。但党提倡晚婚,男女年龄相加应到五十岁。按法定年龄结婚,不会上法庭,自有主管单位惩罚你,因为你胆敢按法律行事。

可能天生营养不足,发育迟缓,我十八岁这年,别人还叫我"小姑娘",我自己也并不觉得是个成人,虽然再过两年就到了法定结婚年龄。这个让不少人高兴的"重申婚姻法",与我毫不沾边,男女之事,好像还离我太远。

每份报纸,只有四版,油墨与纸张劣质,手指总弄得很脏。在石桥广场这样的不算小的街上,总会有木框或玻璃架将当日的报纸——人民日报、重庆日报、光明日报挂出来。玻璃框很少,因为有人砸,不是偷报纸,而是砸着好玩,跟砸路灯一样,晚上大多地方黑压压一片,只有野猫溪的几条街可见到路灯,说明这带的无赖年少嫌疑最大,手还留自家情。就算每个街灯都能点着,南岸的大多巷子本来就没有路灯,落定在黑暗里,与亮亮堂堂的城中心不能比。

3

历史老师对报纸的关注,超过对身边发生的事。他说,上海的亭子间,巴黎的阁楼,不知出了多少作家画家,一个人的艰苦就是这个人的财富。不过他也说,一个人再强,你也强不过这个世界,你得不到本是乌有。他还说,瀑布一直在那里,无人知悉,直到河流把它显示出来。

我喜欢他这样对我说话,我觉得这些话非常深刻,太值得我钦佩了。这些字词,一定是他和他的朋友们在一起时才运用,他说这种话和上课时完全是两个人。我不由自主想,他开始把我当作朋友,认为我可以懂得他的语言。

我对报纸兴趣增浓,这就是一个观望身外世界的窗口,我连边角小块文章也不滑过。报尾,常刊登一些大型文学月刊的栏目广告,有一天我读到北京的一份文学杂志《当代》三期的广告——报告文学《冬天的童话》。作者是一个敢讲真话敢对现实不满的青年遇罗克的妹妹,遇罗克坚持"不管你是什么出身,都应受同等的政治待遇"的立场,在"文革"中被枪毙。他妹妹写了他和她自己在那些年的不幸遭遇。

读到广告,我就从他那儿找来杂志看。边读边抄好些段落在日记上,很感动。还杂志时,我想和他谈谈,说到遇罗克1970年被枪毙时,才二十七岁,他突然叫我别再说下去,他的口气非常粗暴,好像这事与他有关似的。

这出乎我意料之外的举动,叫我大感不解。当我与他把话题扯到别的事上时,他才变得正常了,不过极其冷淡。

那天下午放学后,从他办公室出来,我在学校围墙边的石头上闷坐了许久。除了我,我想没有哪个女学生会去找他说功课以外的事?论相貌教书,他不比其他的男老师好,有什么了不起?不就因为他知道我对他的感觉特殊,他就可以想怎么就怎么对待我。我气愤又伤心,一个胆小怕事的人!我不必看重他,更不必理睬他。

晚自习的铃响了。是他的辅导课。

学生温习功课,有问题就向老师提出。有时,老师会针对某一普遍性问题,重新讲解。他和其他老师不一样,总坐在讲台上,看谁举手就到谁的桌前。他还喜欢坐在最后排,手里拿的不是讲义课本,而是报纸。他经常弄些模拟试题,发下来,让学生做。

那晚答考题,时间比背书过得快,两个小时的时间即刻就完了。趁着人多,我溜出教室,走在校内小路上,他竟赶了上来。

"你走那么快干什么?"他问。

"怕鬼跟着。"

"在骂我?"

"哪敢?"

"你这小鬼。你在生我的气。"他握住一卷报纸深深地叹息一声,"不过跟你说话,我不感到累。"

他这么一叹息,一承认,我不理他的决心,马上烟消雾散,无气可出了。不过,我走得仍旧很快。

他建议,从校大门口走。

"好吧。"我同意了,时间晚了,学生已走散,我不必故意绕开校门走。

那个晚上,我是第一次和他走得那么近。那近,是由于身旁没有其他人,月光照耀着倾斜的碎石子路,树叶在风中沙沙响。我们默默地走着,到应该分岔的路口,我侧过身,停了下来,想对他说再见。

可是他好像心绪很好,他对我说,他想等到下一段路再听到我说再见之类的话。他感觉出我害怕什么,我的脸在发烧般烫。我朝他看了一眼,他没注意,夜色把我的羞涩及莫名的惊慌遮住,我心安多了。

快到苗圃水塘,我站住,不往前走了。

"怎么,不愿意我送你?"他站在我右旁。他说这话时,我扶了扶快掉下肩的书包带子,不料与他的手指碰在一起,头一抬,我和他的眼光碰上了。

我的心猛烈地跳动起来,他的身体和我的身体靠得是这么近。这走,或是别扭地裹在身体某一段,虽然几乎赤裸,却不易看出男女。不过,只要奔来围观的人中有亲人或仇人,泡得发紫的脸,七窍里就会流出鲜红的血。

可惜,淹毙者"认亲认仇"的可能性不大。大部分尸体,从上游不知几十几百里外漂来,如果不在这肮脏的江湾靠岸,就会再漂上几百里几千里,到更远的异乡。但是,如果他们漂到岸边的时间,在淹死七天之内,还会维持最后一个性别特征:女的仰着,男的俯着。我开始知晓男女之事后,想起这些不幸者,心禁不住怦然一动:江水泡得那些男男女女肉烂骨销,不就是在拥抱他们,给他们最后的爱抚,性的爱抚?

在这幢斜顶楼两层的办公室里,我感觉到夜色紫里泛蓝,残留白昼的热气,附近水田里的蛙鸣把亮火虫吹出树丛,耀眼地飞舞。

当我一开口对历史老师说话,就感到高兴,他喝着茶,不时眯着眼睛瞅我。

三哥在江边洗澡的人堆里,又瘦又黑。母亲老是数落三哥:"你不要命,我还要你的命。"三哥的耳朵不进椒盐,哪听母亲的?他的命是轻轻拾来的,随随便便耍的,我从来没见他破一点皮。

三哥身后老有两三个淌着鼻涕的小破孩儿,不管三哥理不理睬,仍涎着脸,提着松垮的裤衩,赤脚跟着他们的英雄。

大姐的第一个女儿还只有两个月时,三哥看着婴儿粉红的脸蛋好耍,趁打瞌睡的大姐不防,偷偷把婴儿抱下江去。他撒开手,让婴儿在江水中自个儿扑腾。大姐忽有所感地惊醒过来,跳下床,院内院外找得呼天抢地,看见三哥托着婴儿回来,湿淋淋的衣服还滴着水,头上沾着一根黄蔫蔫的稻草。"她不用教就会游。"三哥说，不把大姐的怒吼当一回事。

母亲气得脸色煞白，但也没有动手打他，晚饭照旧给他多添了一碗。

"水打棒，早晚的事。"大姐恨着母亲，臭骂三哥。

三哥瞪了一眼大姐，耸耸鼻子，就窜出院门，溜个没影了，准是下江去洗回头澡。

"老三，你回来。"母亲着急地叫道，"孤头鸟，没良心的家什。"

我的脚不听使唤，往堂屋外走。母亲一清二楚地对我说："六六，你不许跟着去！"她急急收拾一个自己手缝的布包，里面装了换洗衣服和咸菜，赶回厂里去。她一周回来一次，总忘不了把我打整一番：绝对不准下江洗澡，单独一个人更不行，到江边看在岸边耍也不行。水里会伸出手爪，抛出套子。水不认好人，更要抓娃儿。

从我能听懂话能走路，母亲便不断地说水的可怕。我这个江边长大的舵工的女儿，竟然从未学过游泳。沿江住的男孩女孩，没有一个不是好水性。而我，也从来不是个听话的孩子，偏偏听进了母亲不准下水的话。

我害怕渡江，说不出来的怕。尤其是节假日，人多，像牲口挤着，舱顶有救生衣，翻船往往就一眨眼工夫，谁能抢到救生衣？有次我下坡准备过江，正看见渡船翻在江中心：一江都是黑乎乎的脑袋，像皮球浮在发怒的江水中，一冒一沉，吓得我在坡上坐了下来。

历史老师没像平时那样，听我说下去，而是笑话我怕水，不敢游泳，说我喜欢给自己找借口。他说，游泳很简单。女孩子学蛙泳好看，说着他站起来，走向我。绕着我走了半圈，从背后抓着我的双臂，我的皮肤即刻火烧火燎。他的手大而温暖，非常有力。让我的手向前伸直，随着他的手一起划动。他的神态很坦然，以致他挨着我的后背时，我都没觉察出他的心眼。

突然明白后，我脸一下红了，气恼地甩开他的手，退后一步。

他板着脸说，你不想学就算了。

房间里真静，我感到有什么事要发生。过了好几秒钟，我什么也未等到。我感到自己又做了一次小傻瓜，就往门口走。

"不多待一会？"

"不。"我说着走到门口，把办公室门的把手握住，"我把这门关上？"

"不用关。"他仍站在原处。

拉着书包带子，我转过身勉强笑了笑。他没动，两眼专注地看着我。"想来就来，要不要我送？"他说。

"不。"我说完，长叹一口气，仿佛想把胸中的抑郁怅惘吐个干净。

我走出那幢楼好远，眼里噙满泪水，他可能根本就不喜欢我，也可能就是有意玩弄我，就像小说里那种男人，骗女人上当，然后把女人抛弃。

他就是那样的男人！我在回家的路上把他恨死，决定今后再也不理他了。但在晚上躺上床时，我禁不住又想着他，我不明白为什么要逃跑？是我不对。我抚摸自己的脸，想象是他的手，顺着嘴唇、脖颈朝下滑，我的手探入内衣触到自己的乳房，触电般闪开，但又被吸了回去，继续朝身体下探进,一种从未有过的感觉传遍全身,我闭上了眼睛。

整个白天,我在努力拒绝回想与他在一起的情景,没有想过他一分钟。黑夜笼罩,一切归于寂静,历史老师的形象便出现在我的脑海里。

如果那会儿他动手抱住我,我会怎么样,挣扎还是顺从?

我的脸红着,耳朵里老鼠在楼板夹层跑动,天窗外不知是哪家的婴儿在委委屈屈地哭啼。过了一阵,堂屋里有人在咳嗽。我轻脚轻手在床上坐起来,咳嗽声就停了,一躺下,那声音又响起,故意不让我睡觉似的。

堂屋有个樟木棺材,又重又大,是我家对门邻居程光头为他的老母亲做成的,用了他一个长工休假。棺材比我的年龄还大,我还在满地爬时,就在最里端的石墙一边搁着了,冷冷冰冰的,有一张不够长的塑料布搭在上面挡灰。里面堆了陈年谷糠壳,不知谁把一个不下蛋的母鸡放在里面,一睡就是几星期,弄得程光头站在天井,叉腰跺脚骂爹骂娘。鸡主人忌讳骂棺材会落得晦气,但也迎着程光头对骂开了,好像是他的鸡受了委屈。

程光头是驳船上的伙夫,船停在江北维修,放假回家。清晨打太极拳,夜晚拉二胡,都是看不得听不得的水平。他爱摸自己剃剪的光头,不等头发长出,就要用剃刀仔细地刮掉。每回从船上回家,还未到院门口,就开始叫起"妈,妈"一直叫进院门,跨入堂屋右侧自家门老母亲跟前才停止。他的父亲在日本人空袭重庆时丧命,母亲才三十出头,未改嫁,两只三寸小脚,独撑着一艘打渔船在嘉陵江上,把他拉扯成人。母亲如今已是七十奔八十的人,病病歪歪,大都在屋里躺着。

婆媳不合，在这条街是家常便饭。可他家的情形有点特殊。他太有孝心了，半夜也会从老婆床上跑到母亲床前，帮母亲掖被子，怕母亲受凉。老婆后来受不了，一气之下住进纱厂集体宿舍。院子里的人听见"妈，妈"的叫声响起，就上前搭讪："哟，孝子回来啦。"他笑嘻嘻地点点头。

盖得严严的棺材，母鸡在里面没有闷死也是怪事一桩。"文革"中程光头做过工宣队，去过北京，参观过先进经验，回来后津津乐道，是我们这一带最见过世面的人。那几年他把棺材搬回自家半截敞开的阁楼上。堂屋贴满语录、忠字、伟大领袖的画像。一大早他指挥院里人向伟大领袖做请示汇报，没有人敢不来。那时我还未上小学，我不会唱歌，声音细而尖。

除夕夜的饭菜太香，穷人家平时吃得节俭，过年还是有好吃的，藕炖肉骨头，盐炒花生米，特别是凉拌红萝卜丝，上面浇了平时不会有的香喷喷辣滋滋的辣椒油。但母亲不管我们有多馋，都不让我们先动筷子，通通赶出房间，让我们在冷飕飕的堂屋或天井站着。她一人在房内，天知道在干些什么，嘴里心里念叨着什么。母亲说不这样，祖先会不高兴。

"祖先都不在了，哪个会知道？"我不识好歹，姐姐哥哥们都闭嘴不说，我偏要说。

"乱讲，祖先这阵子就在我们边上站着。"母亲恨了我一眼。

等一家人可以坐拢在桌前，母亲指着桌上碗筷说："你们看，刚才筷子头朝外，现在头朝里了，祖先来过了。"

"来过了。"四姐附和。

"六六,你拿筷子改不改?"母亲逮住了我。我举着筷子,一副不知如何是好的茫然状。

"你看,筷子不能握在头上,在头上,你以后会离家远走,再也回不来。你拿近点,这样就总会待在父母身边。"

我的手移到筷子中部。

"不行,这样也不对,你耳朵生翅膀了,总听不见我的话?不能叉开筷子,叉开了,你守不住钱,会一辈子穷。像这样,拿稳,大拇指和二指压在一块。看你,教都教不转,得了,你今天先吃饭,明天给妈改过来。"

姐姐哥哥端着饭碗,埋头吃他们的饭,像未听见一样。

一到清明节,父亲有时一人,有时也带上我和五哥去山坡挖清明菜。小心摘,留住根。他说这样明年我们还可以摘到,饿肚子那几年就是连根也吃了,到现在野菜越来越难找。

这种野菜,奇怪极了,只在清明节前鲜嫩嫩,过了节就显出老相,即使是清晨露珠亮亮地滚动在菜叶上,也那样,有点像女人的生命。它叶不大,也不宽厚,生有一层淡白色的毛,茸茸的,一小棵一小棵。用清水洗净后,切碎,放入和好的面粉里搅混,用手拍扁,一个挨着一个,放在炒菜用的铁锅边上。待锅底水干,便揭开盖,把锅倾斜地在灶上转动。熟的清明菜有股清香,粘粘连连的,有个好听的名字:清明粑。

父亲叫我们吃清明粑时别说话,他的严肃劲和母亲祭祖先时不一样,有种让我们畏惧的东西。父亲远离家乡浙江,在战火连绵、生死未卜的行军途中,遇到乡亲,才知道了父母早已去世,他的祖先之魂,太远了一些,不容易召到漂流他乡的儿子身边。

第八章

1

拂晓前我醒了,再也睡不着。大姐在床那头,她睡相不好,腿压在我的身上,我把身子往墙里轻轻挪,盖着薄被单侧身对着墙壁。

那些早已逝去的年代,大姐在江边不过是匆匆画了一幅草图,她很明显略去不提一些至关重要的笔墨。她说的一切并不能回答我的问题:为什么我在这个家像个多余者?

我躺在床上,脑子从来没有这么活跃过,连呼吸都变得急促,越想疑惑越深。20世纪60年代初发现鼓励生育之愚蠢,这块耕作过度的国土,已挤不下那么多人。于是,70年代末猛然转到另一头,执行严格的计划生育。基数已太大,为时过晚,政策和手段只能严厉:一家一胎,男扎女结。

中国人多了,难道我也多了?

天亮时我就便秘了，肚子极痛。很奇怪，我心里一有事，就会便秘。这原是从小就有的毛病，南岸女人常见的病。

家里没有卫生间，只有尿罐夜壶暂时盛一下。人一多，就没法用。院子里没有厕所，得走十来分钟弯扭狭窄的泥路，到半个山坡的人家合用的公共厕所。厕所没人照管，女厕所只有三个茅坑，男厕所我从未进去过，但知道比女厕要宽一倍，多三个茅坑。这一带的男人为此常夸耀："女娃儿生下来就该有自知之明，看嘛，连茅坑都少一倍。"

公共厕所从大清早就开始排队，女厕所队伍长得多。拉肚子着急的人，年龄稍大的女人绕到厕所后，到没遮没拦的粪池，不顾脸地扒下裤子，蹲在边上。男人可以随便找个什么地，最多跑到江边解决问题，之后，学猫和狗，用脚把河沙扒拢遮掩上。

公共厕所门前那些蓬头垢面、衣衫不整、肿眼皮泡的排队者，会让人误以为是一家早食店，那些人是为了买油条包子。

我老听人不断地说红爪爪，女厕所才有的一种怪物。说是从茅坑下会突然伸出一只鲜红的手爪爪，抓烂你正暴露无遗的下部。吓得人都不敢上厕所，或憋在家里，须叫上足够多的人去压阵。公安局破了案，说是坏分子耍流氓，用红药水染涂满手，躲在茅坑里装神弄鬼。也有另一种说法：公共厕所少，不够用，有人想出毒招，编恐怖故事，吓唬人不敢上厕所，编故事者才能顺当地拉屎。

女厕所的三个茅坑脏到无处下脚，白蛆，还有拖着尾巴发黄的蛆，蠕动在坑沿，爬到脚边。

想在家里方便，好不容易等房间没人了，门刚一闩上，走进布帘内就听见了朝门口来的脚步声、敲门声。有时忘了闩上门，随时都有人跨进这间共用的屋来，我就只得屏住气息，一声不吭地等着人出去。经常，生理要求一下子就消失，那些应排出身体的东西留在肚子里。

2

厕所里女人经常拉出寄生虫。从肛门里钻出的蛔虫，有时多到缠成一团，亮晶晶的，有点粉红。打虫药并不贵，但费心打虫的人不多，认为吃药打虫没什么用处。虫在没油水没营养的肠子里，四川话说"没捞捞"，就会不打自下，另找转世投胎的办法。

那是个十岁左右的女孩，圆脸，脖子瘦长，和我年龄差不多，她住在粮店那条街上。不清楚她怎么跑到我们这一带的厕所来，想是路过，或是那一带的厕所队伍更长。我已排到厕所内等，第二，马上就轮到了。

春天刚过，夏天来到，厕所里气味已很浓烈。她蹲在靠左墙的坑上，突然张开大嘴，张开眼睛、鼻子，整张脸恐怖得变了形。虫从她嘴里钻出来，她尖叫一声，倒在沾着屎尿的茅坑边上。排在我前面的矮个子女人走过去，把女孩往厕所外空地拖，一边没忘了警告我："那个坑该我了，不准去占。"

女孩被放倒在空地上，因为沾着屎尿，排队的人都闪避地看着。矮个子女人叭叭两个响耳光刮在女孩脸上，不省人事的女孩吓得醒过来。矮个子女人嗓门尖细地说："有啥子害怕的，哪个人肚子里没长东西？"

母亲对我们四姐妹说，新鲜蔬菜水果，我们享不到那个福，但你们得讲卫生，生小孩后要格外注意。天冷天热都得在睡觉前清洗，和脚盆分开，单独一个盆，十女九痔。你看你们几个都没生痔疮，全都靠我从小到大关照。

我母亲有便秘，我们家四个女孩都有，住在江边贫穷地区的女人，很少能幸免。尽管我母亲再节约，也肯花钱从店里买消过毒的卫生纸做草纸，不像其他人家用旧报纸、写满字的作业本、包食物的纸。我们从小就知道到近郊农村田坎去挖茅草根，摘竹叶尖，煮水、泡水喝，这类土方能缓解便秘。但清热解毒最有效的是苦瓜籽，熬出的水极涩，捏着鼻子往嘴里倒。喝完后，赶紧用冷水冲掉苦味。这里的女人，与这个地区一样，下水道总是个问题。

的确，这屎拉得实在不容易，多少双眼睛盯着排泄者的前部器官，多少人提着裤子，脸上冒汗憋着大小便地候着。年龄大的，蹲上茅坑，享受自己一时的独占权。有些排队的人，则会毫无顾忌地盯着没门挡蔽的茅坑，她们嘴一敞开就难以封住了：谁的谁的子宫脱落，肯定是乱搞男女关系；谁的谁的下身生有红斑湿疹，是婊子、卖逼的，不烂掉才怪。

排队紧张，上厕所也紧张，我总要带样东西，装作不在意地挡在自己面前，有时是蒲扇，有时是一本书或书包。要让衣裤和鞋不沾着屎尿，又不让蠕动的白白红红的蛆爬上自己的脚，又不能让挡着自己的东西碰着茅坑的台阶，还得装随意，不能让等着的人觉得我是有意不让人看我的器官。否则，碎嘴烂嘴婆娘们必定会说我有问题，什么好东西遮起来见不得人？

那天我在公共厕所看见人吐蛔虫时，突然失去了便意，轮到我，我却走开了，排队的人稀奇地看着我。

后来我的嘴里也冒出过蛔虫，见过一次这种事，身临其境就不那么恐怖。我没晕倒，但反应依然不太对劲：我端着一碗热腾腾的饭豆，那些红豆子煮烂后，吃起来很粉，易饱。我刚走到天井，豆子扒进嘴里，还未咀嚼，便哇的一声从嘴里钻出蛔虫，整整一尺长灰白色肉虫子，掉在地上还在蠕动。我未尖叫，而是把手中的碗当球一样，朝上抛去，用劲太足，碗竟搁在瓦檐上，豆子从半空坠落下来。地面的青苔上撒了乌红的一颗颗豆子。我闭上眼睛，泪水夺眶而出，不顾一切地猛踩那在地上甩动的蛔虫。

这件事，我不愿意告诉任何人：一件本是很痛苦的事，被我的动作弄成魔术表演，大半滑稽小半可怕。

父亲带我去石桥的药铺抓了三付药。父亲说，中药好，中药没副作用。乌梅、川楝子、槟榔片、木香、川椒、干姜、大黄等一大串奇奇怪怪的名字。这些乱七八糟的东西放入盛了水的瓦罐里，微火熬。熬好的汤药，我盛了一碗又一碗，狠着劲往肚子里灌。要是母亲在家多好，一星期才能见到她一次，以前我无所谓，这一天才觉得非常想念她。

当天晚上，我的肚子就气鼓气胀，像有妖精闹腾开了。

我拔腿往院门外跑。

别去厕所，父亲叫住我。待我进屋后，不等我闩门，父亲在外面把门反扣了。他在堂屋坐着，把守着门，不让我的姐姐哥哥和邻居们闯入。

3

每天傍晚，太阳落山之际，便有近郊农村生产队来收粪便做肥料。"倒桶了！"担着大木桶的农民，天热下雨，头上都一顶旧草帽。他一声吆喝，整条街的人都从自家门后、床下、用布帘遮住的角落里，端出存放粪便的尿罐、马桶和夜壶，小心翼翼，像捧着祖宗八代的灵位似的。不知从哪年做下的规定，倒尿罐是我的任务。往收粪便的木桶里倒完后，用淘菜水、洗衣水和竹涮子涮干净，再捧回家。洗尿罐的脏水顺着石坎流下坡，那一坡树长得又粗又壮，枝叶繁茂。

万一我错过了农民收粪便的时间，就只得把笨重的尿罐，提到公用厕所的大粪池去倒。雨后路全是泥水，溜滑，好几次我跌倒在地上，屎尿泼了我一身，黄陶泥的尿罐摔成几瓣。我爬了起来，赶紧奔回家，用筲箕装灶坑下烧过的煤灰，铺在泼洒在坎沟沿和泥地的粪便上。再扫进筲箕，倒进粪坑。弄脏的地很难清除干净，自家灶下的煤灰都扒完了，还不够用，又去求邻居同意扒他们灶下的煤灰。我怕过路的街坊骂街直指父母祖宗的本领，不管有多远，被挨了骂的父母一定能听见，当然要把气出在我头上。

每次闯下这种烂祸，我总是觉得哥哥姐姐，还有父母，和街坊一样漠然地站在院外的台阶上，俯视我满身恶臭紧张地忙乱。

或许他们那样做，不过是为了提醒我，做错事就得挨罚。但我却无法往心宽处想。他们为什么不肯伸出手帮我，而总让我看到自己是个多余的人。

很小,我就有这种感觉。

记得十二岁那年一个梅雨天。母亲见我一动不动,就问我怎么还不走?小学已敲过头遍上课钟声了。

我手吊着书包带子,怯生生说,老师说就我未缴学费,放学后,我已被留下来两次。

母亲的腰伤应早好了,不知那天她为什么没去上班。她坐在了床头,看着我说:"好像刚缴过学费,怎么又要缴了?"

"那是上一学期。"我的声音不大,但脸已涨得通红,要钱的本领我永远也学不会,哪怕向父母要钱。

母亲半晌没作声,突然发作似的斥道:"有你口饭吃就得了,你还想读书?我们穷,挨到现在全家都活着就是祖宗在保佑,没这个钱。你以为三块钱学费是好挣的?"

每学期都要这么来一趟,我知道只有我哭起来后,母亲才会拿出学费。她不是不肯拿,而是要折磨我一番,要我记住这恩典。姐姐哥哥们,最多让他们要两三次便给了,不像对我。母亲对我不是有气,而是有恨,我对她说:

"当初你就不应该生我。"我把书包紧抱在怀里,身体蹲在门槛边,咬住牙齿,生怕眼泪掉下来。

"不错!我当初就不该生你下来!"——可是母亲没说这句话,这是我从她的目光里读出来的,那目光冷极。我扔了书包,出房门,穿过堂屋阴暗的光线,我的心在号叫:我不想活,这个家根本就不要我!

楼梯在我脚下吱嘎响。我没有抓扶手，而是三步并两步地奔上阁楼。

我站在布帘前的床边，摸出四姐枕下一面小圆镜，举起来照自己。如同每次梳头后的动作，可这次我左照右照，都看不见自己的脸。

四姐走进阁楼，我问她这是怎么回事？她听见我的话，双眼马上睁圆了，吓死一般冲下楼梯，大声喊叫母亲，叫二姐，叫三哥。她的声音尖厉悠长，像唱歌一样悦耳。我面对镜子，镜子仍是镜子，没我。镜子坠落在地板上，没碎裂，只是反了个面，上面是两个胖娃娃拥抱麦穗玉米的丰收景象。

我不再属于自己了，我感到自己倒在地板上，双脚奋力朝外一蹬。

一片喧哗声，有人凑近盯着我说："她收尸了。"

我收尸了？我死了，才十二岁，就这么死去？我的结局原来是这样。这一刻，我轻飘飘地，不着边际，没根没依，原来死如此简单、轻快和松弛。

我在围拢的人群中寻找母亲，我想对她说，要她烧掉我的日记，它在床底下。我看不见母亲，我在拼命找她，用一种只有她和我才明白的语言，继续对她说：别留下我的模样，烧掉我仅有的那几张照片。很快，另一种感觉升上来：追悔莫及，难以言说的懊丧。我渴望再活一次，哪怕比前一生更痛苦。我还刚刚开始活，我不想死，我就是要活！就是要不顾一切地长大！

仿佛有人在扳起我的头，很重，很痛。上楼梯的脚步声不像是母亲。

4

天井里人极多，站着蹲着，以舒服但不雅观的姿势，围着一个走街串户的中年男人。无论他在哪个院子停留，都会带动一批人观看。

他捉住乳毛未干的鸡公，反剪双翅，小鸡便乖顺地伏在地上，伸长脖子，可怜巴巴地瞧着众人。中年男人去掉绒毛。带刀刃的铁钩轻快地插进去，嚓的一下拉出一块血肉。右手的拇指和中指去掏。被阉割的鸡的卵子被放进碗里。鸡主人一般都要卵子，拿去熬汤喝。

这里人相信吃啥补啥。杀鸡鸭，经常把苦胆摘下往嘴里吞，说是要大清热，还得趁新鲜。鸡胃鸭胃的内皮剥下，洗净晒干，一个能卖两分钱，化食，通气。菜市场肉案上，牛鞭粗长地挂在最醒目的地方。

阉鸡的主人若不留卵子，可以少付一角钱。中年男人将就小刀叉起卵子，从裤袋里摸出盐瓶，撒上盐，然后用一块不知原来是何种颜色的布，对折包好后，放入帆布包里。

被阉割的小公鸡，歪倒缩在堂屋楼梯角落，不再有雄性的高叫，没人看它一眼，人不知道鸡也会痛。

烈属王妈妈的孙女，有张苹果脸，很稀罕。这条街的孩子，在成人之前，都瘦骨仃伶。院子里的人端着饭碗，到院门外吃走走饭。她要上小学了，有人问她长大做什么？

"骟鸡巴。"她一清二脆地答道。

这个女孩如果明白她说的是什么，长大必是个最彻底的女权主义者。但是南岸的人认为她没出息,女孩被父母打了一顿。遇到人问她长大做什么时,她不做声了,有时候还是冒出一句:骟鸡巴。她可能脑子有问题,阉割鸡巴血淋淋的场面,对她刺激太大。

听大姐在江边讲母亲的事之后,我生病躺了一天。

我挣扎着从床上起来,脚吊在床边,伸进圆口单扣黑布鞋,觉得阁楼不像睁开眼睛时那么旋转,墙仍是墙,桌子仍是桌子,一旁布帘仍挂挡着另一张床。屋里就我一人。我右脚先下地板,落在肉墩墩的一个东西上。我惊异地跳开,低头去看,一个比我脚还大一两公分的老鼠,抽也未抽动一下,躺在那儿。

从床底下抽出两根细条的木柴,我把老鼠夹起,一步步走到阁楼门外小木廊,准备下楼梯。老鼠像活了似的,从夹着的木柴中蹦出,弹在楼梯口上,直落在堂屋地上。我终于止不住大叫起来。

天井里有个剃头匠,用一个刷子清扫一个男人的脖颈。还有两个男孩在院门槛上,给白晃晃的蚕喂桑叶。天井靠水洞边,有人在倒刷锅水。

我惊骇的叫声,不过是又尖又细的轻轻一嚷。院子里的人仍是各做各的,我叫第二声时,父亲从楼下探出脑袋问:"六六,什么事?"

我指着楼梯下死老鼠躺着的方向,喉咙哽住说不出话来。父亲眼睛不好,看不到。对门邻居程光头动作快,拿着夹煤球的火钳,一边夹一边说:"哟,见血了。"

"见血了?"程光头的老母亲这会儿耳朵特清晰。

"见血了!"程光头回答。

"见血就好,就顺当。"老太太说。

"是一脚踩死的？"程光头扯开喉咙朝我喊。

我点点头。

"一脚踩死好。"老太太看不见我，她在自家门口内的圆凳坐着。"一脚踩不死，不能再添一脚，就得用别的方法。"她慢吞吞说。

"会哪个样呢？"程光头比他的老母亲还煞有介事。

"补第二脚，耗子哪怕死了也有两道命，就会生鬼气，缠得院子里鸡飞狗跳喽。"老太太说得很肯定。我听得倒抽一口凉气，回到阁楼里。

这天晚上，四姐和德华未回家。大姐也没回家，不知上那儿去，她一定是故意不回家，为了避免我的纠缠，她知道我不向她刨根问底是不会罢休的。夜里又响起婴儿的哭啼，挑人心烦。我感觉身体好多了，手摸额头，温温热热，不像白天那么发烫，明天就能打起精神去上课，我很想见历史老师，和他好好说说话。

5

第二日上午，我听到楼下有人在问我的名字，声音熟悉极了。我赶快走到阁楼外小木廊上，历史老师站在堂屋。在父亲注视下，我慌忙请他走上阁楼。

"没有你坐的地方。"我结结巴巴地说，同时手脚紧张得不知如何搁才是。我站在小桌子边。生活和幻觉总难一致，但也许是我想象得太多了，他才会在我未想到的情况下，来到我这个阴暗发霉的阁楼。虽然我从不讳言家穷，现在他到我的家，一下子逼近了我的私人生活，我没做好准备,我强烈地感到赤贫的耻辱。

"你愿意,你就坐床边。"半晌我才说,我仍旧站着。

"你生病了?"他就坐在我的床边,看着我,"我猜着了。你昨天没来上课。晚上我的辅导课,平时你都来的。"

我没作声,他的声音在阁楼里听来有点浑厚,也比在教室里清晰。他说:"没事吧?"

我头一歪。

他见我没话,这才去环顾四周,说比他料想的条件还差些,但他很喜欢这个我从生下来就住的阁楼。"你说你经常从天窗望天上的云,与在江边看云不一样:云不是朝同一个方向飘。"

他记得我说过的话,记得很清楚。但感动我的不是这个,而是他说他喜欢我家的阁楼。

这时,历史老师拿出一个大牛皮纸信袋,递给我。

"给你的。"他说。

"书?"纸袋是封好的,一拿过手我就猜,"什么书?"

"你等会儿没人时再看。"他眼光似乎有点发颤。

我抬起脸来,没说谢谢,我有好多话要对他说。但我喉咙堵塞着,说不出一个字,我继续望着他,傻痴痴的。

他却站了起来,说上完课,正好有其他事路过这一带,他就拐下了野猫溪副巷,顺便来瞧瞧。

原来他并不是专门来看我的,我正失望的时候,突然感到他的手放在了我的肩头,我的手握着纸袋,紧张又激动。我怕他的手从我的肩头移走,他的手真就移走了。他表示要走:"你想出去走走吗?"我腾的一下站了起来。

"去爬爬山,怎么样?"

我没吱声。我若和他一起走出去,院子里的人会搬弄是非。

我的想法看来被他揣摩透了,不等我说话,他就说他先走,下午2点30分左右,他在第五人民医院门诊部门口等我。

我送他下楼,在天井石阶前停住,直看着他的身影从院门口消失。

"谁呀?"石妈的声音在我的背后响起。

我想果不其然,这个多嘴婆,说不定就一直守在我家的楼梯下,算着时间。这是我这一辈子,第一次有个成年男子来找我。

"你不说,我也晓得,他父亲是个牛鬼蛇神,不就是满南岸打爆米花胡豆的糟老头家老大嘛。这个人成了家有老婆孩子,哼,他来找你做啥子?"

"不关你的事。"我冷冷地说,朝堂屋里走。

正对着我家房门的板墙上,挂钟指着11点45分。这个钟要么迟两分,要么快两分,发条定时上,及时扳正钟点,也没用。

上阁楼后,我仔细地撕开纸袋,从中抽出一本挺厚的书:《人体解剖学》。封面写着是医学院的课本。我糊涂了,一翻开,就看到插图,男人的裸体,正面背面;女人的裸体,正面背面,都插了长针似的标明名称,乳房、阴部、阴毛、睾丸等等,全是些我从说不出口的字眼。我的心猛烈地跳起来,赶紧把脸埋在书页里,过了几秒钟,才抬起头迅速地朝四周的墙看,小阁楼还是原样,只有我一人。我再低下头来,看生殖器官图,我第一次感到我的阴唇好像在微微启开,阴道里像有一条舞蹈的火蛇,扭动得使我难忍难受。

"该死!"我骂道,"我的老师是个流氓!"

第九章

1

四川话朗读毛主席语录非常好听,有调有韵,不太整齐,朗读就前呼后拥,波澜起伏,跟戏班子一样。

从70年代初开始,有好几年,经常有"反标"出现在学校厕所里,在校门口石墙上,有时干脆写在地上,一般都是简单而干脆的"打倒毛主席"。既然打倒,为什么还尊称主席?不能问,因为这是极端反动,不能"扩散"的。公安人员和学校对每一桩"反标"当大事清查,突然袭击收缴全校学生的书包,查对学生笔迹,直到最后抓走小反革命分子,然后再逼供出隐藏在其身后的老反革命分子。小孩放回,开除学籍,大人就可能十几年回不了家。每次都兴师动众,满街谈论。

公共厕所里,相互对骂娘之痛快,这城市或许是全国第一,少儿写"反标"犯罪,也几乎占全国之首。"反革命"三个字,是最危险的罪恶,最吓人的灾祸,乱涂一笔就跳了进去,轻轻一挥捅大漏子扰得满城风雨,如此诱惑,使好些无知的小手痒痒的,既恐惧又刺激,渴望试一试不能写的那几个字。

上小学时,有一次打扫学校公共厕所,一起打扫的同学都走了,只剩下我一个人,就止不住想乱写一些吓唬别人也吓唬自己的字。我没写成,没把自己和家里人弄成"现行反革命",是因为我掏铅笔时,看到一幅实在太怪的图画,木炭画的,画得很拙劣,器官不成比例。看得我脸发红,透不过气来。听人说这些都是男孩子,半夜爬进女厕所干的。

"反标"大部分也是男孩子写的,公安局查人时却不分男女,一视同仁。

我把历史老师给的《人体解剖学》埋在枕头下,不放心,又放进书包里,生怕家里人瞧见。这不是我生平第一次见到这种图画,但这次完全不一样:照片上被枪毙的男人,天井里洗澡的男人,他们的器官叫我恐惧厌恶,脏得如同厕所里的画,而这本医学书上的裸体与器官,我却感觉洁净,甚至很美,危险而诱惑。我手按住胸口,全身开始出虚汗。

楼下房里挂钟"当"地响了一下,1点了。我与历史老师约好2点30分。走江边的路,抄小道爬上位于半山腰的第五人民医院,时间来得及,可慢慢走,我的腿软得几乎迈不动了。我想责问他,给我那么下流的一本书,居心何在,算什么老师?

2

　　自来水管前，排着长队，没水，水桶都候着，顺路边歪歪扭扭，站五六个人。

　　太阳出来得较晚，但在午后突然变毒。屋荫下站着人。我高兴自己出门前抓了顶天晴下雨都用得上的草帽。房檐下的人在抱怨："再不来水，莫说人要渴死，连桶也要爆开了！"

　　往野猫溪轮渡方向一直是下坡路。

　　一个全身脏兮兮的女人，站在废品收购站门前的小石桥上。每次走到这一带，就可能遇见她。小石桥连接两个被溪水隔开的山坳，但溪沟里淌着的都是附近工厂流出的污水，在阳光下闪着深黑红色的油星，有时发出绿蓝的光。这女人真是很脏，身上的衣服遮得也不是地方，据说有三十几了，还是一个女孩子的脸庞，乳房也是一个女孩子样的。她的身体饱满，有着丰腴的大腿和臀部。每隔一两年她的肚子就大起来，春天隆起，夏天挺起，秋天就会蔫下去。谁也不知她把肚子里的孩子生下后弄到哪里去了，就像没人知道她的名字和来历。她在街上被人吐口水遭人追打，饿了就吃馆子里的剩饭或路上小孩掉在地上的馒头，夜里走到哪就睡在哪。

　　人们说，她是花痴。

　　收购站的小石桥栏是她最喜欢待，也是唯一任她待的地方。收购站里的两个老头，一个将旧报纸、塑料鞋子、烂布片、坏胶鞋、碎玻璃、烂铜铝锅等等，从门口搬进屋；一个记账，拨着算盘，对着一个小窗口递出皱皱的毛角分币。

我有记忆就看见花痴了，她的眼睛混浊，十根手指黑乎乎的，身上能搓成泥条。冬天穿一双大大的臭胶靴，夏天光脚，收购站前满地是玻璃片，她的脚毫不在乎。不管见男人或是女人都有可能扒下裤子，但她总是张开嘴笑呵呵，不像所有正常人那么仇恨人，成天开会批斗阶级敌人。

四年前，街道委员会传达"四人帮"被捕。会一开完，老百姓很高兴又一批大人物倒台，又一批整人的人被人整，一户户人提着脸盆、脚盆、烧饭锅、炒菜锅，敲打着出自家门上街游行。锣鼓、铙钹、红绸、二胡、爆竹、噼里啪啦就游上了大街，赤着胳膊光着上身吼着口号。跟着游行队伍的人越来越多，小孩子最多，图个稀奇，但也壮了声势，没人管地大闹一场，冲着石桥广场马路游去。

我也在游行的队伍中，走上中学街的石阶。这个世界到底会出现什么样的大变动，我不太懂。正在这时，我看到花痴逆着我们走来。秋日白灿灿的光线下，她脸不怎么脏，头发被人剪得像个男孩，但浑身湿漉漉的，可能被人耍弄推到江水里去过，一件破旧的男人制服紧贴她的身体，肚子扁平。她与游行队伍交错而过。

我退出游行队伍，走到路边的电线桩桩后面，着迷地看着花痴。她走得专心专意，无论这个世界发生了什么，将要发生什么，都与她无关。

江水还是黄澄澄的，长江比嘉陵江更脏，看着热，脚浸入，却是凉爽舒服的。我们住在江边的人，对江水有一种特别的依恋。远离江边的人，欢喜只是一股劲，背过身去，就会把江水忘却。我们住在江边的人，和不住在江边的人，一旦走在同一旅程上，那么，我们总是尽可能地和江水靠得近些走。不住在江边的人，嘲笑我们傻劲，老是拾起石片打水漂。他们说，江嘛，看看就是，江很讨厌，过江过水，耽误时间，误事不说，翻船的话，连命也搭上。

但江水就像流在我们的心里，我们生来是江边的人。下坡上坎停息时，总喜欢停下来转过脸去遥望上几眼，看几眼江景，又能爬一大坡石阶。

我上了山腰，喘着气，第五人民医院门诊部的房子在平路尽头。那儿没有历史老师，我到早了。

3

斜对着第五人民医院门诊部大门，我缩在一棵树下，我怕走到门前，不仅仅是担心熟人碰到，生平第一回约会一个异性，我紧张。

他是我的老师，他该准时，很明显时间早过了2点30分，也未见到他半个人影。我站的地方，能从医院大门经过的人中轻易辨认出他。我揭下草帽，当扇子不停地摇动，其实我不热，只是烦躁。他一向说话算话，没有水过我，起码在这之前，他没有过，一定是他明白自己做的丑事——用那么一本海淫的书，公然引诱一个处女，现在不好意思了，被我逮住了。

我得等下去。

急诊病人，被临时做的滑竿抬进去，后面跟着焦急的病人家属。"买热糍粑，黄豆粉裹的又香又甜的热糍粑！"门口的大路上背着竹篓拎着口袋的附近农民在叫卖。

如果他能如约和我去爬山，站在山巅上，听着阵阵松涛声，俯瞰眼前这条中国最大的河流。在山巅看起来，它就如一条柔情蜜意的布带，绕着对岸城中心那个半岛，在朝天门码头与支流嘉陵江汇合，宽宽绰绰继续朝另一个城市流去。行驶的船，使河流摇动出波澜。因为距离遥遥，听不清楚船的汽笛声。一股股山风，拂动我的衣服和头发。

我感觉到，这个情景里其实只需有我一人，就我一人就行了。

夕光披了满树满地，卖糍粑的人仍在路上来来回回走，叫卖着。我饿了，肚子开始抗议地叫唤，下班的人络绎不绝地从身前经过。我莫非记错了地点，或是听错了？为什么他这样让我等呢？而我竟然能够在这个充满苏打水味的地方，等了整整一下午，我要告诉他：你心里怎么想的，我已经明白了，你不好意思说的话，让我来向你说。

人人都可以欺侮我，你不能；你若欺侮我，我就把流血的伤口敞开给你看。这么一想，我心里突然既委屈又辛酸，差一点流出眼泪。他的确与所有的人不一样，很轻易就能让我为他哭泣，他总能使我忘掉自己，变得非常脆弱，不堪一击。我不过是想喜欢一个人，想爱一个人。现在一旦点明，我才知道这种情感与身体某个部位有奇怪的牵连，一处受到触动，另一处就会涌出黏黏的汁液。

4

我在第五人民医院门诊部门外傻等时，我家已乱成一团，连很少摸上阁楼的父亲，也在阁楼里，还有二姐，三哥。他们给四姐喂药，喂绿豆汁，一杯又一杯灌水。

四姐吞服了敌敌畏，她以为这种有毒的杀虫药喝几口就会死的。当她睁开眼睛，坚决地拒绝去医院。她的手几乎都要把床柱头抓碎，是三哥答应她，不让她去医院，才使她松开手。

父亲发现楼板上沉重的一响，药瓶坠在楼板上的声音，接着刺鼻的药水从瓶子里流出，穿过楼板缝隙滴到楼下。

四姐一定是在我走后，把预先准备好的毒药，从堂屋的哪个角落里取出，拿到阁楼她的床上。左想右想，最后干脆什么也不想，决定喝了药，一走了之，一了百了。

四姐在我们家长得最漂亮，和大姐的粗犷不同，她两条细眉，不用描画，黑淡有致，眼睫毛和眼睛最动人，乳房高挺，留着齐耳的短发。那阵子，街上一些从不登我家门的婆婆嘴，老与我父亲搭话：你家四姑娘真是一夜就出落成人尖尖了！

母亲不止一次和父亲说，别看四妹模样儿生得俏，我只怕她命最苦。

母亲心里更明白穷人家漂亮的女孩命薄，但四姐出事如此之早，依然让她吃了一惊。四姐与德华热恋了好多年，原是同一村的知青，他俩没结婚，怕回不了城。不管是同当地农民还是和知青在农村安了家，按有关规定都比单身知青差回城条件。四姐与德华信誓旦旦，永不变心，待两人都回城才结婚。稍有办法的人全都走后门通关系离开了,村子里已剩不下几个知青。1978年德华回城不久,考虑得就很实际:有可能四姐一辈子农村户口,命中注定是个农妇,他将一辈子受穷受累。开始追求他的女同学——厂里支部书记的女儿,婚姻能改变一切,还说不定能提拔成干部,不再当工人。

除了我们家的人,谁都不认为他做得无理。至于爱情,在户口面前不过是个笑话。四姐写了厚厚一封信给家里,求母亲想一切办法使她能离开农村,否则,她只有嫁给当地农民。

母亲当然没有办法,她既无门子,也不会通路子,更没有拉关系的金钱。她只有流泪,着急,怨自己,恨不能把自己的性命交出,只要能让四姐回城。

四姐知道德华开始变心,急得没办法。她只能一横心,赖在重庆不回。直到德华答应断绝和女同学的往来,才回农村想办法。她动身回农村前,邻居的一个熟人串门,当时四姐说着说着,忍不住就哭了起来,那人动了慈悲心肠,问四姐愿意不愿意去郊区一家合作单位当小工挑灰浆桶。她根本不用想,就答应了。

四姐走上母亲的路,成为挑沙子砖瓦的工人,母亲叫零时工,她叫合同工。四姐早出晚归,上下班除了过江,还要换两次车,每天一身臭汗回家,谁也不想理睬,我和她之间越来越没话说。

德华上班的地方离我家并不太远,工厂在弹子石渡口上端。他斯文,白净,长得俊气,我第一次见德华,以为他是古典小说连环画里走下来的书生。

他来我家，总抢着做家务，挑水，理菜，炒菜，洗碗，也很有礼貌。母亲却记着他对四姐三心二意的事，不喜欢他。不爱说话的父亲也对德华冷淡，父亲认为他太女相，命不顺。天一晚，父亲就在堂屋对着阁楼叫，说路上不好走，天又黑了——明显是下逐客令。但父母的种种暗示明示都没用，四姐硬拉着德华住进了我家，她只有靠这个办法让他最后实践娶她的诺言。

我和她、德华三人住在阁楼上。为避开他俩，我经常到街上昏暗的路灯下看书，半夜才归，我的眼睛近视，度数上升。房间太小，他们做爱的声音吵醒了我，我便大气不敢出，紧闭着眼睛，装着熟睡，有时干脆摸下床到堂屋去傻待着。

两床间一层布相隔，他们没法避我。家里再有别的人，房间里更没法做任何事。到江边或山上去，他们没有结婚证，若被治安人员和派出所的人抓住，侮辱一顿，还要通知单位领导，写检查。偌大一座城市，想来想去只有山顶那座破烂的电影院能安身，趁放映电影时一片漆黑，亲热一两个钟头。

父亲问德华："你去上班还要把皮鞋擦亮？"

"去了再换鞋。"德华说。

"那不麻烦？"

"不，不。"德华答道，连早饭也没吃就出了院子大门。父亲对刚回家的母亲说，那就是前奏，他认为德华不会和那个女同学断，恐怕已追上了手，这下真要和四妹断。人总是往上爬，住在我们家小小阁楼里,他不会甘心。

5

德华正在上班,被叫到我家。他看到四姐头发纷乱,面颊灰白,眼睛里光都散了。楼下房间的痰盂放在她的床边,里面的脏物和水,有股呛人的气味。除开四姐外,屋里的人眼睛都在他的身上。这种场面,他没有预料到,一下慌了,他没有经验。他感觉到这一家子的人都恨不得咬了他,撕了他。二姐对他狂吼,三哥的拳头好几次举起,又垂下了。

这场面很快便使德华服气了,四姐的自杀换来了结婚证书。

母亲给四姐准备的新被子,四姐和德华往白沙沱婆家抱去时,对门邻居程光头的妻子站在堂屋说:"你们俩个唧个不懂?结婚的被子白的一面在外头,不吉利。"

当时没人答话,若应对一句,比如,"被子不吉,人大利!"或者说"风吹太阳晒,霉运就离开",都行。最好的办法是就近任何一个可摔破的东西:碗、水瓶、瓦片、玻璃杯,任拿一个砸在地上,便破解了这句本来不应点明的话。就像吃饭碰掉筷子,就得说"筷子落地,买田买地",才可俯身去捡。

但是匆忙之中,四姐和德华忘了老辈人的教训,没有说任何话,也没砸任何东西。恐怕就是在这时,一团肉眼看不见的凶气投向了他们。

程光头在老母亲终老离世后,不打太极拳,也不拉蹩脚的二胡,他查《小学生字典》研究八卦与阴阳五行。他对我父亲说,他母亲突然死去，是他家灶的位置不对，不该朝南，与他母亲的生辰八字相冲。

他往自己身上的血管扎针，他的脖颈、手脚，尤其是手背，针眼斑斑。改变经脉，能长生不老。一旦得气，可以半个月不吃饭，"辟谷"进入仙境。现在政府规定人死全得火化，哪儿也没地能埋人。他母亲未能享用上的棺材，被他裁成一小块一小块木头，叠成一个八卦仙阵，他坐在阵中间，却邪气迎罡风。

这座山城鬼气森森，长江上、中游，本是巫教兴盛之地，什么妖术名堂都有人身体力行。我不能确定气功灵不灵，但我相信程光头真是有功，不然怎么半月不吃饭？不过，三年大饥荒时期，父亲也有过几天吃不上一顿饭的日子。看来，练气功还是会有点用的。

第十章

1

晚上，我回到家，家里已浪静风平。德华回他母亲家筹备结婚的事，二姐在家过夜，与我挤一床。大姐与四姐睡一床。

二姐和大姐互相看不起，一碰就闹别扭。大姐火爆，有气话藏不住；二姐心细，凡事心里自有主张，她身体弱，几次发高烧，险些断了气。母亲说，她是二道命，回头人，老天照顾，考上自带伙食培养小学教师的半工半读学校。她天生矜持，可以不向父母要一分钱，步行几个钟头，从学校走回家，而不向父母提一句车费。她的裤腿和鞋子全是泥，回家后洗净脚，就一声不响地用剪刀尖挑脚底的血疱，手抖也不抖一下。二姐快毕业时，正是我上小学一年级，她和一个男同学带着我，破天荒地上苗圃拍照。男同学戴了副眼镜，拿着个有半截砖头大的照相机，让我手扯住一枝树丫，他不说笑一笑，而说看看天！看看天！

我们从苗圃照完相回到家，父亲把二姐单个叫到屋里，父亲说这个男同学嘴太甜，眼睛溜转，这种人靠不住终生。十多分钟后，二姐就把男同学送走了。之后，男同学再未来家里。那卷胶卷拆下时，不小心曝了光，二姐后悔地说："一张也没有，太可惜了！"二姐在这么说时，神情黯然。

母亲的一个熟人看中二姐，把侄儿介绍给她。侄儿是一个军工厂的造反派头目，口才一等人才一等，二姐去找他，他正在厂里的牛棚里忙着。牛棚设在一幢大楼底层，窗子全被堵死，不见光线，从里面传出来一声长一声短的惨叫，被拷打的另一派人在背毛主席语录。

二姐没敢看，吓得拔腿就走，她这一走，倒也对，若摊上那位造反的干将作丈夫，她就真要后悔了。"文革"还未接近尾声时，那位青年被投进了监牢，判了二十年徒刑。

二姐是我们家唯一听从父母之命媒妁之言结婚的人，她的生活最安定，也最幸福，人人羡慕。

房间时早就关掉了灯，大姐在另一张床上问："六六，你今天下午跑到哪儿去了？爸爸说你中午就不见了。"

"上学去了。"我睁开眼睛回答。心想，你不是同样也不在家！而且有意躲着我似的。我本来平躺，这时翻身侧睡。

"你没有去上学，我晓得。"大姐说。

"那还来问我做啥子？"我轻声咕哝了一句。

2

三哥是长子,在家里很霸道,父母宠他,他也认为该受宠。1967年他十五岁时,街上所有同龄的少年,都抓了个红卫兵袖章戴着,就他幸运地挤上火车,到了北京,看毛主席。他从北京回来的那个夜晚,像变魔术一样,从身后抓出几颗玻璃纸包的水果糖,把当时年龄还很小的四姐、五哥和我给迷住了。

从1980年夏天开始,他就在和父母闹别扭。这阵子,他正在楼下房间里向母亲发脾气,四姐的事是起因。母亲说他不顾家,白养了他。为了离开家,不和父母、五哥挤在楼下房间里睡,他就跟街上一个姑娘神速结婚,当了人家的上门女婿,事后才告诉父母。"你的媳妇,从不叫我一声妈。"母亲说。

"她不叫,是她的事,"三哥一步从屋里跨到堂屋说,"反正我们从小长到大都未靠过你们当父母的。"他扔下这话就噔噔噔走了。

阁楼里的三位姐姐听见了,都未作声。

三哥从未与家人提起他在乡下的经历,也不提回城后在宜宾轮船分公司扛包当装卸工的事。他有理由抱怨,是三嫂说出来的。

70年代中后期知青开始回城,有后台的分到办公室,行了贿的分到船上学技术,无权无势的通通当装卸工。三哥他们一批青年装卸工,闹了一场罢工。青年装卸队全体人员,重新分配。三哥分配到长江上游通航的头一站趸船当水手,这是父亲曾经下放走船的航线。他明白自己受到了处罚。三哥咬着牙在那儿一干就是六年,凭着他自己四处贴寻人对调单位的手写告示,在1980年初,二十九岁时才回到了重庆,在一个水运队趸船当水手。

在我小时候,有一天,母亲坐在堂屋板凳上,我蹲在地上,和她一起拆旧毛衣,准备洗过重织。管这一带的户籍,一个刚开始有胡子可刮的小年轻,制服笔挺,走进院子。母亲站了起来,向他点头问好。他的脸却挂着,训斥母亲:"老实改造。"母亲脸上的笑容即刻凝固,低下头说:"对,对,对。"我埋下头,脸紫红。好些年过去,我始终难忘那个比我大不了几岁的户籍无缘无故给母亲的羞辱。

最早插队的大姐,曾远行他乡的三哥,挑砖瓦的四姐,都有理由认为不必与父母多打交道,父母帮不了他们,反倒使他们倍受欺压。虽然母亲送他们下乡当知青时,都愁肠寸断地流泪。我的姐姐哥哥,还有我,我们因年龄的逐步增长也都明白这样的处境:怎么闯也闯不出好前途。父母是什么命,子女也是什么命。

3

四川麻辣火锅,本是全国闻名,经过清苦的60、70年代,火锅又重新给重庆添了骄傲的色香味:千变万化,只要是能吃的都可用于火锅。不分炎热的夏天,还是细雨纷扬绵绵不尽的春天,不管寒冬,还是秋晨,任何时候,包括夜里3点钟,任何场合,包括小巷子里阴森的小店,或堂堂气派的大餐馆,都架着火锅。

院子里人在摆龙门阵时说,街上馆子里的火锅,看看不得了,吃起来绝对不如以前纯粹的辣辣麻麻。

这话有道理，那时，蔬菜、豆腐、血旺，就可以使一个没有新衣爆竹鸡鸭鱼的年过得难以忘记。

很冷的天，忘了是哪一年的除夕之夜，穿两层袜子也冷得直跺脚。大姐从巫山农村回来，一家人围着小铁炉子在屋里。吃的是白水萝卜青菜火锅，有点肉，早被捞尽，星星点点的油漂浮在滚烫的锅里。

父亲说，菜没了，让四妹去洗菠菜来烫。

四姐说，让六六去。

母亲同意，叫我去。她让我洗菜时不要多用水，却要专心。我答应着，拿了理好的菠菜去天井，在大厨房淘洗。

大姐烫了一筷子由我淘洗好的菠菜，吃在嘴里，即刻吐在碗里，连声叫有沙。

三哥站起来说："去，重洗。"

大姐问："你是不是说话了？"

我摇摇头。

"肯定说了，"四姐嘴里有菜，含含糊糊地说，"她经常一个人对墙壁说话。"

母亲说："难怪你洗的菠菜不干净。"

我一时未回过神来，他们一齐大笑起来。我反应过来，说："我真的没说话，连跟自己也没说话。"他们笑得更厉害了。

我火了，把刚端在手里的饭碗往地上一搁，对母亲说："我不吃饭了。"

母亲说不吃就不吃，你让出地方来，让姐姐哥哥坐宽点。

我站了起来，走出房间。

"人这么小，脾气倒还不小。"听不出是谁的声音在我身后响起，堂屋里没灯，没有一个人跟来。我出了院门，穿得少，外面冷极。院门外路灯被人用皮弓弹灭了，黑压压一片。对面朝天门码头的港口客运站大楼上的大标语在闪烁，似乎听得见隔岸稀疏的鞭炮声。我一路往公共厕所去，那个地方可避风寒，这个除夕夜不会有人。我小心翼翼走进满地是屎尿的厕所里，两只脚踩在两处干净一些、门背后的地上。尽量少吸气，避开一点浓重的臭熏熏的厕所气味。我就站在那里，浑身哆嗦，脑子十分清醒，几个小时几个小时地站下去。

到天亮，家里人才找到我，他们找了一夜，上上下下几条街。谁也没想到我会在厕所里，是大姐尿急了，上厕所才发现了我。

我以为母亲这时会对走进屋子里的我，说两句软软的话，她用眼睛瞟了瞟我冻得发青的脸和嘴唇，自顾自地脱了鞋子就上床了。大姐嬉笑着对母亲说，看来得对幺妹好点，不要看她老实，不爱说话，不听话，说不定她会比我们有出息，以后妈妈老了还要靠她养老呢。

"哟，晓得发善心了。"母亲说，"少说这些掺水话。我才不靠她，包括你们这几个大的。我老了，谁也不会来照顾，我很清楚，她以后能好好嫁个人，顾得上自己的嘴，就谢天谢地了。"

4

大厨房里,一个瘦高女人在用抹布擦盖着油烟的灶神爷。供灶神爷的壁龛高,有个巴掌宽的坎,停电时经常被人放蜡烛和煤油灯。不停电,则放上醋、酱油瓶之类的东西。

那是张妈,她住在院子最里端一间房,有个令全院人羡慕的阳台,七平方,搁满了种仙人掌、兰草、太阳花、指甲花的花盆。阳台有水洞,下雨不会积水。除了花盆,还有两个水缸、一个装着自制的榨菜的瓦缸。据说她是妓女,她男人在武汉码头用一串银圆把她买下,也有人说是解放后妓女全关起来"改造",她男人一分钱不花就把她领来。瓜子脸,白皙的皮肤,单眼皮,瞅人时目光会飞起来,很与人不同,让人看了还想看。

"你的眼睛会飞?好,我叫你飞!"她丈夫用工装皮鞋狠命踢她。她被踢得一身青肿,也从不喊叫。她是我见过身材最高挺的女人,足足有一米七个子,脖子和腿修长,我对她的面貌反而印象模糊了。

若她的脸不是常有青紫块,不管花多少钱买,这个女人都值得。可惜她养不出一儿半女,人说这是妓女生涯留下的后遗症。她总是默默少言语,很少有人肯与这已经无法隐瞒身世的妓女说话。她弯着身子在空空的阳台上,静静地收拾被丈夫捣碎的花盆,收拾完后,又会重新去购买花苗种植。

张妈有个抱养的儿子,总有些纸页发黄的厚书,趁"文革"之乱偷来的。那时稍有意思一点的书都是禁书,没书可看。不过哪怕有书在售,我们这条街上的人哪有钱买书?买个糖含在嘴里,买双尼龙袜穿在脚上,也比书好百倍。我家除了我的课本,就找不到别的书。

张妈总背着儿子,让我借阅他那些来历不明的书。有一次,我在她家发现一本手抄本,第一页已掉了,里面的字迹不工整,但也可辨认出大概意思来,讲的是重庆解放后不久,国民党特务潜伏下来要炸毁这城市的故事。引子是打更老头在一条阴森森的街上,听见结满蛛网早已没人住的楼房里,有奇怪的声音,就推开门,上楼去察看,被吓死了。读到这里,我也吓坏了,好像听见恐怖的脚步声,幽幽响起在这个冷清的院子里。我壮着胆子看下去,直看得院内院外人都诡诡秘秘。

听好多人说,还有一本流传全国的手抄本《少女之心》,已经传进了这个城市。书不长,情节也简单,里面尽是男女之事详细的描写!那是一本最毒的坏书!为挡住资产阶级腐朽糜烂的流毒,公安局对全市学校采取了好几次袭击行动,搜书包,追查抄写之人,进一步追查炮制此书的坏分子。不知多少人为此书进了监狱,甚至送了性命。我充满好奇地等着张妈的儿子传过这本书来——张妈不识字,我要书,她就拿给我看。但这本书,她儿子可能藏得太紧了,我很幸运,始终没能看到。

张妈的宝贝儿子被两个公安人员从院子里带走,劳教了好几年,或许就跟这本书有关系。张妈哭天泼地,咒书烧书,闹得轰轰烈烈。

我想起有一个深夜,张妈端着一盏煤油灯从后院走到前院,为儿子开门,儿子在门外抱住一个农村来的姑娘不放。张妈光着脚丫,穿着拖鞋,就站在门里候着。我赤脚站在阁楼的小木廊上,正好看到那个情景，张妈不敢惊动他们，又不好让他们到屋里，只是不时用手去遮护风吹着的煤油灯，灯芯的微光照着她苦恼的脸。

讲共产党带领穷人闹革命的革命小说，倒是可以从学校里借到。千篇一律的描写，也吸引我，我喜欢小说里穷人要翻身得解放的那一股子气。我也要翻身，第一要在家里翻身。

母亲的一件旧黑绒呢短大衣，她给大姐二姐四姐穿，一个接一个轮着空换。我想试一次都不行，母亲说我穿上太长。四姐说，穿烂了，也不给你穿。半夜我恨不过，就对她说了"我要翻身"！

好吧，让你翻个身！四姐在床上往墙根挤让出一个地方。

那年我十一岁，我想穿母亲黑绒呢短大衣，想极了。我终于等着家里没人的时候。拿着剪刀剪掉大衣一截，用黑线把边裹好缝上。我把改短的大衣穿在身上，喜滋滋的，觉得周身都暖暖和和。

事发后，二姐把我拉上阁楼，她取出小木廊倒挂在栏杆上的长板凳，放在两张床间，闩上门，逼我趴上去。

我紧紧抓着木凳的脚，眼睛盯着地板。二姐从床下抽出木柴，扒掉我的裤子，打我的屁股，嘴里嚷着："你还不认错，还要犟？你恨啥子，你有啥子权利？"二姐那么小的个儿，哪来的气这么狠地打我？我忍着泪水，就是不求饶。木柴刺钻在屁股肉里，沁出血来，二姐才住了手。

二姐横了心打我的事，我一直未和人说，对父母也没说。可能由于这件事，她对我另眼相看。同学捉了班上一个蓬头垢面的女生身上的虱子，趁我不注意放在我的头发里。二姐发现我总是不停地抓头发，扳过我的脑袋一看,发现生有密密麻麻的虱子。二姐用煤油浇了我一头,找了块布把我的头发严严实实包起来,不让出气。我头闷眼花,约摸等了一个钟头左右,二姐才解开布洗头。看着漂浮在脸盆水中的一片黑而扁的虱子,我的皮肤起了一层鸡皮疙瘩。

用煤油闷死虱子,使我的头皮头发大伤,发质细而脆,本来就不黑亮,此后就更加发黄。

第十一章

1

大姐把我叫出去,说今天你别去上学,陪我。我本来也不愿去学校,我不想见到历史老师,他让我等了个空,他诱骗少女,又欺侮少女。

在窄小的巷子拐来拐去,大姐停在粮食仓库旁的一个院子门前,让我一人进去,叫她的一个老同学出来。她这次回重庆,心神不定,老在找什么人似的,像是故意找事做,好忘掉她又一次失败的婚姻。我说,你没有不敢做的事,你怕啥子?

大姐求我帮个忙。

"是个男的?"

"人小鬼大!女的女的,你快点进去。"大姐催促道。

跨入院门就是一大坡石阶,比我家所居的院子小多了,住了几户人,我找到天井左手第一家,一个老太婆在剪干红辣椒,她听我重复好几遍话才说:"不在。"

我问:"啥子时候在呢?"

"不晓得。"老太婆不再理我了。

我走下石阶,对站在院门口的大姐说了情况,大姐说,那老太婆是她同学的妈,即使女儿在,也不肯让女儿出来。臭老婆子,耗子精!

她说这个女同学和她一起下乡到巫山,在同一个公社,以前关系不错,为一点小事彼此就断了联系。

大姐说1964年她到农村,一看同在一村的四个女知青,便再清楚不过苦日子开始了:一个母亲是地主家庭出身;另一个是反革命子女;第三个,父亲解放前随部队去台湾,属敌特子女;第四个,灾荒年父母双亡。全是家庭成分有问题的,被哄骗下乡,都成为响应党的号召的英雄。夜里有猿猴啼叫,跟鬼魂在叫一样,知青夜里不敢单独出门。这个原先树木成林的地方,大办公社大炼钢铁大饥荒时,把树砍毁了。知青住的村子还独剩一棵很大的黄桷树,知青没柴烧,要砍树。

农民说,砍不得,砍了要出事。

知青不管这些迷信,砍了,就此中了邪。一个女知青生小孩死在巫山,坟还在那儿。没多久另一个女知青被区里干部霸占奸淫,一直忍气吞声,最后和当地农民结婚,难产而死。当地风俗,产后死的只能夜里12点后出葬。那是一个大雨天,天黑路滑,抬尸体的人和棺材全部跌下悬崖。

两个男知青受不了当地政府对知青的不公正待遇,拉了公社二十来个知青要进深山打游击,准备了大刀、长矛。大姐没参加,是因为觉得躲进深山，日子一定更苦。队伍还没拉进山，就被全部抓获，两个头头被判了十五年刑。

"他们平反没有？"我问，"现在每天报纸都在说纠正错案。"

"平啥子反？牢一坐进去，人就会整垮了。"大姐把话又绕到刚才那个女同学身上，说看来只有找到她，才能找到另外一个男知青。当年他对大姐有情有意，大姐没当一回事，现在她后悔了。

大姐的第一丈夫在一个县煤矿当小干部，夫妻吵闹无一日安宁，丈夫怨恨得跑去党委控告，说自己和妻子阶级路线不同，将大姐的生父养父的事全部抖了出来。第二天全矿贴满了大字报，揪斗"黑五类"翻天，他就在台下看着她被斗。

"不提他了，我本来就不应该和那种人结婚。"大姐说。

"我还是觉得那个姐夫好，起码比你第二个丈夫好。"

"一个比一个差，再找一个也不会好。结婚不是为了找好男人。但离婚却要拿出命来干，随便哪个鬼地方离婚都得他妈的单位党组织批准才行。"她说着把头往旁边一扬，先我两步台阶在前了。

缆车道上，麻袋装的粮食堆得齐整的车往山上，已被卸掉货的空车往山下。一队搬运工，在底端下船装车。另一队搬运工在缆车顶端——仓库大黑铁门里卸货。与四周房子相比，那片仓库区的房子，是南岸最结实的，处处是红字警告"闲人免进""注意防火"，和毛主席语录"深挖洞，广积粮，不称霸"。

我们走到缆车道下的桥洞旁，我对大姐说："你还没有告诉我全部事，你上次说时间太晚，答应一有时间就告诉我。"

"我已说了好多不该说的事。"但大姐嘴边马上挂了一丝笑容,"你命还是比我好,你看那年这缆车压的就是五弟。当时你还没读小学,还不到六岁,就晓得一个人跑去坐船,到从未去过的白沙陀造船厂找母亲。谁也没想到你能。"

"你记错了,我是走了很久的路。当时我身上哪来坐船的钱?"我说。

"好吧算我记错,不管怎么说,一个五岁半的小孩能走那么远的路,没迷方向。看来你还是这个家里的人。"

"你这话是什么意思?"我突然警觉起来,"为什么我'还是'这家里的人?"

"就是嘛!"大姐口气一点没变,"看你为五弟的事能吃这么大的苦,你还没懂事,我那时二十二岁了,从巫山农村回家生大女儿没多久,就明白你不会像我,你是这家里的人。"

"为什么我在这个家里不会'像'你?"我差不多抓住了大姐的衣服。我不知道大姐是说漏了嘴,还是有意卖个破绽引我上路。

五哥拿着小竹箕,里面已有不少干豌豆绿豆,都是我和他从缆车上的铁轨和石缝中一粒一粒捡的。缆车上货卸货间总有不少孩子,趴跪在地上,用手指挖从麻袋里漏出的豆子米粒,只是不像灾荒年抢得那么凶。饥荒算是结束了,粮食还是不够吃,大人还是让孩子去拾,拾一点算一点,几天积下就是半土碗,顶一顿饭的粮食。1968年初夏,我记得我在缆车道外的沙滩,发现草里有几根香葱,很兴奋。但我听到缆车启动的铃响,就警觉地站起身来让开,手里满是泥沙。

那天上午，向上开的缆车是空车，向下滑的缆车装货，从仓库运粮食到江边的船上。空车上坐着四五个男孩，五哥也在其中。开缆车的师傅和装卸工人，没管这些几乎是熟面孔的孩子。一个孩子从五哥的竹箕抓了一把豆子，从不与人争斗的五哥，从那孩子的竹箕里抓回一把。那孩子一用劲，就把坐在前边的五哥推下车，缆车的后轮压住了他的左大腿，开缆车的师傅马上停车。

我隔得不远，看得真切，跟着五哥惨叫声哭喊。家中几个姐姐哥哥，唯有五哥对我最好：他从不欺负我，还教我识字。有吃的自己不吃，也让我吃。他因为嘴有残疾，爱躲着人，被家里人呵斥，也不吵不闹。

闻讯赶来的二姐，背起五哥就跑，一路血流洒下来。二姐扯下五哥的裤腰带，扎在他鲜血淋漓的大腿根。我回过神，跟在他们的后面。

武斗最凶的时候刚刚过去，两派继续上缴武器，但同时还在使用大炮、轻重机枪和坦克，市区水陆交通时而中断，电、自来水供应紧张。石桥广场诊所和区一院那天都没开门，怕医治武斗一派受伤者，另一派知道了来砸来打。

二姐敲开医院的门，在那儿大闹起来，说小孩被缆车压了，与派仗有什么关系？医生被二姐那股拼命的气势汹汹吓住了，正在犹豫是不是收下五哥。我一个人奔出医院，没有回家，而是对直朝江边跑。天上乌云腾腾，连雷也未响一个，立即下起雨来。雨把远的山峦拉近，把近的山峦推远。

我沿着江边不知走了多少小时，等我在造船厂找到母亲时，雨已变小，轻轻渺渺地飘洒，阴郁的天色，暗如傍晚。母亲戴着草帽正在和联手从船上往岸上抬油漆桶,看到泥人似的我在叫她,她扔下扁担就奔了过来。

大姐在我右前面走出了好远,我赶了下去。她刚才说的话,我怎么想都不对劲,我得抓住这个机会,不想让她溜掉。

"你性急啥子?"大姐没像上次那么推来推去,爽爽快快地说,"我还没讲到在新社会,我是什么样的身世。"

2

袍哥头子被捕了。1950年,政府决定用大兵力围剿四川的土匪恶霸。重庆逮捕了所有袍哥头目,各种会道门的头子。城里的几个刑场有一度每天枪毙上百人,毙掉的人大多没人敢去认领,就挖大坑埋了。但这一带的老百姓,却兴奋得天天茶馆客满,也许是重庆人喜欢吃辣椒,吃出来的好事性格。

"这年头,死个人比死只鸡还容易。"父亲叹着气说。

母亲叫父亲闭嘴。她挺着大肚子,抱着女儿在家里战战兢兢。

有人悄悄给她捎来口信,袍哥头子在监狱里,要她带女儿去监狱看望他。母亲犹豫不决,在床上辗转反侧,难以入睡。清晨,母亲双眼红肿,出了家门,她没有带大姐。

母亲大着肚子在监狱门口小房间里,报了名字,登了记,却没能被允许见面。反落了个记录在案,坐在回南岸的过江轮渡上,她气恼万分。

拥挤的船舱里十分闷热,母亲抹去脸上的泪珠,定了定神。她早就不应当为这个男人哭了,可还是没能止住。船舷外汹涌的江水,一浪一浪,摇晃着她的身体。

还是多年前,有一次母亲和袍哥头子在街上坐人力车,遇到敲敲打打长长的队伍,扎断了街口。披麻戴孝的孝子孝孙举着哭丧棒在前头,棺木后面,身穿素衣的人抬着纸糊的轿、马,抬着绸缎制的礼服、官服,薄丝绢挂在灵幡上。奏乐鸣炮,灯彩摇红。

他对正观望出殡发愣的母亲说,别羡慕别人,等你妈百年后,我一定为她大办,请和尚道士做法事,超度亡魂,择吉日吉地下葬,祖坟风水好,后人才会发迹。他摸准了母亲想对乡下的外婆尽孝的心事,这一招很准,她是心领了。

外婆死在重庆,死在母亲家里。乡下大舅二舅砍了竹子,做了滑竿,把病倒的外婆往重庆抬,靠张嘴问路和半乞讨,走走停停,走了四天三夜,好不容易挨到重庆的江北,搭乘船才过了江到南岸。母亲一见他们就哭了,说,为啥子不写信来?我就是借钱也要让你们坐船来!两个舅舅头上按照乡下走亲戚习俗,缠了根洗白净的布,都成灰色了。院子里的人说,是抬来一个死人,头上缠的啥子裹尸布?两个舅舅急着要回去。母亲凑了二十元路费,叫他们坐船。

大舅说不坐船,二妹,你这些钱我们回去能做大事。

母亲送外婆上医院,医生说治不好。母亲去抓草药熬,那段时间我家的房子里全是草药味。外婆脸和身体瘦得只剩下一把,肚子里全是虫,拉下的虫像花电线一样颜色,扁的。外婆按住肚子缩在床上,睡也不是坐也不是。只过了一个冬,小年刚过,大年未过,直到那个寒冷的半夜，外婆一声尖锐的呻吟后，就痛昏死在家里尿罐上。母亲把外婆扶上床，外婆醒过来说的唯一的话，就是要求她把还在乡下挨饿最小的弟弟弄到重庆来，让他有口饭吃，让他识几个字。看着母亲点头，外婆才咽了气。

1953年外婆死的那天，母亲打来一盆温热的水，用毛巾给外婆擦脸、脖颈和身子，把外婆冰冷的手贴在自己的胸口。外婆穿着母亲手缝的衣鞋停在一块旧木板上，在堂屋紧靠我家房门边。没有人号啕大哭，没有请人来做道场，没有花圈祭帐，也没设灵堂，一盏灯芯草点的菜油灯，一闪一闪照到天亮。外婆被草草埋葬在三块石山坳的野坟堆中。

一年后母亲的小弟弟从忠县乡下拿着地址，一人问路来到重庆。这个十一岁的少年到我家时，穿件老蓝布长衣，一条烂裤，从头到脚又脏又臭。大姐还以为是农村叫花子，叫他滚开。母亲从屋里出来，止住大姐，告诉她："这是你幺舅。"

幺舅只上了四年学，就私自逃学去挑河沙挣钱。母亲知道时，他已在一家机械厂找到一份零时工，他说自己学习成绩不好，认为自己拖累了姐姐一家。母亲要他别去厂里当抬工，回学校，读不走，就降一年二年级读。

幺舅不肯，说他得养活自己。

母亲说你不听话，我就当没你这个弟弟。

幺舅给母亲跪下，磕了个响头，就住进厂里集体宿舍。

幺舅偶尔也来我家，与母亲话头总转到外婆身上。幺舅说："以为解放了打倒地主，日子会变好些，没想到还是差吃的。妈为节省，只喝井水。"

母亲说："妈死了,我后悔没给她留张照片,现在想看妈,都想不起她是啥样儿,只记得妈梳了个髻。"

幺舅说："妈和姐姐样子像。妈被哥哥他们抬走时,妈拉着我的手不肯放,我追她追了好几匹山。"

母亲说："那阵只想到妈病,盼她病好,哪想到她死?"

外婆咽气时也未谅解母亲当年逃婚的事,这也是母亲的心病。母亲一次次梦见外婆到她床前来找她,倒也未提逃婚的事,这是外婆骄傲,不愿提。外婆只是埋怨母亲,说母亲不管她,说她依然饿肚子,孤孤单单,遭人欺。外婆还说她找三姨——她的亲外甥女,却怎么也找不到。母亲也从未找到三姨的坟,三姨1961年死后据说是被埋在长江大桥南桥头的山坡上。那时还未兴建大桥,野树野草乱石成堆,没立个碑,就等于消失了。修建大桥时,早被推土机铲得一根白骨也不剩。

母亲是在外婆死了十七年后,梦见她十七年之久,才把外婆的坟打开,用一块白布装殓尸骨,放好在一个小木箱里,让幺舅送回家乡,葬在老房子后山坡外公的坟旁。之后,母亲再也未梦见外婆。家乡来重庆的人说,外婆的坟前一下雨,总生出一片地木耳,黑黑的,在有月亮的夜里去摘,回家不洗就能吃,不沾沙土。

3

未到晚年,母亲的眼睛就总是不干净,每隔一会儿就得用手绢擦,不然,就被绿绿的黏液堵住眼角,又痛又痒。"这是怀孩子时惹上的,"她对我们说,"不管有天大的事发生,在怀孕时,别哭,别像我,落上这种病医都医不好。"

我现在明白了,母亲是指她怀孕时,去探监,路上哭得太伤心。

大姐不太相信母亲敢去监狱探望。在这件事上,大姐对母亲的怀疑或许真有道理,她做女儿的,对这点应当最敏感。

"你父亲就这么死啦?"我拉着大姐的手,这个男人,与我没有太大相干,却让我心里一阵难过。我与大姐握在一起的手,从来没这么紧。

不料过了一会儿,大姐猛地蹦出一句叫我莫名其妙的话:"他就那样死,就好了。"

她挑了块石头坐下,背对着江面,不待我问,就说起来。

那是一个星期天,许久没有走船的父亲的消息,母亲抱着三岁的三哥,带着大姐过江去轮船公司打听。走到朝天门,母亲换了下手,把三哥抱在右手边。港口旁的一大坡人和车相混的马路,不下雨也陡而滑。心事重重的母亲没注意一辆板车急滑而下,等她发现,板车已近在咫尺,她抱紧三哥往路沿一让,朝吓呆的大姐喊:"跑开呀!快点跑开!"她闭上眼睛,大姐不被撞死,也会被撞个大伤,那板车翻掉,拉板车的男人不死也会受重伤。但板车奇迹般刹住了,双方都吓了个半死,一张口,却都愣住了。

是袍哥头的舅爷,他直呼母亲的姓名,连连叫道:"是你啊,你们母女俩让我找得好苦!"他双鬓已开始发白,袖子和裤腿挽着,穿着一双沾满泥灰的胶鞋。

这个场面很戏剧性，但大姐的生平多一分少一分巧合已无关要旨。总之，母亲知道了袍哥头并未死，未处决他，他陪了杀场，吓了个屁滚尿流，答应交代。他全招了，吐出了他所知道的全部关系。交代交代，就痛恨起国民党来了，他那么拼了性命，也不过是一个被玩弄于股掌的小卒。他终于看清了自己的命运：小卒就是被弃在前沿的，当牺牲品给收拾掉。为啥子不吐，吐个痛快？

他待在牢里，一点也没内疚。由于他的坦白，受他牵连的人全部抓获，他以为自己会像被许诺的那样，放出来。没过多久，他就明白自己上当了，不仅未放他，而且还要他继续交代。

"我已交代完了，"他掏心搥胸地说。

"没有，你还得老老实实全部招出来。"

他听到这话还是不明白，他的确不明白共产党的政策。

他先被关在紧靠着白公馆的一幢房子里。白公馆和渣滓洞，是国民党关押党内反对派人士和共产党地下人员的两所监牢，1943年建立的收集情报培训特工的中美合作所就设在那儿。解放后这地方被共产党作为活教材：这是美帝国主义对中国人民犯下的滔天罪恶！这是国民党蒋匪帮屠杀我们烈士的铁证！每年的"11·27"死难日，烈士墓前都有成群结队的少先队员，为他们胸前的鲜艳的红领巾头上飘扬的五星红旗握紧拳头，誓言铮铮。这地方的烈士名单经常改变，"文化大革命"翻出不少烈士原来是叛徒，民主党派的人不算烈士。后来又说没有叛徒，全是烈士，审查死人比活人还难。取材于此的革命小说《红岩》的作者，最大的英雄，"文革"中被说是叛徒，他跳楼自杀，头颅着地，当即死亡。

袍哥头一到这地方，肯定也明白了，历史最乐于开玩笑，监狱总是轮流坐。白天被枪逼着去挖煤干苦力，只有夜里才想到命运颠来倒去。他不能容忍自己当初的招供，既不符合袍哥的江湖规矩，也不符合他做人的准则，他一开始后悔，就明白一切都晚了。

4

但是母亲不可能再去探过袍哥头子，因为很快他就被移到南岸的孙家花园——关押重犯的省二监狱。

在朝天门碰见舅爷，使母亲和久未有联系的舅爷家有了往来，灾荒年快结束时，母亲才让大姐去认舅爷一家，当时她在卫校读书。袍哥头后来娶了那个姑娘，生了一女一儿，和袍哥头的弟弟一家在1949年前到重庆。大姐管那女人叫二妈，管袍哥头的弟弟叫力光幺爸。他们住的吊脚楼烂朽，从楼板的漏缝中能看见轻缓流动着的嘉陵江。

大姐说，那家人日子过得也很难，为了生存，她的同父异母的妹妹就只得跟社会上那种女人一样，跟不认识的男人睡觉。

我说："当妓女。"

"不准说这个词！"大姐声音大得吼了起来。

"一直这样？"我问。

大姐说：当然是那些年，现在她不知道。那个妹妹也不愿见她，可能怕她看不起，那家人和她也没了往来。

大姐的生父作为一个没骨头的好汉，苟延残喘活了下来。但没有多久，1960年，由于他交代好，被押回老家安岳劳动农场，本想可以在那儿熬到自由的日子，却不行了。没吃的，农场里犯人的伙食只能喂石头人，这年10月下旬他得了水肿病，终于支撑不住，再也不能干活，就倒下了。

天冷地冻，不干活就没吃的，连野菜野草也分不到一棵，他最后咽气时双手全是血抓剜土墙，嘴里也是墙土，眼睛大睁着，才三十六岁。没人收尸，丢在大坟坑里了。死了好久之后，从那儿逃灾荒出来的好心人，路经重庆才把这噩耗转告。

同一年，在母亲的家乡忠县关口寨，附近能吃的观音土都被挖净，吃在肚子里，都发胀了，解不出大便，死时肚子像大皮球一样。大舅妈是村子里头一个饿死的，大表哥从读书的煤校赶回去吊孝。到忠县前的丰都县，饥饿的惨状便不忍目睹，插着稻草卖儿卖女的，举家奔逃的，路边饿死的人连张破草席也没搭一块，有的人饿得连自己的娃儿死了都煮来吃。过路人对他说，小同志，别往下走了，你有钱有粮票都买不到吃的。

5

越往下探究，越深沉无底。饥饿与我结下的是怎样一种缘由？在我将要出生的前几年，外婆、三姨、三姨夫、大舅妈、母亲的第一个丈夫，和我有血缘没有血缘关系的亲人们在一个个消失，而我竟然活了下来，生了下来，靠了什么？

我沉默了,脑子里反反复复全是一个个问号。

50年代这条街的人和其他街上的人一样,听毛主席的话,由着性子生小孩,想戴大红花,当光荣妈妈。有的女人一年一胎,有的女人生双胞胎。相比之下,母亲生育能力,就算不上什么了。到1958年,家里添了四姐、五哥。在四姐前一个哥哥生下来就停止了心跳,打了引产针,好不容易死婴才下来。母亲大出血,人昏迷不醒,但她还是醒了过来,这是1954年春天的事。

"你这狠心肠的妈,差三天就该生了,去江边洗衣服做啥?你把儿子闷死在肚子里,害死了他。"护士对躺在病床上的母亲埋怨道。

母亲脸上出现了浅浅的笑容,轻声细语地说:"死一个,少一个,好一个。"

护士不解地走开了,这么无情义的母亲,恐怕她是头回碰到。

母亲无可奈何的自嘲,或许达到了自我安慰的目的,在她第一次和男人会面时,她早就看清自己的命运,她的孩子们的命运。不出生,便可避免出生后在这个世界上所有的痛苦和磨难。

大姐说来说去绕不过大饥荒年代,该我出生的时候了。那一年大姐已是十六岁的姑娘,性情不安躁动,那一年她明白了她的身世,对母亲更是恨上加恨。大姐说到这儿时,我的心也急促地跳动起来。

第十二章

1

大姐站在1962年春末的细雨中,戴着一个大斗笠。她在野猫溪江边,在停货船的趸船前等父亲。

江上各类运输船远比客船多,开得慢悠悠的,细雨飘雾时,汽笛更是声声不断。她不知道父亲在哪条船上,蒙蒙细雨变成了瓢泼大雨。她着急起来,不时在沙滩上走动两步,但还是等着,她心里正燃烧着对母亲的怒火。

父亲已三个月没有回来。当她终于看到父亲扛着随身衣物走上跳板时,她就迎了上去。

父亲回家就开始打母亲,他从未动手打过她,结婚十五年来,这是第一次。

母亲的第八胎,若按出生存活算是第六胎,才四个多月就很出怀。

母亲不躲开父亲的巴掌，只是用手护着肚子："求你别打，不要伤了娃儿。"

父亲马上就住了手，但痛苦得蹲在地上。母亲想去拉他，又不敢。母亲抱着架子床的柱子，流着泪说："你说怎么办，就怎么办，不就行了！"父亲站了起来，薄薄的一扇门被他弄得哐当哐当响，二姐三哥吓呆了，四姐五哥哭叫起来。父亲连轰带打把他们通通赶出门。

紧掩的房门挡不住父母的争吵，不断有哭泣声，两个人都在哭。二姐牵起四岁的五哥到院门外，三哥四姐跑掉了，大姐没有露面。到晚上还不见孩子们回来，父亲才出去找。下了一整天的雨停了。大姐拿着斗笠晃悠悠地进堂屋，她想溜上阁楼，被母亲看见，只好随母亲回到房间里。

一跨进门槛，母亲就叫大姐跪下。大姐弹着斗笠上的雨水，装着没听见。母亲扯过斗笠，给她一掌。大姐避开了，嘴里骂了一句。母亲气得脸都白了，走过去抓住大姐，大姐竟然还手。母亲有身孕，行动不太方便，但个子比大姐大。母女俩闹得天翻地覆。院子里的邻居都来观看，但谁也不上前劝阻。直到被雨淋得一身湿的父亲，带着大大小小四个儿女回来，才把大姐一把拖开。

"你怎么敢和你妈对打？我可以打，你做女儿的却不能动手。"父亲对大姐狠狠斥责。

大姐哭着说："爸爸，我是帮你呢，你还帮妈？"她一扭头就冲进没点灯昏暗的堂屋，从围观的人群中跑掉了。

大姐停止讲下去，她说她只能讲到这儿：母亲怀上我，她和母亲打架。

我怎么逼她也没用，她掉头就走了。

一个大问题放在我面前：恐怕我也和大姐一样，得自己去弄清我是谁。这个貌似极为普通的家庭，秘密非常多，也许南岸每个破烂的屋顶下，都有一屋子被捂起来的秘密。大姐这头断了线，四姐自顾不暇指望不了，二姐即使知道也不会说。周围的人都回避我的问题，我已感觉到谜底会令我非常难堪。但越这样，我越急于想解开这个谜不可。

记得几年前有一次大姐坐长途汽车跑回家，衣袖上有血迹，她说她又另有所爱，要离婚。丈夫来抓奸，未抓着，吓唬她要去党支部告她，要斗她作风败坏。两人打起来，她用碗砸过去把他砸伤。

母亲说你怎么嫁一回离一回，一回比一回疯狂，不吸取教训，也不听我的话。大姐一把拉住我，对母亲说，全是你，你自己是个坏母亲，你没有权利来要求我，我就是你的血性。她们俩人争吵的话，好像跟我有关，但刚开始吵，两个人就合起来把我赶出去，再接着吵。

我愣在门外，父亲走了出来，他把我拉到八号嘴嘴院子下面的峭岩上，坐在我的身边。他那时眼睛在白天可以看到江上的船，不清晰，如一个小黑点正朝东移动，他清楚那就是他一生中最爱的船，驶下去，就能到达他永远也回不了的家乡。

2

这天下午最后一堂课下课铃声响后,我正在整理书包,历史老师走进教室。我们一起下楼梯,走到空旷处,他未提两天前失约让我久等的事。仿佛没有这件事,自然也谈不上道歉。他只是问了问我复习功课的事,受伤害的感觉重新在我的心里翻起,我转身快步走开。

他叫住我:"有事对你说。"

我停了下来。一停下来,我就后悔,我不该如此轻易就向他让步。但我已经停下了,没法再走开。

他说很抱歉那天让我空等。公安局和校党总支找他去谈话,说他家里常有聚会,公安局不相信他们是在读书,认为是在组织反动集团,散布资产阶级自由化思潮。学校方面对此事很害怕,有可能开除他的教职。训话结束后,他赶去约会地点找我,我已不在。此后他的朋友也一个个被公安局找去调查,再不敢上他家。

汽车从我们身边驶过,尘土直喷到脸上,我们也未躲,各自心里搁着心事。不知走了多少站路,才发现我们是朝西面走。

"看来我们得吃点东西。"他不由分说,把我带进一家离街面较远的小馆子,三张桌子都空着,我们在靠窗的一个桌子前坐下。坐着等菜时,他问,"怎么啦,还在生气?"

我说:"开除回家,你怎么办?"

"重新当工人呗,"他笑笑说,"做工是我的老本行。"

两碗绿豆稀饭,一碟泡菜,一盘凉拌藤藤菜端了上来。他又叫了五加皮酒,说是他在修缮队做零时工时,从房顶上摔下来弄坏了腰,多少年了,腰痛还是没好,喝了酒,就觉得肌肉松弛多了。他让我喝酒,我迟疑了一下。我以前从没有喝过酒,只在逢年过节时,在父亲杯子上呷一口,极不喜欢那刺鼻的味道。而这会儿,历史老师正在苦恼中,我得让他高兴。我拿起酒盅,喝了一口,发现没有自己以前想象的那么讨厌,一点儿也不扎喉咙,很香。

"你喜欢。"他说。

我笑了。

我说起了我家里的事,1947年我母亲与父亲的相遇,1949年这座城市被共产党攻陷前后的事,我复述着当年的衣着,当年的天气,当年的石阶和江水。他关切地听着,让我说下去。但什么话也没说,只是给我再要了一碗绿豆稀饭。

看到他的眼光,我忽然觉得自己很自私,我不倦地把自己的痛苦通通扔给他,而一点也没想到他。

"你灾荒年是怎么活过来的?"我停下来问他。

他笑笑说:"恐怕每个家庭都差不多,恐怕每个家庭又都不一样——对每个人来说,很不一样。"

他说想照这样的思路往下写,写成一本书,想写他对生活和命运的感受。大姐也这么说过,大姐想写她自己,那是发泄,是对不公平的命运的诉怨。他说,他想找到一种新的表达方式,北京有一些写作的青年人,也正在走一条新路子,作品贴在西单民主墙上,油印成小刊物叫

《今天》，但是被禁了。有关部门给他们的读书会施加压力，也就是这个背景。他就是写了，也不想发表，不到时候。

我把酒盅推到他面前，他推了回来，我握在手里。刚才听他说要写书，我的心一下子被牵得远远的。

"别怕，不会喝醉的。"他看着我说。

我把酒盅推了回去，说，"还是你喝吧。"

"你喝一口，就全归我了。"

我于是喝了一口，接着又喝了一口。我觉得脸红了起来，记忆力出奇地好，口才也出奇地好，一个结巴也未打。我说到我出生前家里亲人因饥饿而死，也说到大姐几次大吵大闹离婚。我猜想，她想换个男人来换一种生活。

历史老师接过我的话说，你大姐用耗尽自己生命力的方式，对付一个强大的社会，她改变不了命运。

我不眨眼地盯着历史老师，他说得激动起来，手在桌子和胸前划着。第一次听他说这么长的话，好像他也并不在乎我是否听得懂，也不问我是否同意。我感觉他的神情有点可怜，他比我有知识有学问，但也一样苦闷需要人理解。在感情的需求上，我们是对等的。

小酒瓶早见底，酒盅里还留有少许酒，历史老师不时拿着，不时放下，举棋不定。他笑他自己，说他是第一次和除他妻子之外的女性，在外面吃饭，平日一个人在家吃饭，就更简单。他的脸，不知是喝了酒发红，还是点出这件事令他害羞。我转移视线，只看进进出出的店主，另外两张桌子坐了人。

小馆子里仍很清静，窗外太阳正徐徐往山下沉，大概只有下午5、6点钟。店主用一把蒲扇在扇凉一锅新做的稀饭，可能七八点时，来吃饭的人会多些。

他第一次提妻子，一句带过。我听别的老师说过，他妻子在一所小学工作，做办事员，不教书，女儿只有七岁，就在妻子的学校上学。好像都不在南岸，在另一个偏远的郊区。他想告诉我他家里经常没有别人，我知道他的暗示，可我没有接他的茬。

"你的眼睛能代你说话。"他说这话时，声音很快，"你藏不住，你的思想，包括你每个小小的念头，你的眼睛都告诉了我。"

对此，我摇了摇头。

你知道吗？我在心里对他说：我唯独藏起了我的孤独，我拒人千里之外，我绝望的需要总想把自己交给一个人。但是我不能让我的眼睛说出这种渴望，我怕它们泄露我的内心，以致我不能与你的眼睛对视。

3

他们兄弟俩：弟弟略高，哥哥略结实，两人的面貌都略带点忧伤。父亲病亡后，母亲辛辛苦苦把他们带大，他们相差四岁，形影难离。"文革"开始，造反了，他们先是在家操练毛主席语录，用语录辩论。然后他们走出家，都做了造反派的活跃分子、笔杆子，造反派分裂后两人却莫名其妙地参加了对立的两派。

这样的事，在这座几百万人口的城市算不了什么稀奇。在1966年，在1967年和1968年，连在家糊布壳剪鞋样的老太婆，都能倒背如流好多段伟大领袖或副统帅的教导，讲出让人哑口无言的革命道理，家里人经常分属几派，拍桌子踢门大吵。

很快就出现拉一派打一派的局面，各派借"文革"互相清算。"八一五"一派有原来驻守重庆的军队在后面支持。后来派驻重庆的军队，支持"反倒底"。人们这才发现这城市有那么多巨型国家军工厂，现在被不同派控制，这城市成为"文革"武斗全国第一战场。各个制高点、交通要道、江上山上高音喇叭日夜狂吼，经常夜里戒严。在1967年上半年开始动刀动棍，7月就真枪真炮地打起来。

那时，两江三岸几乎每家床底下的杂物都被拉出来，床底放上席子。床上不睡人，堆放着棉被，叠放所有的枕头。每家都以为如此，可防随时从江上和对岸射飞来的子弹和炮弹。许多人家备有杠子、钢钎。抗战时期防备日本飞机空袭，在山坡上挖的防空洞，因为是石洞，保存之好，可能世界第一。后来，70年代为了准备打核战争，又加深加固，再挖凿一批，城市的内脏早就像蜂窝，到处是一个个相连或不相连的洞穴。当时，武斗一发生，离防空洞近的，一条街的人都去防空洞躲藏。每天天未黑尽，不管天有多热，都赶紧闭掉大门，用杠子顶住门，各自把钢钎剪刀菜刀等自卫家伙，备在方便的暗处，早早熄了灯。

谢家湾医学院有一夜武斗，机枪架着射击，坦克也开出来打。谁也没见过那阵势，特别是中学生大学生，慌乱中不择路奔跑，翻墙的人太多，墙随着人倒，压死的人不比打死的少。

8月，武斗进一步白热化。

"八一五"和"反倒底"两派,为长江上的决战做了足够的准备。南岸、城中心、江北要害之处都设有强火力点。货船轮渡都停航,江上冷清空旷得异常。连城中心的中心地带解放碑交电大楼,"反倒底"的"完蛋就完蛋"广播站,九头鸟式高声喇叭也暂时哑了。天空安静得发白,没人在意气温上升闷热。靠江岸住的人们见势不妙,纷纷躲在床底下、防空洞里。

"红配绿,丑得哭,红配紫,一泡屎""闰七不闰八,闰八用刀杀"。1967年8月8日,我正是能随口念叨这些谚语的孩子中的一个。我的三哥的胆子贼大,那年他十六岁,登陆艇往两江三岸射炮、江上大战时,他一人跑到面对朝天门码头的八号院子嘴嘴,趴在岩石上看个痛快。

父亲弯着身子,贴着房子的墙壁躲避子弹,去逮三哥。父亲急出汗,边走边大声叫:"三娃子!三娃子!"我快五岁了,好奇地悄悄跟在他后面。

嘉陵江流入长江的地方,船的残骸碎块有的在燃烧,有的冒着浓烟。一艘登陆艇靠近江中的乌龟石,屁股在水中,头还在江面上,正在下沉。另一艘登陆艇往下游那头开得快没影了。

八号院子嘴嘴没三哥的影,父亲往江边的石阶走,一回头看见我,一只手指着家的方向吼道:"回去,快些给我滚回去!"

父亲的样子真凶,我愣了一下,就没命地往家里跑。

三哥说一看到登陆艇下沉,他就奔下长长的石阶到江边,潜入水里,捞到一个摸起来不错的东西,游上岸来一看,只是一个塑料长筒,装着十多个羽毛球。原来被打沉的艇上，是些好体育的学生。父亲冒着弹雨把三哥抓回家，往床底下一塞，他还在得意地整理羽毛球。

"反倒底"从下游军工厂开上来的登陆艇，从嘉陵江杀出"八一五"的炮艇和一艘小火轮，在江上对战。两艘军艇，四周都是用装甲车的钢板焊封的掩体，仅留枪炮眼。"八一五"大部分是学生，也有工人，装备也不错，但显然不是"反倒底"登陆艇中转业海军的对手。"八一五"的炮艇被打了十二个炮眼，主机被击中，来不及掉头逃走，就进水朝下沉。

历史老师亲眼看见他们这一派射出的一颗炮弹，击中对方的小火轮，轰的一声爆炸开来。

他最初也不能确信弟弟在小火轮上，据"八一五"里的人讲，弟弟这种"秀才"，本来在岸上"后方"，是自己跳到了小火轮上的。处理打捞尸体时，只发现了弟弟的透明边框深度近视眼镜，那副眼镜，以及一堆江中捞上来的不知何人的断肢，一起埋在沙坪公园红卫兵烈士墓区里。当年，这个全国武斗最厉害的城市，有不下二十处比较集中的武斗死难者墓区，至今只留存沙坪公园一处，某些墓碑上有姓名，大部分连姓名也没有，当时墓都做得很堂皇，"文革"中期派别被解散后，就无人看管，碑石七歪八倒，长满荒草，成了一大片乱坟。

他的母亲听到噩耗，正在家里编织绒线衣，钢针插进手心，一声未叫得出来，中风死去。

他退出派仗，回到家里，家里已被弟弟那一派来抄砸过。

"8月8号,打枪打炮",成了这城市一个新的谚语,表示不吉利。时隔十三年,有人将自己的亲属从沙坪公园红卫兵烈士墓区挖出,重新安置时,吓得魂飞魄散:"是冤鬼哪!冤鬼!"尸体只剩骨头,这没什么大惊小怪的,奇怪的是头颅骨全变成了绿色。有人说是由于射进脑袋的铜子弹,随着脑子烂成水,染得满颅骨铜绿。

我坐在那儿,手在桌子上衬着脸庞,早已忘了吃饭,一点儿也没觉得时间已从身边滑过去,夜晚已降临。

一直到分手后,我才想起书包里那本《人体解剖学》。他说的事,眼光那么高远,观点那么深刻,与这本书完全不一致,我竟忘了把书还给他,也忘了责问他为什么如此卑劣,他还没走远,我叫住他,我们俩在路灯下渐渐走近,他的脸被路旁树枝的黑影遮没,像是一个没有面目的幽灵。

"怎么啦?"他问,他听到我沉重的呼吸。

"还你书,"我坦然说,一字一句,"书我看了,也看懂了。"我把藏到身后那本书拿出,放在他的手中。在我的目光注视下,他拿过书转头走开,明显有点惊慌失措。

这是我第一次在精神上占了优势。看着他很快走远,不知为什么,我突然感到欲望的冲动,我心跳个不停,骨盆里的肌肉直颤抖,乳房尖挺起,硬得发痛。我不得不双臂紧紧环抱自己的身子。

4

一路上，无论怎么被夜风吹着，我也冷静不下来。脚踏风琴声，瓮声瓮气地从路边的托儿所石墙内传出来。

找呀找呀，
找到一个朋友，
点点头来握握手。

里面的小空坝孩子们在丢手绢。小小孩只有白天在这里玩，怎么在晚上7、8点呢？几条街都有股粪臭，是挑粪的农民弄洒在路上，也可能是厕所粪池满溢出来？闷热，没有晚风，倒听到树叶哗哗响，水沟却沉默地淌着。

一走进六号院子，就看见人比往日多，有其他院子和不是这条街上的人，本来院子人不少，一多几个人就挤翻了。"生了个儿娃子！""石妈的福气好，抱孙了！"堂屋里四姐和德华一人坐一木凳在吃饭，五哥也回来了，父亲在房间里搬弄半导体收音机。

我扔掉书包，取了盆子去大厨房打水。石妈的灶上正在炖着汤，冒着热气和肉香，其他灶都清静地烧着一壶水。那些想来吃红蛋的人已一哄而散，她的房间是后院第一家，紧靠大厨房。房门未关，她的儿媳妇躺在床上，说话声极不耐烦："啷个还没炖好，人都等成哈巴还得不了吃。"石妈答道："要等半夜，那种好东西才有效。"

她们在说吃胎盘。这里人都有这个习惯,从接生站要回胎盘,带上盐和碱到江边用江水洗净,切成碎块和着猪肉炖。都说胎盘积聚了孕妇所有的营养,吃了能补产妇的身体。共用的大厨房炖胎盘时,偷嘴婆最多,在自己灶上,用一个长柄勺伸到别人的锅里。胆大的,直接到别人的灶前,盛一碗,匆匆忙忙边吹凉边喝。碰见了,总有回话:"帮你尝尝咸淡。"

每次一听到有人兴高采烈吃胎盘,我就要作呕。我记得有一次大姐在家里生小孩,与母亲吵起来。

大姐用筷子敲着只剩少许汤和肉的碗,不高兴地质问对母亲:"这是猪肚,妈,你肯定把我的胎盘扔了?"

母亲没吭声。

大姐气愤地嚷起来:"汤像是一样的白,滋味也差不多,但我清楚得很,这不是胎盘!"她就知道母亲不肯炖给她吃。母亲不相信吃胎盘,说野蛮得很。虽然母亲没文化,但她有她的原则,人不能吃人身上的东西。

5

但是母亲相信巫医,她认为巫医就是比西医强。我十三岁,挑河沙时,眼花踩空了步子,带着箩筐从石阶跌下去,把左臂拐肘扭了筋,肿得动不得。

痛到半夜里,母亲把我悄悄弄到水沟后面的一条街,神情慌张地敲开一扇门。那门和窗都小得出奇,一个手里夹着香烟的女人坐在黑洞洞的屋中央。我们进去后,才点了盏煤油灯,灯芯只一丁点,放在屋角单脚柜上。看不见她的脸,仅看得见她夹着香烟的手,她没抽,只是拿在手中。她说你们不请就进屋来就不对头,你们根本付不起钱。

母亲问多少?

她扔了快燃尽的烟头,用手比了个数。

母亲二话未说,就点了头。

她站起身来,让我坐到床边。她用一种香味奇特的药膏涂了手,在我左臂上缓缓地摩挲了几遍,嘴里不知叨念着什么。然后她点起一炷长长的香,细细地烧炙我的拐肘,像有股滚烫的电流传遍我的全身。

"行了,回家去吧!"她气喘吁吁坐下。

我跳下床,手活灵活甩,没事一样。母亲给她钱,她坚决不收,母亲不明白了。

她说她就要母亲那副爽快劲,她知道我们没钱。但她不许我们说出去,"你们没见过我,听到了吗?"她恶狠狠地说。

就是那一年冬天,血从我的身体里流出来。我躲在布帘后,不知怎么办。四姐憋了许久的尿,觉得奇怪,才发现我在尿罐上簌簌发抖。她把卫生纸递给我,让我垫在内裤里。每年的冬天,遇到来例假的一周,我的神经就紧张,血流得太多,我怎么诅咒都不肯减少一点,上着课,就往家里飞奔,内裤、绒线裤,包括罩在最外面的长裤都被打湿了,既丢脸又不舒服,回到家里,没多的绒线裤,穿条单裤,守在灶坑前,烤洗了的绒线裤,等干了再穿,心里念叨老师恐怕又要处罚我了。

我的右手心上有颗黑痣,有个算命先生一看见这只手,表情就不自然,只说"阻切中脉,多纹交叉"一句,就不再多言。我的肚脐右上方有个小时开刀留下的伤疤,像一只睁着的眼睛,总在看着我,每次脱衣服洗澡,我的手在这个地方就画着大大小小的问号。

第十三章

1

我拉开阁楼的门，赤脚站在小木廊上。整个院子还未完全从睡眠中醒过来，有人往天井水洞里解手，那积了一夜的小便，声音特别响。

总在堂屋右手边上的一张竹矮凳，被穿过天井晾着的衣服空隙的一束光线照着。

背着书包，我准备去学校上课，走到院门口。母亲从屋里出来，边梳头边极不耐烦地叫住我："今天是星期天，上啥子学？"

我恍然大悟，难怪街上没一个上学的人经过。母亲显得非常疲倦，像一夜未睡好，眼睛发肿，目光却很锋利，仿佛把我身体里外都看了个遍，我心里一阵发慌。她的脸色柔和起来，像有话要和我说，但一声咳嗽后，她转头回屋去了。隔壁邻居在吃馊了的稀饭，碗里摊了两根长长的泡豇豆。我从书包里取了书，下到江边去背功课。没有多久，我就明白根本做不到集中精神复习。我回到家,家里只有父亲一人,在洗碗。

"妈妈去哪了?"

"她说去看二姐,"父亲想了想,回答我,"好像她说要去城里罗汉寺烧香。"

这就奇怪了,难道母亲遇到什么难决之事?她逢大事难决,就要去罗汉寺庙烧香,有时还带我去。母亲告诉过我,我第一次进庙,才三岁。

不过,我记得的第一次,好像是四五岁。安静的庙内,空气中有股藕的甜味。见不着人影,几只麻雀在啄瓦缝间的青苔。

碎石子小径,走着喀嚓响。隔四五步远就有一个石头人,脸孔风化得没棱没角,尽是坑坑洼洼的麻点,跟街上要饭的麻风病人差不多。

转个弯,对直走,到了正大门。母亲叫我站好,理平衣服,把耷拉的鞋子拔上。她说一个菩萨一个运,拜准了主命的菩萨,对上了,一辈子就好运不断。她拍了一下我脑袋。那意思是对菩萨心诚不诚,恭不恭,就看我自己了。

进庙敬菩萨,别想好步子。若是右脚先跨进门槛,那从右边开始,朝殿内回字形布局竖立的五百罗汉祷告,依你生辰八字,数到一个罗汉,没挑没选,就是你的守护神。反过来,若是左脚先进,那就从左边开始数。

门槛好高,我几乎是手撑着翻进的,一紧张,早忘了哪只脚先进的。回字形的殿内,四边全是些差不多高矮的罗汉,有两眼怒视的,有大笑不止的,也有庄容正坐怀抱神鸟,手执如意,头长莲花的。

"跪下,六六!"母亲突然说,声音低沉,但不容争辩,只许服从。

我没看,就吓得跪在蒲团上,心里直怕主宰我的菩萨,是个大肚汉或红脸怪。壮了胆才抬起眼看,这尊塑像险些儿够着房顶,慈眉善眼,青白的脸凝重宽容,手里是把长长的银剑,脚下踩着金色鬃毛的狮子,和其他罗汉不一样。菩萨的眼睛黑白分明,正瞧着我。我不会算我的生辰八字,母亲咋个算的,我也没问。但我觉得这菩萨早就认识,在哪儿见过?

母亲也跪在我旁边,点上三炷香,叫我跟着她一起磕头。她的阴丹蓝布衣服摩在我脸上,粗粗拉拉的,很舒服。她说:"这是文殊菩萨,你有啥子话,就对他说,他会保佑你。你想啥子福气你就说,别说出口,心里叨念三遍。"

我头磕在地上,心里念着,极快,起码念了十遍。

回过头,发现母亲看着我,温柔极了。

我的命从来都没好过,恐怕一辈子不会好。我当初心里念叨过的话,后来怎么想也想不起来。那庙在我们去后不久,就被砸烂了。"文革"中大门一直贴着封条。听说恢复了,我还特地去看过一次,重新维修了,一切复原,用了几斤金子贴的佛面。文殊菩萨也重塑了一尊,差不多是老样子,可我怎么看都觉得特别陌生——他不像能记得连我自己都没记得的心愿。

这是一个令我弄不懂的问题：十几年前母亲为何就挑中文殊菩萨，给她怀过的第八个孩子、活下来的第六个孩子做守护神，而不是专司理德的普贤，大慈大悲救苦救难的观音，至高至上无所不能的佛祖释迦牟尼？她的文化程度仅够读简单的信，写几句满是错别字的问候话。或许她是歪打正着，文殊菩萨那剑是智慧之剑，那狮子是智慧之力量。或许她早就清楚，我一生会受求知之苦。凡事想追个明白，了解底细，到头来只会增添烦恼，并付出惨重的代价。一个人不知不明，一生自然而然，生儿育女，少灾少难，平安无事地逝去，化成泥顺江流入大海，多好。

可是母亲在这之前，在这之后，就没有关心过任何一个儿女，包括我的知识问题。母亲没心思管，我也从没有再得到过她在庙里待我的温柔。她认为没必要让我知道家里的秘密，当然我对自己的身世，也不该有知情之权。

2

我想去见历史老师，非常想。我手忙脚乱找小镜子，但找不着，干脆把整个抽屉取在地上，翻找。五屉柜装衣服的一格抽屉，有一个婴儿帽，那墨蓝色我从未见过，不把抽屉取下来，不易看见。我伸手拿了过来，里面有个硬东西，是一支小小的口琴。帽子很旧，还有几个蛀蚀的小洞，但墨蓝得可爱，有朵朵暗花，缎面里绒，摸在手里舒服又暖和。这口琴，想起来了，我是见过的，母亲当时一把拿走了。一定是她把它藏在这儿的。

我上了楼,找到被四姐放起来的小镜子。我嫌自己脸黄,像个肝炎病患者,便往脸上扑了点大姐的女儿用剩的痱子粉,用手把粉揉散,抹均匀。看了一眼镜子,一白遮十丑,觉得自己还瞧得过去了,就反扣在床上,我对镜子的恐惧恐怕不亚于母亲。

历史老师肯定会问,你怎么脸色这么苍白?你害怕?我不安起来,后悔扑了粉。我脸一红,止也止不住。不知为什么,我意识到我的青春年华会非常短暂,像一束光,在一个密匣里锁住。

十八岁那年的那一天,我想打开这匣子,想看到这束光,它果然灿灿地闪了一下。

一个人一生很难遇到爱的奇迹,我一直在等待,现在它就出现在我面前,我决不会闪躲开去。我是爱上他了,他是有妇之夫,这完全不在我的考虑之中。也许潜意识中,这正是我爱他的条件。我从来都爱不可能的东西,越是无望,越能烧灼着我的情感。早晨我睁开眼睛,第一个意识就是他,他在这个时候在做什么,我上一次见到他是如何,将见到他会是怎样?我想我完蛋了,没救了,还没开始爱,就一个人把应该是两个人所拥有的爱之路走掉了一大半。

前前后后我把自己的头绪清理了一遍又一遍,我骂自己,你是太孤独了,学生喜欢老师,单相思。没准等我走到他的门前,便会拔腿逃跑,发现刚才那所有的激情都会烟消云散。

我的直觉告诉自己,他不在学校。虽然有时星期天他也会一人去办公室。但这天,他一定在家里。从石桥广场坐公共汽车,我嫌车太慢,就下了车,直接挑近路,下坡靠江边走,过溪桥。江水和泥沙,把江边一些地方冲积成一个个土坝。芦苇柔柔弱弱,但坡上坡下都长满了。我看见了他描述过的那排紧靠在一起吊脚楼,他的家为斜上方一所木头与石灰面墙的平房,木板是长年雨水太阳涂出的黑褐色。

我站在山坡下,心猛地狂跳起来,为自己的大胆。如果他问我来做什么?我就说四姐结婚,请他写一幅草书。

不,我有什么必要扯谎?我应该告诉他,我就是想见你,就为这,我来了。海棠溪那坡石阶很长,我几次停下喘气,但从未有折回去的念头。他使我潜埋在身体里的一种东西爆发出来,我瘦削的脸颊,毫无血色的嘴唇,泛出淡淡的红润,头发在风中飘飞,正在由枯黄变青黑,粗糙的手在脱皮,指甲鲜亮晶莹。如果我能看见自己,我就会清楚,在十八岁那年的那些日子,我将自己一生应享有的美丽,不想保留地使用了。

来到那条与江面并行的小街,没按着门牌号数,凭着感觉,我找到了他的门前。

我没有逃跑,没有心跳,我冷静得叫我自己害怕。

我举起了手,敲门。

3

他拉开门,看见我,很吃惊的一个表情,但瞬刻便镇静下来,头朝房内一偏,说:"进来吧!"

正像我预料的一样,他妻子和女儿都不在,只有他一人。和我梦里来时看到的相同,家里全是书,书橱将一间三十来平米不到的房间隔成一大一小两间,小过道有竹竿晒晾着洗过的衣服。有个旁门,通向后面自己搭的小厨房。床、椅、柜子倒是位置适当,房间显得不那么拥挤。果不其然一台旧唱机在独凳上,和书橱相连,屋角有个旧瓷瓶。

他没问我怎么来了,而是笑了笑,似乎看穿了我所有的想法。我恨这个自以为是聪明的笑容,一点也不给我面子。我在靠墙的凳子上坐下,他从茶壶里倒了一杯老阴茶凉开水,递给我。像想起什么似的,他弯下身子,从书橱下面一沓唱片、报纸和书中,抽出一张唱片放在唱盘上。

书橱上真的放着他母亲的一帧照片,她呆呆地望着我,这个早已不在人世的人想告诉我些什么呢?"真像你。"我对他说。

他点点头,朝我走近了一点。我慌张地把一杯水一口气喝了一半。他把杯子接过去放在书橱边上。他走到我的身边,停住,看着我,突然俯下身来,在我的额头轻轻吻了一下。我的身体自动靠拢他,缓不过气来地微微张开了嘴唇。

我被他抱着站起来,整个儿人落入他的怀中。我的脸仍仰向他,晕眩得眼睛闭上,一时不知身在何处。一点挣扎,一点勉强也没有,我是心甘情愿,愿把自己当作一件礼物拱手献出,完全不顾对方是否肯接受,也不顾这件礼物是否需要。我的心不断地对他说:"你把我拿去吧,整个儿拿去呀!"他的亲吻似乎在回答我的话,颤抖地落在我滚烫的皮肤上。

我突然明白,并不是从这一天才这样的,我一直都是这样,我的本性中就有这么股我至今也弄不懂的劲头:敢于抛弃一切,哪怕被一切抛弃,只要为了爱,无所谓明天,不计较昨日,送掉性命,也无怨无恨。

我感觉我全身赤裸地坠落到床上。他抚摸着我最不能摸的地方,我自己都不敢碰的地方。但他的手和嘴唇突然停下,许久没有动静。我睁开眼睛去看他,他好像正在犹豫。

我的脸烧得发烫,为自己再也无法抑制欲望感到害羞。

他说:"你还是一个处女。"

我说:"我早就不想做处女。"

"以后不会有男人愿意和你结婚,即使和你结婚,也会很在意,会欺侮你一辈子。这个社会到今天,男人很少有超脱俗规的。"

"我一个人过,我喜欢一个人生活。"

"因为你知道我不会和你生活?"

"我没想过,"我坚决地说,"我只是想今天成为你的,和你在一起。"

我的话可能使他吃了一惊,但明显让他放了心。他叫了一声我的名字:"你终是要嫁人的。"

我想对他说,从小我所看见的一户户人家,我生活的世界里,我的邻居,我的姐姐哥哥,没有一家是真正幸福的。既然婚姻不是好事,我干吗要结婚?而爱对我是至关紧要的,我寻找的就是这么一丁点东西。

但我没有说出那么多的话,我只是一个劲地摇头。

当时我不过是一个性冲动中的少女,我只知心里爱他,却不知怎样用言语向他表示。我想以后我也许会爱,但那是"以后"。对他的爱必然会专断一生,不会有第二次。

他把我的手指含在他的嘴里,接着又放在他两腿之间,那话儿已又硬又烫。我没料到男人的这东西会变紫红膨胀,比我想象的大得多,上面有血管在跳动,好像一个放出笼的野兽。我的手发颤着,但没有缩回来。这么握着那话儿,是我从来没想过的。他的双臂把我抱紧,像要把我嵌镶进他的身体里一样。阳光透过竹叶洒在我赤裸的身体上,光点斑斑驳驳,我觉得自己像一头小母豹那么畅快地跃动驰骋,光点连成一条条焰火缠裹着我和他。窗外长江浩浩渺渺,对岸的城市就像海市蜃楼,窗下是陡峭的岩石,岩石底是一个树荫遮挡的空坝子,几个小女孩在跳橡皮绳,边跳边唱:

一二三四五六七,
马兰开花二十一。

伴着嘻嘻哈哈清脆的笑声,从低处传来,江上那种小轮船驶向码头在发出欢叫。那个时候,我是第一次明白江上的船,为什么要这个停了那个便接上地鸣叫。所有窗外的声响,像是配合唱机上转悠的音乐。

我快乐地抓住他的手,俯下身把乳房紧紧地贴压在他的胸膛上。他的心跳猛烈而有节奏,他亲吻我的耳朵,低沉的声音在说:"你的心比别的女孩子脆,并且还薄,一触就是一个洞。"

他扳开我夹紧的双腿,一个东西渐渐挨近,趁我不注意闪了进去,像个可爱的小偷。

他问我,痛不痛?我说不是太痛。

他叹了口气说,他很痛,下面痛得发胀,心里痛得悬空。他说痛好,甜不是爱,爱我,他心里又酸又痛。

他的舌头卷裹了我的舌头,他的手指交叉着我的手指。他的身体往压偏的乳房上一冲,我的下面就被塞得实实在在。我真的痛了起来,一种崭新的痛抓牢了我,以至于他轻轻一动,我就想叫,想大声吼叫。但我不好意思,只是兴奋得喘不过气。我想抬起头去看他的器官,怎么会把我弄成这样一种状态,可我几乎睁不开眼睛。我觉得和他互相插得不能再紧,我听见自己的子宫在咬啮,忽地燃烧起来,沸腾着上升。

江上的景致倒转过来,船倒转着行驶,山峦倒立在天空,重叠着他的舌头、他的手指、他的目光、他愤怒的脸、他欢乐的脸。天空在我的四周,江水在我的头顶起伏跌宕,无边无际,毫不顾惜地将我吞没。

突然,我的泪水涌了出来,止不住地流,浑身战栗。同时,我的皮肤像镀上一层金灿灿的光泽,我闻到自己身上散发出来的香味,像兰草,也像栀子花。最奇异的是我感到自己的乳房,顽强地鼓胀起来。的确,就是从这一天起,我的乳房成熟了,变得饱满而富有弹性。

4

我们的喘息渐渐平息,我们汗淋淋的皮肤相拥着,久久未说一句话。他亲吻着我,问我怎么没血?那声音听来毫不惊奇。我去察看身体下的麦席,真是没一点红。他没有问别的男人碰过我没有,他只是说:那你是干重体力活时不当心弄破了。

他的手抚摸着我肚脐,肚脐上小时开过刀的伤疤,我闭着眼睛,听着我的心跳和他的心跳协调地响着,我的手揽着他的脖颈,一只腿靠着他的腿,弯着的一只腿轻轻搁在他的另一条腿上。我知道每个处女,有一张证明书——处女膜。我从来就没这张证明?或许我生来就不需要这张证明,也可能我生来就不是处女!

"你很想这样吗?"他抱紧我问,"脱光了和我躺在一起。"

我说,是的。

他说他也想极了,每次做梦总做到脱去我的衣服,在那一刹那就醒了,懊丧不已。

我问为什么?

他说他看见光着身子的我,跪坐在他面前的床上,但腿间有血。

他做不完这梦,是怕伤害我。我感动极了,脸贴紧他的脸,感到自己爱上了一个值得爱的人。

他叫我坐起来。

我很听话,坐了起来,背挺得很直,手自然地搁在跪曲的腿上,就像他梦里见到的那样。他未穿衣服,比平日显得高大结实,只是他的那话儿现在垂倒下来。他不知从什么地方拿来一个夹板,坐在离床不远的凳子上。他让我别动,他手里的铅笔沙沙地响。几分钟后,他走到床边,让我看。

我赤裸的身体!乳头和肚脐的样子描得格外仔细,耻毛也仔细地描了出来。我认出头像是以前他在办公室画的,新画的身子,是接上去的。我,竟然是这样一个女人:赤身裸体,反而本色自然;一头色情的母兽。我觉得自己应该就是这样彻底无耻。原来他把我的头像只画在纸的上端,就为了等着画我的全身,他一开始就在盘算我!真好,我一开始就引起了他的淫念!

我要这幅画。

他说:"你不怕让人看见?"

"这是我,为什么要怕?"我说,"最好你签上名,行吗?"

他爽快地签上名字,从夹板上取下,摊开放在枕头上。我注意到他在看画时,阴茎一下挺直起来。他大概有点不好意思,背过身去,匆匆穿上了衣服。

我从床上跳下地,去找自己的内衣内裤,套上白花点的布衣布裙。我穿凉鞋时,他已系好裤子的皮带。

他朝书橱走过去,停掉唱机上的音乐,转过身来时,神情有些异样。他把我拉在床边坐下,揽着我的肩,让我再待一会儿,他说他的妻子和女儿要晚上才回家来。我听了,一点也没嫉妒,也不懊丧。我高兴自己做了一件一直想做的事,比想象的还美好。

5

我们脸朝屋顶,并排横躺在床上,他突然撑起身子,开口说话,声音完全改变了,很疲惫的样子:"你不用记着我,我这个人不值得,我这个人和其他男人没啥两样,不仅如此,我还特别混账。"我刚想开口,他的手就捂住我的嘴:"你别说话,听我的,你记住这些话就是了。"

他站起身,我以为他去取他的茶杯,结果却是一盒纸烟,他点了一支,抽起来,我从未看见他抽烟。他说,有些"文革"造反的积极分子已被区党委通知去学习班,而学校已通知他下周去谈话,虽然他不知道学校将和他谈的内容,但他的直觉告诉他,他马上就要进那种"学习班"了。

我从床上坐起,摇摇头。

"你不相信?"

"你绝不会的。"

他把烟灰直接抖在三合土的地上,说:"终有一天你会懂的!起码到了我这个年龄。"如果我仔细一点,就会发现屋子有点乱,气氛不太正常。但我没注意,我的眼睛只在他的身上。

"现在就是算清账的时候了,"他说,"不会放过我们这些敢于造反的人。"

我站了起来,对他说,"不会的,你是'文革'的受害者,没干过这些坏事。"大概是我说话的劲头太一本正经了,他竟停住要说的话未说,来听我说。而我只能重复相同的话,他坐在床边的凳子上。

"我算是'杀人犯'。"

"胡说!"

"说我杀了我弟弟,说我是指挥开炮的人。"

"没有的事。"我几乎要哭起来。

"这是真的,我就是杀了亲弟弟的杀人犯。"他相当平静地看着我。"你可以走了!"他说,却把我的手握在他宽大厚实的手里。

好一阵后他放开我,到书橱前,一本书一本书地挑着,一大堆外国小说,有些我未看过,有些我看过,他都要送我。

我伸手去拿枕头上那张画,他挡住我的手,抓了过来,看了看,揉成一团,朝厨房门走。

我叫起来:"这是我的画!这是我。"我着急地跟了上去。

他抱了抱我的头:"你还有一辈子要过,你得清清爽爽走自己的路。"他走了几步,画在煤炉上点着了火。

我一个人走出他家,抱着麻绳扎好的一大摞书,心里还是迷迷糊糊,还是未能从一个少女蜕变为一个女人的感觉里挣脱出来。好像他的肉体还插在我的肉体里,从他那美妙的器官里喷射出的滚烫液体,随着我步子加快,慢慢溢了出来,贴着腿滑动。我的手抱着他的这些书,就像抱着他。

但我想起他赶我走时说的话,那些我不太明白的话,心里突然哆嗦起来。不知为什么,我感觉到他跟我做爱时那种决断,那种不要命似的激情,那几乎要把我毁掉的疯狂,是个不祥之兆,前面是一大片黑暗。

他没有和我谈到任何计划,也没有约下一次见面的时间。

第十四章

1

我搁下怀里的一摞书,望望屋里,听听头上阁楼,问:"大姐走了?"

"走了。"四姐头也不回地说。

我想这倒很像大姐的个性,来去都不打声招呼。母亲在屋里骂:"六六你冲瘟去了,喊半天都不见人影,家里那么多事!"我走进屋里去,很亲热地叫了一声妈妈。

母亲蹲在地上,在收拾床底下的瓶瓶罐罐杂物,像没听见一样。过了一会,才站起来,瞟了我一眼,既怪异又冷漠。脸拉着,像在说:我就知道大丫头回家,没好事,你成天拉着她说些啥,以为我不晓得?

我不管母亲的反应,问她二姐怎么样。

母亲说,二姐的小孩拉肚子,害得她去烧香也没烧成。我知道母亲没有说实话,她过江一定是去办只有她自己知道的事。

我喝了杯白开水,就拿了搁在堂屋的那一摞书,上阁楼。阁楼里大姐在床上斜躺着,也像是到家不久,刚洗过脸,有几绺头发湿湿的。她看见我吃惊的样子,大笑起来,说:"要骗你太容易,一骗一个准。"

"骗吧。"我没生气,在床边坐下来。

大姐自己情绪一下倒打了个转:"哼,这个家,每个人都巴望我早点走。我知道我碍人眼,占人地,让人挤得慌。"

她说就这两天走,但隔不了太长时间就会回来,永远回来,再也不在那个鬼山旮旯儿傻呆了,绝对不干。

那是个下午,应该是下午,我记不清楚。时间在那一天对我不存在,连我自己是否存在,我也不在意。我的头脑和心灵正落在喘不过气的快乐之中,在这以前我从未有过这种感觉。

楼下有人在叫大姐,大姐朝堂屋探了一下头,马上回到屋里,对我说,她得走。

"你走了?"我稀里糊涂地问了一句。

"出去一阵。放心,大姐今天还不会走。"她拍了拍我的脑袋,还以为我舍不得她。

我走到小木廊上,见大姐和一个男子边说边笑出了院门,大姐是故意的,让家人和院子里的邻居们看。那人有篮球运动员那么高,我想,这回大姐准又是爱上什么人,她真会像她说的那样,离开煤矿,要饭也要回到这个城市来。

四姐上阁楼来,一脸不高兴,说,"你待在这里做啥?还不去把灶坑下的煤灰倒到江边去。"她肯定又在和德华闹矛盾,只好把气出在我身上。

"那个人是哪个?"我问四姐。

"哪个嘛,以前大姐一起下巫山的知青。"

"她回来这些天是不是一直在找他?"

"你啷个晓得?"

"乱猜的。"我边说边下楼梯,心里佩服大姐,她还真找着他了。

大姐说过他,两人是老相识,而且早就有点意思。那天大姐让我去找她的一个女同学,就是为了找他。这个男人的前妻,是半个日本人。刚解放那阵子一家人住在中学街。1953年,所有与中国人结婚的日本人都得离开,孩子不允带走。两个公安人员来押解。日本女人不愿走,丈夫不肯放她走,三个女儿一个拉着日本女人的手,两个抱着她的脚。日本女人的眼泪如针线那么垂落不断。那是中学街这条街上有史以来,最让人看了鼻子痒喉咙哽的一个场面。

哪怕日本母亲被赶回去了,一家子还得遭罪,每次运动一来,就得交代为什么要当"汉奸",孩子在街上老挨人骂"日本崽"。那个高个男子,因为娶半日本血统的姑娘做老婆,跟人打了不少架,动了刀子,被送去劳教过。患难夫妻多年,70年代末,突然政府和日本友好了,有海外关系的人开始吃香,半日本血统的老婆身价高了起来,离他而去,只剩下离婚签字了。

很晚,大姐回来。我说:"你和他倒是一对,离婚冠军。"

"我小孩都已经一大堆,有哪个男人要喽?"

大姐把话题转开，哼起一支四川小曲，她的声音甜润、宽厚，她说她根本不在乎男人，男人哪个是好东西？大姐一定是同时在耍几个男人，她不把自己置于进退维谷的境地，不会安心。

2

我睡得从未有过地沉，无法醒来，第二天很晚才起床。阁楼里没人，我奇怪自己第一个动作就是把镜子拿在手里，那的确不是我，全变了，尤其是我的眼睛：以往的惊恐，被一种沉静的色泽覆盖了，我看着，心里又快乐起来。我对镜子的迷恋是从这个上午开始的，一面小小的镜子，是我居住的世界，隔开了我不喜欢的一切，我走在里面，穿过雾气和雨水，我走走停停，打量着熟悉的人影，熟悉的房屋。

水沟那条街上大人在打自家小孩，追着打。"你跑，你跑，看我不砍断你的狗蹄子！"天窗灌入男人粗声大气的漫骂。那个总是喜欢逃到城中心那边去的男孩又被逮住，套上铁链，饿三天四天，只剩一口气时，男孩就会服输，求饶。

但男孩总是逃，这个怪孩子，他到底要逃到哪里去？

结婚没几天，德华已开始不归家，即使回来，也常常带一身酒气，醉醺醺的。下班后，他和厂子里一帮青工在一起，划拳酗酒，打扑克赌钱。见着四姐，也爱理不理。四姐只有哭，他不在乎，说跟四姐在一起，生活没劲透了。四姐嘲讽他：一个结婚的男人，你的女同学不会理睬你了。他听了这话,掉头就走,索性躲到同事家里,不仅不回这个家,连他自己父母家也不回。

大姐让四姐学她,另找一个男人。四姐说她没有换男人的本领,不能没有德华,她要大姐帮她去把他劝回家。

我下了阁楼,她俩早就走掉。吃中饭时,父亲让我和五哥不要等母亲,一早母亲就去城中心二姐家,帮二姐照看生病的小孩。父亲说,母亲肯定要在二姐那儿吃了晚饭才回来,今天我们三人吃饭。

父亲很忧心忡忡,背弯着。他叫五哥去找渔竿渔网,说看能不能补好.

五哥说,渔竿渔网早被三哥拿走。

父亲听了,皱了皱眉头,在烟杆里装了一支新裹的叶子烟,没点上火,就慢慢朝院门口走去。父亲没说去哪里,我也没问,他可能去江边,也可能去别的地方。这个家现在每个人都偷偷做自己的事。

3

突然的转折,出现在我背着书包朝学校走的路上。本来应该出现的,早晚会出现的,如果不是我下定决心对直撞过去,可能还会延续一些日子。

穿过马路,学校大门没有什么人,较平时相比,很安静。因此,我一眼就看见了那个跟着我的男人,站在校门旁边二十来步远的墙下。不错,正是那人,他一见我,就闪进墙旁的小路,那么迅速,慌里慌张。

那天学校是否上学,我不清楚。那时我脑中除了想再见到历史老师,根本没想别的。甚至忘了盘桓在我心里的问题,关于身世的疑惑和谜团,在那一两天都暂时闪开了。但在这一刻,又冒了出来。这几天,我生活中发生的事——大姐讲的家史,我的第一次做爱,使我不愿再做一个被动等待命运的人。

这次,我依然没看清那个跟着我的男人是谁。他的长相只是在那一刹那间曝光在我的头脑,我能从一群乔装打扮的人中一眼认出他,但要让我具体描绘他的模样,在此刻,我什么也说不出。突然我明白了大姐的暗示,我不必去追那个人,我转头往家里走。

天空很红,朝霞时日落时,天空就这样,房屋和远远近近的山峦都比平日鲜亮。我走在其中,目光虚渺,感觉这是个光彩满溢的时刻。

我跨进六号院子的大门,母亲坐在堂屋我家门口,她手里拿着一把蒲扇,没摇动,只是拿着,坐得那么安详,就像等着我似的。

4

我不看母亲一眼,故意大摇大摆从她面前走过,该她求我了。

从屋顶滚过一声闷雷,以为会闪电,跟着会下雨,结果没有。我坐在家里那张木桌前,没拉亮电灯。从窄小的窗子投进屋来的光线,在墙上洒出一道虹彩。墙上挂钟在耐着性子走,一分一秒,都恪恪守守。

母亲不可能坐在屋外一辈子,果然,她推开虚掩的房门进来,坐在架子床档头。我对她说:"是你下了禁令不许家里人告诉我,现在你得告诉我。"

母亲从未这么面对我,她和我相处时,不是在发火,就是在做事,要不,就是累得倒在床上,连眼睛都懒得睁开。长这么大,我是第一次没有别人打搅地与她说话,我觉得自己的舌头打结,吐词不清,喉咙特别干渴,想喝水。

"还是那个男的,跟着我。"我狠狠地说。

"不要怕。"母亲平平淡淡地说,完全不像上次那么激动。

"我不是怕,"我说,"我是恨,恨一切,包括你。我无法再忍受。"

母亲脸上的肌肉抽搐了一下,她说她知道。"谁也不会在妈的眼皮子底下真正地伤害你,那个人更不可能伤害你。"

我说:"你这话说得太晚了,早说好些年,我都会相信你。我一直就像一个无娘儿一样长大,现在,我怎么相信你?"

母亲站了起来,随即又坐了下去:"听我说,六六。"

挨饿的滋味,挨过饿的人都不会忘,母亲说只有我不会记得,因为我是在她的肚子里挨的饿。50年代末60年代初那几年,饿得成天慌得六神无主,有时干脆两眼一抹黑,跳过晚饭饿着,睡过这夜,第二天再想办法骗肚子。忽然有一天政府宣布四川省粮票作废,以前节省下来的粮票等于废纸,她急得满眼金星乱飞。

这时,来了份电报,父亲的眼睛出现问题,出了工伤事故:他饿得眼花头晕,从船上跌下江去,头摔破了,货船把他扔在三百里外泸州的一个医院。母亲带着四姐乘去上水的船,到泸州看父亲。看见父亲瘦成那样,母亲都不忍心告诉他三姨的死,更没提家乡忠县农村大舅妈饿死的事,也不想告诉他三哥差点被江里的漩涡吞没,幸亏一个船夫把三哥救上了岸。孩子们为了弄到一点可吃的,就差没去街上偷。

母亲背过身去抹泪。父亲把四姐拉到病床边,问四姐想吃什么。四姐说想吃肉想吃鸡蛋,想吃苹果、麻花、棒棒糖。

父亲拿出被扣掉工资仅剩零头的钱,让母亲带四姐上泸州街上去。

四姐拿着一个烧饼,刚咬了一口,就被一个头发花白的老太婆抢过去。老太婆没往嘴里扔,而是从领口塞进自己薄薄的衣服里,然后双臂紧抱头低着,似乎准备好,打死也不会还出烧饼。天气冷,刮着风,老太婆龟缩着,眼睛不时朝四姐乜斜,脸和脖颈的皱纹垂叠在衣领上,像一圈圈绳子套着。老太婆一定不是为了自己,而是想弄回家去给孩子。抢饼的凶猛还在其次,这副等着挨刀也不松手的样子,把四姐吓傻了,大哭起来。

母亲跨过街,牵着四姐就走了。

她只能把父亲留在泸州的医院里,回到重庆。五张嘴要吃饭,母亲照旧出外做零时工。有一天母亲给织布厂抬河沙,遇到街上的邻居王眼镜——一个胖胖的女人在管称秤。正在积极要求入党的王眼镜刁难母亲,说要一百公斤才能称秤。母亲饿得没力气,让大姐三哥两个担一些,快到称秤处才把他们的河沙倒在自己的筐里,使劲压,她的脚踝骨受不住,一下扭崴了脚脖子,她忍着痛把一担沙挑到秤上,一称九十八公斤。

王眼镜说母亲不能做这份工作,不仅一分钱不给,还收掉母亲的工作许可证。母亲低声下气：我们一不抢，二不盗，靠力气养家糊口，求你让我在这儿继续抬。王眼镜没有答话，而是弯下身去把母亲箩筐里的沙子倒在地上，用脚猛踢狠踩箩筐。

紧挨街边有家塑料厂。听见街上异常的喧闹声，有个管账的青年走出来，正好看到母亲被欺负，在一旁说了几句话，想调解。王眼镜认识他，冲着他嚷：小孙，别包庇反动分子家属！那青年不再跟她辩理，只是把受伤的母亲扶回家，母亲脚踝肿起来，进门就倒了。

他比母亲小十岁，母亲当时三十四岁，他才二十四岁，没有成家。继父是城中心一个小业主，有两间小作坊，做牛骨塑料梳子，解放后公私合营，一丁点儿的资产合并到南岸一家塑料日用品厂，继父拿的"定息"，和工人的工资差不了多少，却还算作一个"资本家"。他中学一毕业就到工厂"实习"，地位不清不白，介于资方代理人和小职员之间。他安排零时工搬运组每天的工作，定时向管零时工的干部汇报。流汗当然比工人少，工作却勤勤恳恳。他找来伤湿止痛膏，给母亲贴到脚踝上，帮她料理一下家务和孩子。

母亲脚好后，就到小孙所在的塑料厂做搬运工。

过江抬石棉板，母亲比其他人慢几步，落下一班轮渡，等船到岸，他就在趸船等着，帮母亲挑。

他说他是家中老大，两岁时丧父，母亲在孙家帮人时，被刚丧妻的孙家看中，续了弦。于是他改跟继父姓，母亲在孙家又生了五个孩子。

他在那个家等于一个外人。他没有姐姐，想有个姐姐，他对母亲说，我能不能叫你姐？

母亲说，如果你不嫌弃，你就把我当姐姐好了。

一次母亲来月经，从江边抬水泥上坡，吐出一口血来，当场晕倒，只好躺在家里休息两天。小孙照顾五个孩子，他节省自己的粮票，给这个家里。还冒着风险从工厂食堂偷馒头给这个家里的孩子吃。这群饥饿了两三年的孩子，到这时才缓过一口气，才没饿出留残终生的大病。

他去给食堂采购粮食，偷偷留下十斤大米，为这个家他又干了一桩迫不得已的事。十斤大米在那时，能使饥饿的一家美得登上了天，孩子们开怀吃了一星期。这个认的弟弟，比亲弟弟还亲。他来家里，挑水劈柴、上屋顶补漏雨的瓦，所有的重活都被他包揽了。他来了，吹口琴给孩子们听，家里有了笑声。他喜欢唱川剧，母亲爱听，母亲竟也跟着他哼上几句。她才三十四岁，还是一个少妇，不敢相信自己喉咙里还能发出悦耳的声音。那些日子母亲上班不再感到劳累不堪，回到家里也很少对孩子们发脾气。

他看着母亲以前的一张照片说："你烫了发一定不一样。"他说他家还留有烫发的药水，密封好的。

烫发对母亲已是久违的事了，那还是她最初作新嫁娘的岁月，母亲一生中不多的快乐时光。在她饥饿冷清毫无盼头的生活里，她已经忘了自己的长相。而这个弟弟就像魔术师一样，把这一切还给她。他为她烫了头，生平第一个男人为她整理头发。他的手那么轻巧、仔细。天下着毛毛小雨，绵绵不尽，屋子里一盏浅淡的灯，在那时刻温暖如春。

父亲已许久走船未归，也没给家里写信。母亲已很长时间没有过男人，似乎已忘了男人是怎么一回事。这个做她弟弟的男人，让她记起自己是个女人，欲望和需要爱的强烈感觉，在她的心里恢复，她弄不懂他是怎么做到这点的。母亲没有转过脸，他仍然站在她的身后。她只发现自己的身体很自然地与他靠在一起，他们这么靠在一起仅几秒钟，两人又害怕又惊喜，孩子们没有回家，家从未这么空旷，床也从未这么空旷，将要发生的事，谁也逃不开，谁也挣脱不了，他们的身体在这么个空旷的世界里相连在一起。

他们一点也不从容地做完爱后，房门就响了，孩子们接二连三地回来，一切都像是注定的、安排好了的。

5

就在母亲现在坐着的床上！现在，母亲一个人坐在我的对面，她的脸一点不因为回忆自己三十四岁时而显得年轻，她还是那个我看惯的疲惫不堪未老先衰的退休女工。

就是说，她和一个不是自己丈夫的男人有了身孕。我，一个非婚孩子——应该早猜到，比如"烂货养的""野种"类似的话，街上人互相也骂，但与骂我时那种狠劲完全不一样。我得到的暗示已经够多了！一定是潜意识中的恐惧，让我从来没有往那上面想。

"那正是大饥荒时期，"母亲谈论这个男人时，好像换了一个人，很陌生，平常一贯粗声凶气的声音变得异常轻缓，哪怕激动地为自己辩护时也没有高一声，"你不可能懂，在世人面前，那是最丢脸的事！所以我不肯告诉你。1961年，我真不晓得全家哪个活下去。是他支撑了我,他就像老天爷派来的,你不晓得,他救了我们全家,你不晓得他有多好。"

母亲说怀上我后,她就不想要。不仅这个家不容,这个家还这么穷,又在饥饿年代,添一张嘴,日子更难,这孩子不能生下。她有意抬重物,奔山路,想小产,但孩子就像生根似的赖在她身体里不肯下来。于是,她想去医院打掉孩子。

母亲与小孙商量,他不同意。母亲非要打掉不可,她觉得这孩子根本不应该存在,纯属误会,完全不必要让孩子一生忍受耻辱。两人争执不下,无奈中,两人都同意一起到罗汉寺庙里去抽签。说好上签让孩子生下来,下签就不要。

"那中签呢?"母亲说。

"也生下。"他说。

"送人。"母亲说。

下签,他俩谁也未想到。拿到签,两人异口同声说,抽签不算。"下签也生,孩子是一条命,"他说,"这是我们的孩子。"是呀,抽签怎个算呢? 两个人抽的签,就不是佛意。佛归一心,归哪个人的心?

我倒觉得那个下签,是我抽中的,我不想生下来。

随着母亲的肚子大起来,到底是否要这孩子一事始终没有决定,直到大姐有天半夜起床解小便。解完小便,口渴,想喝开水,就下了阁楼轻悄悄用手指拨弄开门闩。

她懵懂中看见母亲床前有一双男人的鞋子,以为是父亲回来了,喊爸爸。结果把小孙惊醒,吓了一大跳,赶忙起来穿上衣裤跑出院门。隔壁邻居都拉亮灯起床，闹哄哄一片。十六岁的大姐当时在跟一个男孩交朋友，学校在惩罚她，母亲也不许，两人正在闹别扭。加上她恨母亲从未带她去见她的生父，她刚知道生父已饿死在劳改农场，对此，大姐不肯轻饶母亲。她生活中一切不顺都是母亲一手造成的，她骂母亲是破鞋。

母亲气极了，叫大姐滚出去。

大姐不理，拿起碗橱边上的切菜刀，她不是要杀母亲，也不是自杀，而是吓唬母亲。母亲夺过刀来，不小心，刀在大姐的手腕划了一道口，鲜血溅了出来。家里其他四个孩子全吓醒了，小小的五哥哭得最厉害。那夜，邻居们没了睡意，他们叫来户籍，要"教育"母亲。大姐没见过这么大的阵势，没再吭声。二姐说，这是我家里的事，她说她要睡觉，就把房门关了。

此后，小孙来，大姐只要在家，背过脸就含沙射影地骂他，小孙只当没听见一样。再以后看见大姐一回家，他就走，母亲处在小孙与大女儿中间，左右为难，不知所措。

大姐看着母亲挺着的大肚子，怨气越来越深，等到听说父亲船要回来了，就赶到江边，抢着第一个告诉了父亲。那天，父亲打了母亲，两人吵得很厉害，两人都哭了。

于是，母亲第二次决定去医院引产，了结这件事。

出乎母亲意料，父亲没同意。父亲说大人作孽，别杀死孩子，已经这么大了，有知有觉了，就是一条性命。母亲觉得父亲是想留着这个孩子，作为今后在家里降服妻子的依据。这么一想，倔强劲也上来了：她就是要生下这个孩子，看今后会怎么理亏受气。她又一次打消了去医院引产的念头。

父亲的回家,没能止住母女俩关系恶化,她们越吵越厉害。大姐又去告诉左邻右舍,还说要去告诉每一个人。在人们眼里母亲成了一个坏女人:不仅和人私通,竟然搞大了肚子,还敢生孽种。

市政府正在搞"共产主义新风尚"运动,这个贫民区风尚实在不够共产主义,是重点整治区。于是,居委会半怂恿半逼迫父亲到法院去告小孙,告他犯了诱奸妇女破坏家庭罪,犯了破坏一夫一妻制的婚姻法。

母亲说,"那时你已落地了,那帮人,那帮专门管人的人,要法庭将你罚给小孙,同时又要让他坐牢,让他的母亲代他抚养你,我和你那阵子真是到绝路上了。"

第十五章

1

母亲生下我后没足月,就得外出做零工。只能由患了眼疾病休的父亲带我,他也抱我喂我。父亲有权把我弄成残废,甚至闷死我,摔死我,就像很多人家对女婴那样,诿说不小心就行了,但是他没有。我生下来还不足四斤,身上尽是皮和骨头,脸上尽是皱纹,两只眼睛显得极大。经常我一个人躺在冷清的床上,没人管。无人时大姐故意掐我,把我弄哭,我的哭声不大,但声音尖又细,眼泪特多,一哭双手背盖住双眼。五哥还是个小男孩,四岁,不懂大人那么多怨怨恨恨,到我身边哄我,和我玩耍。

我尚在襁褓中,在法庭上从母亲手中,扔到父亲怀里,扔到生父的手中。挤眉弄眼的邻居们哄笑着,无事生非就闹得天翻地覆,有事更往火里添油,这场笑剧中的道具就是我,一个又破又丑的肮脏皮球,被踢来踢去。

"那么说，我一落地，就被抛弃了？"我插的唯一一句问话与其说是愤怒不如说是惊异。

"不要这么说，你父亲是个好人，心地善良，官司没打完就决定留下你。"母亲说，"小孙也要你，愿承担一切后果。"

大姐帮父亲写的状纸，她说她是证人。父亲在法庭上，却变得犹犹豫豫。母亲否认小孙诱奸的罪名，说是她的错，是她一个人的责任，要判罪也是她一个人的事，和小孙没有关系。

小孙向以前没见过面的父亲道歉，他对法官说，不管母亲离婚不离婚，他每月负担孩子的生活费。而父亲本来就不情愿打官司，情愿撤诉。法院一看这官司没法打，改为仲裁解决。

父亲一回到家，就说不该听从别人的主意去法庭告状。他让母亲做选择，甚至愿意放走她，同意她带着小女儿一起去跟小孙，自己一个人带其他的孩子。这也许是父亲一时说大话，表示大度，可是母亲真的被父亲感动了。她想走，却怎么也狠不了心，她离不开其他五个孩子，父亲眼睛已不能继续在船上工作，她必须留在这个家。但是她要这个家，就意味着失去小孙，也不能让小孙见孩子，这也是她不忍心做的。

小孙知道了母亲的痛苦，很绝望，但他们没有别的选择。

房子里没开灯，暗暗的，几乎看不见母亲的脸，但我能感觉到泪水从母亲的眼眶里往外淌，抽噎使她说话很困难。可是我对她的痛苦无动于衷，我第一次听到母亲坦陈我出生的耻辱，又气又恨，准备把心肠硬到底。

207

忽然，卷烟厂的蒸汽锅炉又放余气了，轰隆隆地怪叫，震得附近破旧的木板房一摇一晃，好似随时都可能在声波冲击中坍塌或飞升天空。工厂汽笛震耳尖叫，每天会有几次，半夜也会突然嚣叫起来。平时习惯了，倒无所谓，这阵却像是有意来阻止母亲的回忆。

既然如此，只有想办法把我送掉。第一次送的是母亲当年纱厂工友。

母亲说："她家两个儿子，没女儿，经济情况比我家好，至少有你一口饭吃，还没人知道你是私生的，不会受欺负，起码不会让哥哥姐姐们为饿肚子的事老是记你的仇。你不在跟前，他们也会对我好一些，听话一些，家里少些吵闹。"

我好像记得曾经有个女人，深夜为我换内裤，那时我老尿床，她确实比我母亲对我好。

"你记得的时候，已不是你送到她家的时候，而是后来，是她想你，把你接回去耍几天。你只有半岁时才是真送给了她。"母亲说。去了没多久，她丈夫就被抓走了，说是有贪污行为。灾荒年人人弄吃的，啥子办法都想尽，查起来，也是啥子办法都有。能躲过就躲过，能栽他人保自己就栽害他人。反正，他被人栽准了，判了三年刑，送农场劳教。母亲只好把我抱回来，那个女人没法留我了。

母亲不会扔我到山坡上或江边，但一定还送给这人或那人过，甚至可能把我送到孤儿院去过。都是因为这样或那样的原因，没送成，最后我才无可奈何地被留在了这个家里。

仿仿佛佛还记得我很小时，有一次，我到中学街上端去等一周才回家一次的母亲,走着走着就迷路了。坐在一坡任何人都能看见我的石梯上,不敢哭,怕一哭,被人知道是迷路的孩子,被弄走。我装得像没事似的坐在那里,结果被三哥瞧见,揪了回去,向已经从另路回家的母亲告了一状。我被母亲赏了两巴掌,狠狠骂了一晚。惊吓代替了早先回不了家的担忧,一句解释的话也说不出来,哪怕我会说,也申辩不清楚。回家就行,有家就行,不管这是个什么样的家。

我小时那么怕陌生人,一见陌生人内心就紧张害怕,长大了,还是照旧,想必是小时惊惊恐恐怕失去家的缘故。

这一切实在太浅显,谜底早就候在那里,等着我揭来看,只是我傻傻地从未追究到底。于是我说:

"那我要见他。"

母亲早就等着我这么说,她一点没惊讶,站了起来。

我不知道母亲要干什么,身体不自觉地往后缩,贴紧墙。

母亲走到关严的门旁,看看是否有人会听见,然后转过头,对着我低声说:"我已安排好了,明天下午我带你到城中心里去见他。"

母亲最近几天来,总以上二姐家为名去城中心,原来就是这个原因。算起来,母亲已有多少年,十六年,十八年,不知有多长的年月没有见过我生父了?我发现她去开门的手都在抖,接连拉了三下门闩,才把门闩拉开,她的手停在门闩上,再没有力气去拉开房门似的。

为了我,母亲才去见一个她肯定很想念但又不能见的人。

2

应当是我的归属已定之后,他们决定见最后一面。在江对岸新民街那两层楼的木板房,他住楼上靠街的一间。他和她相拥在一起,两人比以前任何一次更难分难舍。街下是一条马路,过路的人和车,那天像赶集一样多,喧闹无比。有人死,在放鞭炮,哭丧婆在喊天喊地,有队伍敲着锣鼓打着铜钹送喜报,表扬城市的人"自愿"响应政府号召回到农村去,农村灾荒年后人口大减,缺少劳力种地。他们听不到,他们被彼此的身体牢牢吸住,被彼此的呼吸吞没,赤裸的身体上全是汗粒。在他们从床上翻滚到地板上时,身体还紧密地连在一起。

那时,我被母亲搁置在哪个角落?

竭尽全力,高潮就是不肯到来,第一次如此放任,第一次不怕有孩子闯进屋,不担心孩子半夜突然醒来,第一次没有偷偷摸摸,却如此困难,是他们没想到的。他从她的身体上滚到一边去。她掉过脸去看他,眼神好像在说:我们没有其他的路了。

这已经不是第一回告别了,每一次都是最后,但这次经过他精心安排,趁家人都不在时,却是一点也不成功,他身上余存的浪漫气质,被上法庭之后的种种折难消磨殆尽。这个下午比任何一个下午,都过去得迅速。

当他和她踩着满地的爆竹纸屑,照旧是一人在前,一人在后,生怕被人瞧见,穿过一个人没散尽的菜市场,到一家担担面摊去。面摊很避街,在一坡石阶的巷子里。

热腾腾的面条端上来,两人只看碗,盯着面吃。屋里接出路边来的灯,还没远处的路灯亮,两个人的头影投在方桌上。面还未吃一半,她的眼泪如雨珠般往碗里滴落。"姐,别哭,你这样,叫我啷个办?"他说。

"没事,没事,过一阵就好了。"她说。

"女儿交你了,"他说,"你看嘛,你今后说不定还得靠她养老送终,我是没指望的了,法院规定成年前不让我见她。你看你比我有福气,起码得了个孩子。我呢,啥也没有,人财两空,一场空欢喜。"

他想安慰她,殊不知说得很糟糕。她一边忍住眼泪,一边说:"我不是为你哭,别以为我离不开你。"她勉强笑了笑,"离了我,你也能活,我也是,那个小东西,她能活就活吧,看她的命了。我马上就老了,你还这么年轻,找个人安个家。"

她见对方未有反应,忍不住说:"你答应呀,好好过日子。"

他是不哭的,总说男儿有泪不轻弹,可这次他做不到了。

识字不多的母亲也知道,忍字,是心上一把刀。为了互相帮助斩断情丝,她不再在塑料厂干活。母亲求另一段的居民委员,被介绍到一个运输班班做零工,那个运输班班在为山上一家工厂干活,路远,只能一周回家一次。

在这次告别后,小孙也调到江对岸城市另一头,市郊火葬场附近的塑料厂,从小干部撤职变成工人,在车间做下料工,裁石棉板,那工种带毒,没有人愿意干。

母亲抬着石头,有一次就当着建筑工地上所有的工人号啕大哭起来。

"你抬不动,就别来吃这碗饭!"

"抬累了休息一阵就好了。"

哪样话在母亲耳边都等于白说,她根本未听。她的一身都被汗水湿透,用她的话说,腰带上下的衣服从来没有干过。她一天只吃两顿,肚子饿得咕咕怪叫,脸上被虫子咬得斑斑红点。她拒绝着听空中隐隐传来的他的声音,他在说他在想她,他要见她,他不能没有她,她也不能没有他。她拒绝听,如果她性格软弱一些,狠不下心肠,如果她不强迫自己耳朵聋,她就能听到,她会立即扔掉扁担,比任何一个热恋中的女人还要疯狂,不顾一切地冲下山去,冲过江去。

母亲会的,但她更明白,她的生活中没有自行其是的权利,必须对子女负责任。她的头发在脱落,腰围在增大,背在弯,肩上的肉疱在长大,她的脸比她猜测的还快地飞速变丑变老,她很快变成了我有记忆后的那个母亲。

这个被母亲用理智撕毁的场面,需要我以后受过许多人生之苦,才能一点一点缝补起来。在当时,我怨母亲,我不愿意理解她。母亲给我讲的一切,没有化解我与她之间长年结下的冰墙。可能内部有些开裂,但墙面还是那么僵硬冰冷,似乎更理由十足,这是我一点也没办法的。

3

  这个城市大部分街道是坡坎，不适合骑自行车。于是历来就有手握一条扁担两根绳子的"棒棒"，站在车站码头主要交通路口，耐心等着人雇用。

  除了出大力流汗的挑运棒棒，这城市也有不少闲人，于是也就有了茶馆。差不多每个地段便有一个，主要大街上能数出好几家老字号的茶馆。"文革"中禁开茶馆，现在又遍地都是。泡茶馆的人并非一律老人男人，半大青年也有。人一进茶馆，一壶热茶暖融融，便有了几分生机，嗑嗑瓜子剥剥花生嚼嚼辣椒豆腐干，与人天南地北地瞎聊一阵，磨蹭够了，伸伸懒腰，拿起自个烟袋，慢悠悠走着，是一种享受。重庆人再穷，也要想办法弄几个辣椒来吃，吃得满嘴满脸红涨，这点享受，是对命运的不服气，是一种自我伤感的放纵。

  在上半城一个临街口的茶馆，我和母亲隔着方桌相对坐在长条凳上。没两分钟，盖碗茶还未送来，一个瘦瘦的中年人，逆着光从门口走进，个子较高，但背有点佝偻，对直朝我们坐的桌子走过来，在我和母亲间的位置坐下。我警觉地看着他，心跳得眼睛几乎看不清了。他虽然刮过胡子，衬衣干净，外面套了件颜色快褪尽的中山装，也掩不住一脸的沧桑。不用辨认，就是那个总跟在我身后，偷偷盯着我的人。

  他眼中出现了笑意，大概希望我喊他一声爸爸。我喊不出来，不知该说什么才好，脸通红。母亲没有看我，她臃肿的身子微微偏了偏，让伙计提着长嘴壶,站得远远的,准确无误地往装了茶叶的盖碗里冲滚烫的水,她把三碗茶一一盖好。

三人谁也未开口说话,他看着母亲,母亲看着他,只几秒钟,母亲就站了起来,说她得出去一会。他没有动,他的目光跟着又老又难看的母亲,那目光是我从未见过的,又湿又热,家里那个父亲从未用如此的目光看过母亲。母亲走了后,他的神色反而放松了,在我面前不像刚进来时那么呆板,不自然,不知不觉之中,他的面容活了起来。

茶馆里有人开着半导体收音机,正放着川剧,像是《秋江》,那个古代女子,坐在过河船上,心急火燎地追赶意中人。街上一个穿喇叭裤烫卷卷头的小流氓,赖皮地提着三洋走过门口,轻轻飘飘的港台流行歌曲,与牵肠裂心裂肺的一声声呼喊般的川音高腔互不相让。靠门边的一桌,四个人边喝茶边打长条牌。

我朝门口看第二下时,他说:"你妈妈不会回来了。"

我没理他,仍朝门口看。

结果我们一口茶也未喝,就出了茶馆。从街上跨出来,就是大马路。他把我带进一家百货商店,径直到布料柜台。他把我的心思揣摩得很准,他明白,即使问我,我也不肯回答。他选了一种蓝花的混纺布,那是母亲最喜欢的颜色。他把布塞到我手里,说我穿得太旧,叫我去缝一件新衣。我穿的是四姐的一件算不上衬衫也算不上外套的衣服,没式样没花案。不过他自己穿得也比我好不了多少。拿着花布,我连句谢谢也没说。我扫了他一眼,他眼里没有了笑意,不知为什么,有些紧张。

4

下午四点多钟,还不到晚上吃饭时间,两路口一带许多餐馆都未重新开张,一家家问过去,终于找到一家,那家馆子场面挺唬人,他犹豫了一下,不过还是带我进去,跟着服务员上了楼。

我坐在桌子一边,听着他叫菜,麻辣红烧豆瓣鱼、清水豆花、芹菜炒牛肉丝。

他很少吃,不断地往我碗里夹菜,我扒着米饭,米饭太硬,就喝豆花水,喝得太急,呛住了,他伸过手来拍我的背。我一停住咳,便搁下了筷子。

他的脸怎么看,也不像我,怎么看,对我也是个陌生人。显然此刻他全部心思都在我身上。有人如此看重我,想让我高兴,想和我熟悉,想和我交谈,有这么多好吃的鱼肉堆在我面前,没有人和我抢,没人怪我贪吃,给我脸色看,而我竟然一点也没胃口,也高兴不起来。我的情绪在惊异愤慨之间跳动,我的脑子飞快地转着连我自己也弄不清楚的一些怪念头,一句话,要想我认你做父亲,没门!

他要了一小杯白酒,我们俩心里都在发颤,可能我身上真的流着他的血,他需要给自己壮胆。喝了一口酒,他才对我说:"今天是你的生日。"

"我生日?"我重复一句,心里冷笑,"我生日早过了,早过了9月21日。"

"旧历八月二十三嘛,我是在医院看着你生下来的。"他说,他不用想就明白我记得是新历,而他和我母亲一直记旧历,十八年前新历旧历同一日,十八年后,旧历在新历后好些天。

原来是这样!不是我一再费尽心机追逼的结果,而是他们的安排,早就准备在我十八岁生日这天告诉我一切。原来是这样,原来就是因为这样呀,这么多年!为今天,这个人等了十八年。他还挺守法的,说好成年前不能见,就始终等着这一天。不,不对,母亲当然想保住这个秘密,一定是她觉得保不住这个秘密,才选择了这个特殊的日子,让我和他见面?这个时候,我才承认自己同样很紧张,很惶惑。

5

我很少到城中心去,从未见过那么多的人在街上走,仿佛屋子里的人都走出家门来了,汽车在有坡度的马路上必须接连不断地按喇叭,才能行驶。到处飘扬着旗帜,什么色彩都有,系在一些高层建筑物上的气球,缤纷晃眼。街道变得太干净,许多房子还专门粉刷过,门面新配了红色对联,拉了金光银光闪闪的纸条,装饰得一点也不真实,就像有人为了显派,把自己仅有的最好的压箱衣服取出。这一天很像一个什么节庆。

生父在这个下午和傍晚百般照顾百般讨好我,对此,我一点也不感激,这所谓的父爱,太迟了,我已经不需要,我只是由着他做。吃过饭,他说:"去看电影?"

我有点惊讶地看着他。

"你妈妈说的你最喜欢书、电影,还有想吃好的。"

我当即点点头。

电影院里放两部连场电影。进去头一部国产片已放了一半,打仗打得乌七八糟,枪炮声满银幕爆炸,冲锋号嘀嘀嗒嗒地吹个不断,机枪一扫,国民党的士兵死得黑压压满田野。第二部是外国片,讲一艘装满旅客的船撞上冰山,沉到海里去了。他没怎么看银幕,老是转过脸看我。我说不看了,想早点回家。他低下头去看手表,说时间还早,等一会送我到车站,送到渡口,送过江去,让我放心。见我没有作声,他说:"不是你要见我的吗?"

"我已经见过你了。妈妈说不定在家等。"

"现在你已是成人了,法院也管不着我见你。"他霸道的口气一点不像做父亲的人,倒像我的一个哥哥。看完电影,他固执地领我上了城中心的最高点枇杷山公园。

在公园的最高点红星亭里,我想同他一起上这儿来是对的。夜幕垂下后,公园里的人比在街上逛商店的人减少些,山城灯夜,从城中心这边来看,完全不同。

上半城下半城万家烁烁灯火,一辆辆汽车在黑夜里,只看得到车灯的亮光,如萤火虫,断断续续地绕着的马路盘旋,点缀着起伏跌宕的山峦、高低不一的楼房,长江大桥两排齐整的桥灯横跨过江,伸延进黑压压一片的南岸,船灯映着平静下来的两江江水,波光倒影,风吹得水波颤颤抖抖,像个活动的舞台。

6

我生父对我说了很多话，我听着，抱着那段蓝花布，与他保持着距离。而他总想离我近一些，表示亲昵，但手却不敢真的伸过来握住我。当我们坐在一个稍微清静一点的石头长凳上时，我仍尽量与他隔开一段距离，我对他身体的亲近很反感，他不久也放弃了这打算。他身上酒味不多，随风吹过来的，是一种便宜的硫黄香皂味。说实话，我喜欢这气味，不好闻，但清爽。他的手指专门修剪过，长长细细的，跟我的手指几乎一模一样，手背上有一些疤痕，指甲也不如我的规整。他的头发不多，白发隐在黑发里，不注意就看不出来，细算一下，他不过才四十三岁，怎么就很显老了？他说话时眼睛有神地看着我，声音清晰。我把眼睛转开，单听声音，可以认为这个人还年轻。

他与母亲分开后，找了个近郊县份上的农村姑娘草草成了个家。在结婚之前，他找到母亲做工的地方，母亲不愿见他，关着宿舍门。他和她一个在门外，一个在门里，隔着一层门板说话。他说了个日子地点，说他必须见女儿一面，以后他就做农村人家的上门女婿，离城市远了。没见得成面，他留下一个洗得干干净净的蚊帐，还有一袋吃的，就走了。

母亲背着两岁的小女儿，下渡船，爬上沙滩上面那坡长长的石阶，看见他站在朝天门废弃的缆车道边。他说他找了个农村姑娘，没啥话可说，只求个老实厚道。那意思是如果母亲还对他有半点留恋，如果母亲说个不字，他就打消结婚的念头。但母亲只是连连说："好呵好，好好去过日子!"母亲很客气地谢谢他送到山上去的蚊帐和食品,然后背着小女儿就要走。他伸过手握住母亲的手,他想让母亲和他一道走,到那个新民街的房间里去。

母亲不去,不仅不去,而且解下背带,说:"你不是要看这个小人吗,你看好了,不仅看,你拿去,你也没有理由要求见面了。"

母亲把小女儿放到他的手里。转过身就走,连头也没回。

他把女儿搁在枕木凸凹的缆车道上,女儿哇的一声哭了起来,声音尖细充满恐惧,边哭边喊妈妈,在地上拼命往母亲走的方向爬。他就看着女儿哭,不理睬。那么喧闹人来人往的地方,那么多轮船汽笛鸣叫的地方,母亲也听见了小女儿细微的哭叫,赶紧走回来。

他笑了。

母亲生气了,从地上抱起小女儿。

"你看,女儿根本不要我,她只会喊妈妈,不会喊爸爸。我想要也要不成。"他打趣地说。把女儿重新抱上母亲的背上,替母亲理好背带,他把一顶崭新的墨蓝花外绸内绒的帽子戴在女儿小脑袋上,说:"风大,不要让她着凉。"

母亲说:"你放心,再大的风也吹不坏她,她命又贱又硬,不会死的。"

这才是母亲与我生父的最后一次见面!不可逆转的命运,用我的凄惨的哭声打了个句号。母亲再一次放弃了选择,其实命运没有提供任何选择,她知道。她背着我下石阶去渡口,正是长江枯水季节,江不宽,沙滩和石礁漫长地伸展到天边,泥沙滩一踩一个坑,沙粒往鞋子里灌。

她抓紧背带,弯着身子,步履艰难,江边的风刮着沙粒扑打着她的脸她的头发,这是一个不能再冷的冬天,比没有吃的最饥饿的那几年,比她的第一个丈夫饿死的那个冬天还要寒冷,还要绝望。

而我的生父这时站在石阶顶端,冷风刮着他瘦瘦高高的身体。那么多人从他的身边上上下下,急着去赶车坐船。他的身影消失了,再也看不到了。他其实是个缺少疼爱的小青年,从母亲那儿他得到了感情,加上他救了这一窝饥饿得发疯的孩子,得到由衷的感激。他可能一生从来没有觉得自己如此重要,如此被需要,于是他让自己陷入恋情中,不能自拔。

谁又能说得清楚,一个人喜欢另一个人,喜欢就是喜欢,有时候就是没有任何具体的理由,更不用说爱一个人了,爱就是爱,别的人不可能理解。包括我这个做女儿的,我不也正在偷偷爱一个男人,爱得同样无情理,不合法。别的人会认为很肮脏。

可是连我这样一个不愿循规蹈矩的人,也没能理解他们的偷情。我、母亲、生父,我们三人在茶馆坐一起时,在我眼里是那么不和谐,尴尬极了。他和母亲使我出生在世上,却给了我一生的苦楚,他们俩谁也未对我负责。

我和他走下枇杷山陡峭的石阶,漆黑的夜空升起漂亮的焰火,若隐若现地映出山上山下树木房屋,簇簇团团的流星雨,像天国里奇异的花瓣花蕊,向这座城市坠落下来,向我们头上抛撒下来。顺着马路,一直往两路口缆车站走,满天都是焰火,鞭炮炸得轰响。这时,我对他说:

"我不愿意你再跟着我,我不想再看到你。"

他没想到我会说这样的话，脸上表情一下凝结住了，看起来很悲伤，就跟那部外国电影里那些面临船沉，逃脱不掉，注定要死在茫茫大海中的人一样。

我不管，我要他做出保证。

他保证了，他点头的时候，眼睛没有看着我。

经过检票处，他要送我，我坚决地说不用了。随着人群跨上缆车，我坐在靠后边一个位子，手里紧紧抓住他为我扯的那块蓝花布。缆车座位都朝上，我看到他仍站在剪票口的铁栏杆前。载满人的缆车沿着轨道徐徐下滑，他向我挥手，我想对他挥手，却止住了自己。为了不去看他，也不让他看到我的脸，我掉过脸去瞧缆车道旁山腰上怪模怪样的吊脚楼、歪歪斜斜的木板房，那些窗子里透出的灯一闪一眨，随时都会熄灭似的。缆车不一会儿就到了山下，出口对着这城市最大的一个火车站，人山人海，一个喧腾的大火锅。

母亲没有睡，她在等我，给我开了门，放心地舒了一口气，重新回到床上。父亲的布鞋在床下，脸朝墙躺着。看见他，我心里突然很冲动，很想走过去。我想起了与父亲相依为命度过的所有日子，我是那么想拥抱父亲，那么想被父亲拥抱。至少仔细看看父亲，我觉得自己从来都没有像一个女儿那样端详过他。

架子床只有母亲翻身的响动，父亲一定睡着了。我在堂屋尽量轻手轻脚擦洗脸和身子，去天井倒掉水后，母亲从床上抬起身，低声对我说："早点睡吧。"我就出了房门，穿过堂屋上了阁楼。

第十六章

1

我一直都有记日记的习惯,记的都是我第二天就不肯再读的东西,在我看来记日记不过是懦弱者的习惯,孤独者的自慰,便把日记本抛开了。可是没过多久,又开始旧病重犯。

但是我在阁楼里,记昨天见生父,只有两行字:茶馆,馆子,电影院,枇杷山公园,缆车,过江,回六号院子,睡觉。

没有提一个人,记日记保密是无意中学会的,不是由于"文革"中许多人因为"反动"日记而被揭发,而是我知道这种见面不能让家里人知道。父亲知道了,怎么想?姐姐哥哥们知道了,怎么想?母亲知道我对待生父的一些细节,怎么想?

避开总是对的,反正我也不想记住那些细节。

第二天,我见着父亲,什么也没表示,什么也没说,昨夜那股冲动早没了。睡眠真是个奇怪的过程，像一次死亡接着一次新生，过滤掉了痛苦，榨干这种那种的欲望和情感。我把蓝花布拿下楼交给母亲，母亲接过去后，我就做自己的事去了。家里哥哥姐姐都回来了，房里房外挤进挤出。院子里的邻居，似乎每家都来了亲戚，热热闹闹。母亲心神不安，好不容易瞅到一个只有我和她在屋子里的机会，她说："那布，等一会，我带你去石桥广场，找裁缝给你做件新衣服。"

"那是他给你扯的。"

"不要骗妈了，我当然晓得。"

我不理母亲，专心剥大蒜皮。

"他对你好不好？"母亲与我提生父总是用"他"，母亲不会不知道他对我怎样。她这么说，是要我承认生父，是想与我谈他，现在终于等到一个人和她说她心里的人了。她热切地望着我，等着我回答。

我说："一般。"一副不屑谈，也看不上的样子。我并不惶惑，一个提供精子的父亲，一个提供抚养的父亲，我知道哪个更重要。

母亲在屋子里东磨磨西蹭蹭，过了好大一阵，说不带我去找裁缝做衣服了，裁缝收费贵，还做得不满意。她拉亮灯，将桌子擦得很干净，把那块布铺平，洒上水。拿出剪子尺子粉饼后，她嫌桌子不够宽，又把布移到架子床上。

给我比了尺寸后，她问我做衬衣呢或是做套冬天棉袄的对襟衫。不等我说话，母亲自作主张，说夏天已过，还是做对襟衫吧！她仍旧是那个一意孤行，不用听我想法的母亲。

母亲一边用白粉饼在蓝花布上画着线条，一边说，你大概不知道，他当时在法院认了每月给你十八元，每个月付，直到你十八岁成年为止。每月按时寄钱来，没拖延过，后来二姐教书了，就把钱寄到二姐那里。二姐单位和我们院子邻居一样，有人汇钱，总有人问来问去，二姐怕引起麻烦。他就把钱送到他老母亲——你婆婆那儿，我再过江去取。你婆婆是个老实人，每次见到我总留我吃饭，说她儿子命苦，连亲生女儿也不能认。他是个穷光蛋，哪个城里姑娘肯嫁他？不得已到农村做了个上门女婿。

这么些年母亲没见生父，通过我的婆婆，她对生父的情况应该是知道一二的，同在一个城市，却要强行自己做得如路人一样，我觉得母亲是中了魔。

"他从不要求见你，他知道一个私生子在人们眼中是怎样一种怪物，"母亲说，"这个社会假模假样，不让人活也不让人哭。"

看见我没搭话，母亲又说："六六，你不晓得，他自己过得又穷又苦，这十八元钱不仅养活了你，在最困难的时候还帮了我们全家。"

2

那么我的学费不也在其中？我想，但我不愿再问。

母亲的话没有使我感动。他是我亲生父亲，他该抚养我。给我的钱，你们用了，你们也从未告诉我。这个朝夕相处的家根本就不是我的家，我完全不是这个家里的人，我对家里每个人都失去了信任。

母亲告诉我的有关生父的一件件事，他的农村妻子，两个儿子——

我的两个从未见过面的弟弟——我的婆婆等等。我不欢迎这些人涌入我的生活，我自己的生活已够乱的了。

生父一直住在厂里集体职工宿舍里，一周或半月才回一次家，他是个好父亲，也是个好丈夫。一个人省吃俭用不说，他收厂里食堂工人倒掉的剩菜剩饭，收没人要的潲水，担回家喂猪。为怕潲水荡出，先用一个扎实的塑料袋系好，再装在桶里。为了搭到农村去装货的卡车，他挑着潲水桶，常常站在马路边上，一站就是好几个小时，碰到好心肠的司机，能搭上车；碰上不客气的，遭人臭骂："挑脏东西的龟儿子，滚远点！"这时，就只能去乘闷罐车。

挖地种菜浇粪施肥，哪样都抢着做。两个儿子背着背篓出去打猪草，他和妻子一起蹲在地上切斩猪草，煮猪饲。猪吃得快，长得慢，到年终够重量送去屠宰场杀，卖猪的钱，那是家里的生活开销，包括两个孩子一年的学费和衣服。他深夜还在野外池塘边洗满是泥土的蔬菜，准备第二天赶场卖几个钱。

他的生活境况如此穷惨，母亲也是前两年才知道，此后母亲就未再去我婆婆那儿取我的生活费。"他以前假若穿了件像点样的衣服，就在我面前虚荣兮兮地说，你看我像不像个少爷？我笑他臭美，说他当少爷的旧社会早过了。"母亲心疼地说，"他落到那种地步，也从来没迟给过你的生活费，每月十八元，那差不多是他一半的工资！"

我说："我才不信，我谁也不信。"我的意思是说，父亲够好的了，母亲你不该老是牵挂一个早已是别人的丈夫别人的父亲的男人。起码我就不想，只有父亲才是我心里唯一的父亲，父亲对我比家里其他人对我要好得多。看到母亲站着发愣,我直截了当地对母亲说:"你该忘掉那个男人,他的一切和我们家没有联系。"

母亲瞧着我,半晌,才说:"六六,你恨他,我以为你只恨我一人呢。"她把已剪了一只袖子的布一揉,一屁股坐在床上,气得不停地摇头。

3

送大姐到轮渡口,我俩站在江边一块岩石上。大姐说:"我问你一件事,你一定要回答我。妈是不是带你去见了那个姓孙的?"

我很吃惊。

"我就晓得,你俩都不在家,你还抱了块花布回来。这么十多年妈都熬过去了,但终于还是忍不住,还是没忘他。"大姐得意地笑了,"他啷个样吗?"

"是我要见的,"我平淡地说,"他早安了家,有孩子了。"

"他肯定记着我当年的仇。"

"他没提起你。"

大姐背了一个大背篓,里面塞满了从家里取走的一些对她有用的东西,她每次回家,空手归来,满载而去,历来如此,就差没把这个破家全搬走了。她拉拉背带,眼睛盯着我说:"你不要帮他说,你不要忘了你是在这个家里长大的,别吃里扒外,没我们,你早就死了,你两岁时肚子上生杯口大脓疮,靠了爸爸和二姐照料你才没丢命。"

大姐的大女儿仅比我小六岁，我记得自己抱不动她，还要去抱，我只是想讨大姐欢喜。但大姐一把夺过她女儿，好像认定我不怀好意似的。这个外甥女还很小，就知道我在家中的地位，每次绊倒一个扫帚，打破一个碗，都说是我干的，让我受罚，外公外婆都信她。

"算了吧，连你女儿都可任意爬在我头上。"我不客气地说，"妈为你卖过血，让你生小孩坐月子，吃鸡补身子。"

"那是一家人，老养少，少养老，你懂不懂？"大姐吼了起来，见我脸色阴沉，她便停住了。

我不会主动去激怒任何一个人，当别人对我要态度时，我尽量保持沉默，除非万不得已，才去回答。轮船从江对岸驶过来，江水退了点，也不过只退下几步石阶，还未露出大片的沙滩。

她把我手里的行李包接过去，让我继续陪她，到石阶下面，等过江来的人从船上下来后，她上跳板后，我再走。

她转到自己题目上，一回去，她就要去找第二个前夫，她得分财产，哪怕分一只锅一个碗。大姐说她已想好，她咽不下这口气，要把事情闹大。

我厌烦大姐又要闹事，我想劝阻，但她不给我一点儿机会。她说她已打定主意回到这城市来做黑户口。"你放心，"大姐拉了拉我的手，"我们俩在这个家情形一样，我们俩要团结一致，我不会把你的事告诉别人的，你也不会把我的事告诉别人的，是不是？"

4

回家的路上,我一直在回味大姐的话,我的情形和她的确有些相似,但又很不一样。还没容得我想个清楚,晚上,我被四姐叫了出去,到离六号院子不太远的一个小空坝上。我惊奇地发现,除父母大姐外,家里哥姐嫂子姐夫都到齐全了。昏暗的路灯,每个人的脸都不清楚,但他们表现出来的情绪是一致的:怒气冲冲。

我在小板凳上坐了下来。头一个感觉就是,自己怎么又落入读小学初中在班上被孤立遭打击的地步,那种革命群众一个个站起来指责的批斗会?我的哥姐嫂子姐夫围在我四周,我到底做错了什么?

三哥一开口,我就明白大姐在离家前,把我给出卖了,她把我这段时间问她家里的事,以及她的种种推测全都抖了出来。大姐在上轮渡前对我说的那些话,也就是家里其他姐姐哥哥的态度。我早就应当知道大姐是个唯恐天下不乱的人物:她自己的生活,还有这个家,都得天天乱,她才舒服。

"你做个选择,你要哪个家?"

"你吃我们家,穿我们家,吃的甚至是从我们的嘴里硬拉出来的东西。我们不怕你走,你走也要把这些年的生活费,还有住房钱看病钱学杂费弄个清楚。"

"我们没亏着你,你倒好意思去见那个人。为了你,我们吃了好多苦,为了你,我们背了十多年黑锅,让人看不起。"

"把你养大了,快能挣钱了,你想一跑了之?"

二姐一直没说话,这时打断他们:"让她自己说。"

"说啥子?"我只装不懂,这是以前在学校挨批评学会的策略,不过在这种场合我的脑子确实转不过来,连委屈也说不清道不白。

"他是不是要你离开我们家,跟他走?"

"说话呀。"

我站了起来,三哥把我按到凳子上,不说清他们不会放我。我看了过路的几个小孩几眼,他们拿着毛皮球。

我既不喜欢这个家,也不喜欢别的家,我根本就是没家的人。不管谁欠谁,你们都离我远一点!但我只是回过头来,斩钉截铁地说:"我不离开家,你们想赶我走,我也不走。我只有这一个家。"

他们都一下愣住,原准备着我大哭大闹跟他们算谁欠着谁。他们没有想到,我完全没有打算切断和这个家的维系。我也丝毫不提我生父对这个家所做的一切,包括他们一口一声的钱。人都有个毛病:容易记仇,难得记恩。他们认为亏了,也有道理:在最难受的灾荒年,因为我挨了饿;由于有我这么个私生妹妹,他们在邻居街坊面前抬不起头来、夹着尾巴做人。我情愿承认自己欠了这个家,我永远也还不清他们的情。

"好吧,"三哥说,"今天晚上我们在这里说的,不准讲给妈听,不准让爸爸晓得你已明白身世。记住了?"

"记住了,"我点头,"我不会让爸爸难过的。"

我想对他们大叫,叫出我的愤怒、我的委屈。但我没有说话,我眼睁睁瞧着他们对我唠唠叨叨一阵威胁之后，一个个走掉。从小到现在，我从骨子里怕我的姐姐哥哥，跟怕老师同学一样，我不敢对他们吵，我总是让着他们，避着他们，总情愿待在一个他们看不见我的角落。

他们端着凳子回家后，我一人坐在空坝里，脑子轰响，我感到有金属锉金属的声音凶猛地响在耳朵口上。

我起身，拿起小板凳，慢慢地朝家的方向走，突然，我放下小板凳，我像童年时一样飞快地跑起来，往中学街那坡石阶跑，跑到长满野草的操场上。我跑啊跑，直跑到更空荡荡更漆黑的山上，到最后一步也挪不动，就停在一棵粗脖子树前，靠着树，才没有瘫倒。一个防空洞正阴森地对着我，不是说国民党到处埋下炸药吗？那么这座城市就是一个大定时炸弹，它为什么不在这一刻轰隆隆地爆炸，让这座城市只剩茫茫一片废墟？

第十七章

1

我有好些日子未去学校,哥姐审问我的那个晚上以后,我的身体变得很虚弱,总是头痛,发低烧,浑身瘫软无力。母亲已从厂里退休回家,她对我比以前好,但我看着家里每一个人都比以前更不顺眼,他们的脸跟这条街所有的房子一样歪歪扭扭,好像家里什么事都没发生过。邻居们为庸俗不堪的话大笑,或为了小事吵闹,在街上追来追去打架。这一切对我来讲,全都成为我生活之外的东西,喜怒不往心头去。

家里人依然把我支来唤去做事,空下来的时候,我就把自己关在阁楼里,不见人,也不愿被人看见。

这天我正挑着一箩筐垃圾,往坡边去倒。回来的路上,碰到一个同学。她问:"你生病了,啷个不来上课?"

"上课?"我的声音沙哑。

"是呀,上课。"这个同学平日不搭理我,这天忽然跟我说话,可能她认为我真是病了。

"你不想考大学啦?"

我呆呆地看着她,我真的忘了考大学这事。她笑了,露出不整齐的牙齿。她突然想起什么似的,笑容收敛:"那你肯定不晓得,历史老师死了。"

"你在说啥子?"我的声音大得出奇,几乎吼了起来。

她吓了一跳:"你做啥子惊惊乍乍的?他自杀了。"

2

我赶快把箩筐往院子里一搁,就往学校跑。

那些天事情发生得太多太快,是我一生度过的最莫名其妙的日子。我的精神像被截了肢,智力也降低了。才没多久历史老师就变得很淡薄,我前一阵子对他狂热的迷恋,好像只是一场淫猥的春梦。此时,历史老师一勒脖子又冒了出来,切断了我自怜身世的伤感,我的脑子整个迷糊了。

我往学校去,我不是想问第二个人。不是不相信我的同学,我相信她说的都是真的,的确已经发生了。回想历史老师说过的话,我应当早就想到会出现这种事,他早就想了结自己。

他拿着绳子,往厨房走去,他不愿在正房里做这事,害怕午睡的女儿醒来吓坏:吊死的人,舌头吐出来,歪嘴翻眼,屎尿淋漓。他不想在她幼小的纯洁的心灵上留下一点儿伤口。他拿着那根让他致命的绳子，推开厨房的门，从容地将绳子扔上不高的屋梁，他站在一条独凳上，使劲系了个活结，拉拉绳子，让结滑到空中，他才把脑袋伸进绳套里，脚一蹬，凳子倒地，他整个人就悬在了空中。

这一刹那，他的身体猛地抽紧，腿踢蹬起来，手指扣到脖颈上，想扳开绳子，但那只是自动的生理反应。绳子随着身体的重量摇晃了几下，梁木吱呀地叫了一阵，他的双手垂了下来，就永远静止了。

我看见了，你就这样静止了，连一个字也不愿留下。当然你没留话给我，我对你来说算得上什么呢，相比这个总难挣脱厄运的世界，我不过是一个普通的学生，匆匆与你相遇过，什么也不算。

是的，就是什么也不算，你连再见我一次都不愿意。不过哪怕你来找过我，我正在一个昏昏沉沉的世界里，我正在出生之谜被突然揭开的震惊中，就是找到我，我又能帮得上你什么呢？哪怕我心里想起你，也觉得无妨再等几天，等我静下心。或许我认为要不了太久，我还会和你见面，起码在学校上课时，我们就能见到。回想那些和你在一起的时候，一开始我就忽略了眼神与眼神融合的一瞬刻，我是能够抓住那些真正相互沟通的时机。如果我那么做了，此刻心里就会平静得多，可我没能那么做。

是的，我有责任，如果我多一些想着你，应该是有过一个挽救你的机会，至少是死前安慰你的机会？但我没顾得上你。

可是见了面，也没用。我从你身上要的是安慰，要的是一种能医治我的抚爱；你在我身上要的是刺激，用来减弱痛苦，你不需要爱情，起码不是要我这么沉重的一种爱情。是的，正像你说的，你这个人很混账，你其实一直在诱惑我，引诱我与你发生性关系，你要的是一个女学生的肉体，一点容易到手的放纵。

我们两个人实际上都很自私，我们根本没有相爱过，就像我那个家，每个人只想到自己！

推开那间熟悉得不能再熟悉的办公室门，我停住脚步。办公室其他桌子如往常零乱，堆着一些报纸和学生作业本之类的东西，这个下午四五点钟该有教师，也该有学生分科干部来交作业。可我在那里时，没有人进来，过道和楼梯不时有吱吱呀呀的脚步声。

我靠近历史老师的办公桌，桌上的茶杯、作业本、课本、粉笔纸盒等全部没有了，还是那张桌子，那张椅子，还如他生前那么干净，我坐了下来。

他的抽屉没上锁，里面没有笔、本子，只有些白纸片，截得方方正正，我一页一页翻看，没有他写的那种诗一般的文字，更没有给我的信。他真了不起，真能做到一字不留！

我想起他说过"报纸和书是通向我们内心世界的桥梁"，要明白他为什么自杀，或许只消看看报纸。后来我去了一次图书馆，历史老师自杀前几天的报纸，上海、江苏等省市镇压了"文革"打砸抢分子，判处武斗头子死刑。早在这一年9月5日，《人民日报》上就有最高人民法院院长讲话，要求及时惩治一批"文革"中杀人放火强奸犯和打砸抢劫分子。在10月初的全国各种报刊上，连篇累牍反反复复的社论及报道，主旨相同：要实现四个现代化，就必须发扬社会主义民主，健全社会主义法制，以法治国。

这样的宣传轰炸之下，他精神再也承受不了。是害怕判刑坐牢，还是真觉得他罪有应得，害了弟弟？还是他有更深的失望，更充分的理由？我不知道。也无法想个水落石出，他自杀了，他再也不需要呼吸。

我对他充满了蔑视，甚至在几秒钟里产生着和上当受骗差不多的感觉。他不值得我在这儿悲痛，这么一个自私的人，这么个自以为看穿社会人生，看穿了历史的人，既然看穿了，又何必采取最愚笨的方式来对抗。他的智慧和人生经验，能给我解释一切面临的问题，就不能给他自己毅力挺过这一关。

也许我冤枉了他，我不该这么看待他。他们家，他本人，不断挨整，命运从来没让这一家喘过气来。只有"文革"造反，好像给了他一点掌握命运的主动权，其结果却是更可怕的灾难，更大的绝望。为弟弟的死母亲的死，他一直精神负担沉重。

我想起那次与他谈到遇罗克，说遇罗克被枪毙的事，他突然不许我说下去。那副神色，眼睛很亮，实际是一片空白，是他深藏的恐惧。当时，我认为他不该那样粗暴对待我，还为之暗暗伤心。

他对自己的命运一直是病态的悲观，但我却偏爱这种病态。将同病相怜，自以为是地转化为爱恋，制造出一种纯洁的、向上的感情，把我从贫民区的庸俗无望中解救出来。有那么几天，我以为自己做到了，现在我明白自己彻底失败了。

好像我是他，而对面那张凳子坐着的是我，一个不谙世事的黄毛小姑娘，她说着，而我听着，不时插上几句话，鼓励她继续说下去。没有说话声，这个房间多么可怕，没有说话声，这个孤独的世界，末日般的黄昏正在降临。他的开水瓶，依然在靠墙的地方立着。窗外仍然是下课后学生的喧闹，远处打篮球的人在抢球，投球，在奔跑，从左边跑到右边，从右边跑到左边。生活照常，日子照常，不会因为少了他这么一个人，谁就会在意差了一点什么，早就有另一个教师在教历史课。好像只有我感到生命里缺了一块，但是天空和树木照旧蔚蓝葱绿。因此，他要走，要这么走，就由他走好了，他该有决定自己命运的自由，对不对？

我朝自己点头，在我点头之际，一种声音从我心里冉冉而升，就像有手指很轻地在拨弄我的心一样，这种有旋律的声音，就是我和他在那个堆满书的房间做爱时，他在旧唱机上放的音乐。江水在窗外涓涓不息地流淌，稀稀密密的阳光映照在我一丝不挂的身体上。他的脸贴着我的乳房，他含着我的乳头，牙齿轻轻咬着，叫我又痛又想念，我的眼睛既含羞又充满渴望，像是在祈求他别停下，千万别松开。他的手放在我的大腿间，那燃烧的手，重新深入那仍旧饥饿又湿热之处，仅仅几秒钟，我的花蕾就向他难以抑制地展开。这身体和他的身体已经结成一个整体，就算周围站满了指责的人，我也不愿他从我的身体里抽出来。我记不清那乐曲叫什么名字，但那音乐美而忧伤，那音乐让我看到在人世的荒原之上，对峙着欢乐和绝望的双峰。

到这时我才想到，他为什么做到一字不留，不只是为了照顾我的反应，或是怕给我的名声留下污点，而是因为他清楚：他对我并不重要，我对他也并不重要,如果我曾经疯狂地钟情于他,他就得纠正我,用他沉默的离别。

那天傍晚,我一个人走到江边,把我日记中与他有关的记述,一页页撕掉,看着江水吞没,卷走。

这城市的风俗认为,吊死的人是凶鬼,和饿死鬼一样,得不到超度,也得不到转世,去不了天堂,而河流是通向地狱的唯一途径。无论在人世或是在阴间,他都是一个受难者,如果这江水真的流向地狱,他能收到由江水带去的这些他从未读到过的文字,他还会这样说吗——"终有一天你会懂的。"

3

近半月时间中,一个男人早就离开现在却突然进入,另一个男人一度进入现在却突然离开,好像我的生活是他们随时随地可穿越的领地。

我是在这个时候坚定了要离开家的决心。

我知道自己患有一种怎样的精神疾病——只有弱者才有的逃离病。仰望山腰上紧紧挤在一块的院子,一丛丛慢慢亮起的灯光,只有逃离,我才会安宁。

轮渡停在对岸,迟迟不肯过来。守候在趸船里的人异常多。我在一个不显眼的角落站着。不知要到哪里去,也不知以后怎么办,更未去想我将去追求什么。离开就是目的,我背着一个包,里面有几本书和换洗衣服。我对自己说,你只要渡过江去,其他什么都不要多想。慢慢地,我真的安静下来。一旁一对看上去像老熟人的男女的说话声传入我的耳朵,东家长西家短,婆婆妈妈的事一大堆。

听说了吗?有两个劳改犯跑出来了。

不止这回了,想跑,又跑不脱,结果被逼到管教干部家属区,将就门口现成的劈柴斧头砍死人。

不对头,是专门跑去砍管教的,连家里的小孩也砍了。

逮到了没有?旁边有听者插话。

那还用得着说,早敲了沙罐!

不过这下子管教得对劳改犯好一点了。

不能手软,要管得更紧才对。"对敌人慈善就是对人民残酷。"政治口号很自然地从那男人嘴里滑了出来。

粗大结实的缆绳套在趸船的铁桩上,水手吹响了哨子,等对岸过来的客人下船后,我随趸船里的人一窝蜂地拥进船舱。那对男女抢到座位,仍在叽叽咕咕说着什么,他们的声音被机舱的马达声淹没。

渡船摇摇摆摆地等着,大轮船经过,浊浪卷上船面,人们惊跳着避开涌过甲板的水。我站在船舷边。舱里人真多,不时还有人从趸船里走进舱内。该是退水季节了,可江水还是浩浩荡荡,淹没了泥滩和陡峭的山脚,我刚刚下来的几步石梯,被浪拍击着。江水不像有退的意思,人都说很久都没有过这么汹涌的一江水了。沿江低矮倾斜的房屋,又静又害怕地耸立着。

渡船的锚从江里升起。水手又吹响了哨子,他跳到船尾,把缆绳从趸船上收回。

轮船离开趸船，掉头朝对岸驶去，船灯打在江面上，船像剪刀剪开江水，剖开的白浪翻卷，光束没照着的地方江水昏黄黝黑，波涛起伏。

4

母亲说我占三则顺，四川话里三和山同音，我生肖属虎，有山而居，大顺大吉。一旦出走，虎落平阳遭犬欺。母亲还说好多算命先生都一致认为我八字不顺，阴气足，若不靠山，诸事不利，灾厄难解。也许她是为了吓唬我，她可能比我更明白我的脾气。

但我喜欢三这个数字，包括所有三的倍数的数字，我相信我的生命和这个数字有某种秘不可宣的联系，十八岁就是三个六，我意识到这里有密码，却不知保存的是什么机密。

于是我又回到老问题上：当初，在我三岁时，母亲为何就挑中文殊菩萨，作为我的守护神？或许她早就清楚，我一生会受的最大的苦，就是"想知道"，知而无解救之道，必会更痛苦。

母亲可能比任何一人都了解我，她真是为我担心。

当天夜里我头枕包，睡在朝天门港口客运站拥挤的长条木椅上，周围全是拖包带箱的旅客，我蜷缩身子，一合上眼，幻象就跟上来：江上结满冰，我在城中心这边，就从上面走过去。想回到南岸去，但走了一半，冰就开始融化，冰裂开，咯咯作响，白茫茫一片，竟没有一个活人，只有些死猫死狗从江底浮上来，我赶紧睁开眼睛，不是怕一年又一年死掉的人浮上来，而是怕我的家人追来。

已经是深夜了，如果他们今天没注意，那么第二天就会知晓。对于我的出走，他们会怎么想？母亲会痛骂，咒我，她不会茶饭不思的，她只会一提起我，就把我的背脊骂肿，她比家里任何一个人都更失望；很少发作的父亲，也会觉得这是种不容原谅的伤害，他白养白带大了我；四姐和德华一定幸灾乐祸，一边嘲笑父母喂了只没心没肝的小狼崽，一边高兴再也没人和他们共居一室，弄得他们过不了夫妻生活，或许，他俩已闹得一团糟的关系，会因为我的离去而缓和起来；三哥，长子，以一家之主自居，会暴跳如雷，认为我背叛了这个家，欺骗了这个家，会把与我有关的东西都扔到门外或江里，甚至会跑到生父那儿去闹，向他要人？而我生父，这个该为我的出生负一半责任的人，我再也不想见到他，他做我父亲的心性被我挫伤，不会再跟在我的身后，现在想跟也跟不到了。

你们闹去吧，我是不会在意的。

或许这都是我心地狭隘，只想别人对我不好的地方。但是无论他们高兴还是伤心，总之，不久他们就会习惯这个家没有我这个人。

行了，我在心里对自己说，不管他们现在怎么想，该是我另找栖身之地的时候了。想起晚上我往野猫溪轮渡去的时候，路过废品收购站，看见黑暗中站在小石桥上的花痴，她没有穿上衣，裸着两只不知羞耻的乳房，身边一切的人都不在眼里，虽然整张脸的脏和手、胳膊的脏一样，眼睛却不像其他疯子那么混浊。江风从桥洞里上来，把她那又肥又长的裤子鼓满了,她不冷吗?我走近她,有种想与她说话的冲动,她却朝我露出牙齿嘻嘻笑了起来。

我没有笑,我笑不出来。

我在长条椅上再也睡不着,微微依椅背坐了起来,大睁着眼睛。

到处是纸屑、口痰,也有不少外地逃荒要饭的人,白天上街要,晚上就上这儿来占着木条椅或一角墙过夜。客运站门口,一个胡子头发一样长、花白的乞丐,实际上不过只有四十来岁,流着鼻涕,涎着口水,不断地说:"做点好事嘛,求求你了。"他逢男人喊叔叔,遇女人喊娘娘,还下跪作揖。

看着乞丐,我打了个冷战,莫非这是我的明天不成?我开始害怕。但不一会儿,我就否定了这种可能,我能使自己活下来。不管是谁,是男是女,都可以把我带走,我已经学会了诱惑与被诱惑。这个想法,让我最瞧不起自己,但这样做需要勇气。

他或她对我好,那是我好运;反之,算我倒霉,反正我对倒霉也不会不习惯。只要离开对岸山坡上那个家,只要一刀斩断以往的生活,就行了。在这一刻里,什么样的代价,我都心甘情愿。

我想得几乎脑袋炸裂,马上就要飞离我的肩头,就干脆盯着一只嗡嗡叫的苍蝇,几秒钟后,真做到了什么也不想。再几秒钟后,我倒在长椅上睡着了。

第十八章

1

随着秋日越来越深，天气逐渐转冷，我的健康情况日益变坏，睡不好已是常事，特别奇怪的是开始吃不下，经常恶心。在街上，只要看见有油腥的食品，就头晕，想吐。肚子饿，却不敢吃，吃什么吐什么，只能喝白开水，冲下小半个馒头就足够，不能再多吃了。两个月内，我瘦成了皮包骨。

我想我是支撑不下去了，只有去看医生。一位老医生摸了我的脉，稍稍检查了一下，就问我上个月来月经是什么时候？

他的大褂，一片白色拂过我的眼前，我摇了摇头。

"多久了？"他眼光马上变了，鄙夷地盯着我，花白头发的头快昂得往后折过去了。

我低下头心算，一个多月，不对，早过了两个月。我的声音吞吞吐吐:"大概两个月。"这的确是我未想到的,我紧张加害怕,额头上沁出汗珠。

"你才十八岁。"他转头看着病历卡,摇着头说道。他提起笔想写字,想想又搁下笔,向我说了两个字。

我是怎样走出那个房间?我不知道。中医院大门只有几步又宽又长的台阶,我站在马路边的人行道上,一动不动,"未婚先孕"!从来,在我从小所受的教育里,比任何罪恶更耻辱,比死亡更可怕,我真想一头向行驶过来的公共汽车撞去,就在这时,一辆小车刷地一下停在面前,是送病人进医院的。我还是没动,车玻璃映出我的模样,那绝不是我。于是我走到车前镜边,看清楚了:脸生了层霜似的灰白,头发松散,脱落了不少,眼睛凹下去,出奇地大,不知是由于妊娠反应或是其他什么原因,两颊出现了斑点,老年人才有这样的斑点,我看不下去,掉转过头。

我不能死,我必须活,我的生命本不应该存在于世上,我不能结束自己。并且,我才刚开始明白自己想要什么样的生活。

我和历史老师一上床就怀孕,仅一次就有了小孩。

母亲当初怀我恐怕也是这样,一和男人睡觉,就怀上孕,她和袍哥头是这样,和我生父是这样,莫非我继承了母亲特别强的生育能力?是我们母女的基因如此,还是越贫穷的女人生育能力就越强,大自然给我们格外补偿?饥饿的女人,是不是自然就有个特别饥饿的子宫?母亲当初也想把我打掉,但最终还是生了下来。

这么说,我是不想要这小孩?

这念头一冒出,就让我吃了一惊。这是他的孩子,最好是个男孩,我希望是个男孩,长得和他一模一样,貌不出众,平平常常,但不要他那种近乎艺术家的神经气质,不要写诗,也不要会画一点画,不要沾上他父亲的任何命数,也不要学我幻想能写小说,梦想成为一个作家。让他成为一个最普通的人,越普通越满足于生命,越容易获得幸福。

我自己连基本的生存保障都不具备,更谈不上可靠的安全幸福,我能保证肚子里的孩子健康长大?

不用装傻了,我正在想法逃脱这个世代贫穷痛苦生活的轮回,为此目的,我必须倾注全部身心,决不能有任何拖累。一旦要孩子,我必须马上为他找一个新的父亲,将将就就成家糊口,我为之所做的努力不就全白费了吗?孩子会毁了我的一生。

又将是一个没父亲的孩子!无论我多么爱他,生活也是残缺的,这个社会将如不容我一样不容他,从我自己身上就可以看到他痛苦的未来。总有一天,我不等他问,就会告诉他,关于他父亲的一切,包括我。那时,他会仇恨整个人类整个世界,就像我一样。孩子有什么过错,要来承担连我也承担不了的痛苦?

下这个决心的时候,我才突然明白,我在历史老师身上寻找的,实际上不是一个情人或一个丈夫,我是在寻找我生命中缺失的父亲,一个情人般的父亲,年龄大到足以安慰我,睿智到能启示我,又亲密得能与我平等交流情感,珍爱我,怜惜我,还敢为我受辱挺身而出。所以我从来没有感到历史老师与我的年龄差,同龄男人几乎不会引起我的兴趣。

但是,三个父亲,都负了我:生父为我付出沉重代价,却只给我带来羞辱；养父忍下耻辱，细心照料我长大，但从未亲近过我的心；历史老师，在理解我上，并不比我本人深刻，只顾自己离去，把我当作一桩应该忘掉的艳遇。

这个世界，本来就没有父亲。它不会向我提供任何生养这个孩子的理由，与其让孩子活下来到这个世界上受罪，不如在他生命未开始之前就救出他。

2

第二天，我起了个早，到市妇产科医院门诊排队挂号。那个倾斜的小马路是卵石铺的，从大马路上分岔绕向医院，很陡，实际是一条不宽不窄的巷子，路两旁排满了小吃摊水果摊，摩托、滑竿与行人挤成一团。

雨飘了起来，街上顶块布、报纸的人在奔跑，雨点变大，人们慌忙地跑到屋檐下躲，但也有人什么也不遮，步子稳定地走着。我拿到了挂号单，在熙熙攘攘排队的人丛中，望了望门外，云层下的天空十分阴暗。当街的小吃店点起了蜡烛，烛光灼灼，煤炉上的热气映着人脸模糊地闪动。

我走到墙边的桌子前，拿起麻绳系住的圆珠笔往崭新的病历上填。临时取了个名字，岁数当然不能写十八，十八岁堕胎，不找家长，也要找户籍，查出是谁把我的肚子搞大，要判诱奸罪。年龄必须填二十五岁，反正这张脸，已人不人样，鬼不鬼样。眼睛更没了任何稚气。

地址单位两栏，也用假的。从头到尾撒谎，就我这个人是真的，就我肚子里孩子是真的。

坐在妇科门诊室外长凳上,我就明白自己刚才的做法并不多余,也幸亏在中医院挨过那个老医生一顿羞辱,受了教育,学乖了。

诊室有门却大敞着,挂了块布帘,那块布原先白色,不知用了多少年,暗灰了,也没换。进出门帘都是女人,男人都守在走廊长凳上,或在过道里来回走着抽烟。布帘不时掀开,想往里面看的人能看得一清二楚:有三张病床在同时检查,脱掉裤子的女病人躺倒在床上张开腿,每个床前也没个屏遮挡,大概觉得妨碍操作。

看到这情况。我脸通红,眼睛只能盯着我的膝盖,在长凳上坐立不安。

叫到我时,过道墙上钟已快到十一点,四十多岁的女医生取掉塑料薄膜手套,往床边垃圾筒里一扔。她匆忙地问我情况,我装得若无其事,说两个多月没来月经,怀疑怀孕了。她没多问什么,让我脱掉裤子检查后,说看来是怀孕,让我去抽血解小便化验。

"今天可不可以做手术?"我问。

"可以,"她低着头写病历,不耐烦地说,"去化验了再回到我这儿来。"

再多问一句,她就会高声训斥。

缴过费,等取了化验单重新回诊室,拿到医生同意下午做手术的意见书,我心里松了一口气。在走廊里没走几步,一个烫头发的年青女子从长凳上赶到我身边,问:"要你证明没有?"

"没有。"

"你运气真好,看你样子老实,遇上龟儿子养的医生心情好。"她的眉轻描淡画过,长得漂亮又善打扮的女人到这里一定会倒霉。她说,每回医生都要她出示单位证明,或者结婚证,每次她都要费尽脑汁弄张别的单位的证明。她说她已做过三次人工流产,她的男朋友不肯戴避孕套。

医院墙上张贴着计划生育的宣传画,包括避孕知识、性病等状况。等这位像找不到人说话的女子离开后,我就站在墙前,像是在等人,却是很仔细地看起来,再也不像不久前看《人体解剖学》时那么不好意思。

雨停了,天色依旧灰暗,手术室在另一座两层楼的房子里。我去的时候,那儿已等候着三对人,女的都有男人陪,走廊口写着"男同志止步"的木牌,不过是个样子,没人遵守。我找到对面一个位子坐下时,感到他们忾视的眼光,好像我是个怪人。男人在这儿,是一个必需,这是我未料及的。没过几分钟,又进来一个姑娘,脸长得圆圆的,头发剪得短,显得年龄很小,陪她的是个年龄大一些的女人,交手术单时,值班护士像个实习生,最多十八九岁,态度却学得极坏。那个由女人陪的圆脸姑娘问什么时间轮到她,护士睬了她一眼,吼道:"到一边去,这阵着急,乱搞时哪个不着急?"有女人陪也没有用。

万一要刁难,问我为什么没有男人陪,我怎么回答呢?其他女的,临时还能拉一个来冒充,而我连假的也拉不到。那我就说,我是单位派到这城市培训学习时,所以丈夫不在。

杀猪时才有那样尖利的叫声,里面像是在活割活宰人,我吓得毛骨悚然，真想拔腿就跑。

"图痛快，就莫叫，想舒服呀，就莫哭。"

"到男人那儿去哭，莫在这儿撒娇，恶心不恶心呀！"

医生不紧不慢的声音传出来。不打麻药和止痛针就把子宫里孩子的胚胎，生拉活扯刮下来。暴力是最有激情的形式，男人们在手术门外手足无措，任何爱情在这种时候都没了诗情画意。当做完手术满脸泪痕的女人踉跄出来时，她的男人就一把将她扶住。女人有了男人这一扶，就是幸福的了。长椅上已经有几个在男人怀里哭泣的女人。

我的手里全是冷汗，心想，换一种死法或许比这强。护士到门口对着过道叫："杨玲。"

没人应。她叫第二声时，我醒悟过来，这是上午我给自己取的名字，赶忙起身，往屋里冲去。"聋子呀，这边走。"她让我脱掉布鞋，换上门后的塑料拖鞋，每双拖鞋，不仅旧，而且脏得可疑。我犹豫了一秒钟，就换了。

门里左边抵墙，一条窄长板凳上趴着一个刚从手术台上下来的姑娘，下身未有任何遮盖的衣裤。两个不知是护士还是医生的女人坐在一张桌子前，管着病历，管着收钱，说街上卖的月经纸不卫生，得买医院的纱布棉花，说是消过毒的。

"脱掉裤子，上那张床去躺好！"收钱的护士命令道。

打着寒战，我剥下长裤，脱掉里面的短裤时，我的手指像冻麻了一样，半天脱不下来。"快点，装啥正经？"退去内裤后，我看了那人一眼，她连眼皮也未抬。

我躺在高高的铁床上，觉得这间屋子极大，天花板和墙上都飞挂着墙屑，长久没粉刷过了。三个像中学教室里那样的窗，玻璃裂着缝，没挂窗帘，外面是院墙，没有树，也看不到一角天空，哪怕是暗淡的天空。长日光灯悬在屋中央，光线刺人眼睛地亮。两张床，另一张空着。铁床上油漆剥落，生着铁锈。这个市妇产科医院据说抗战时就建了，怕是真给好几辈女人使用过。

"张开双腿！以前刮过没有？"一个戴着口罩的女医生坐在凳子上，一边问一边将一堆用布包起来的重物往我身上一放。那布的颜色和搭在我下半身上的布同样，是洗不干净的脏灰色。

"没有。"我说。

"把腿张开点！往边上些！"

她的每个不耐烦的命令都叫我心惊胆战，我看着天花板，手抓紧铁床冰冷的边。她打开压在我身上的布，亮晃晃的手术器械叮当响起。我不敢看那些钳子刀夹子剪子。突然我想，现在翻身下手术台还来得及，我是要这个孩子的，不管我将要为这个孩子付出多大的代价，我是要他的，就像那天我想要他的父亲，把自己毫无保留地交给他的父亲一样，泪水顺着眼角往我两鬓流。医生身子移开，我突然看到房间一角，桌子上一个搪瓷白盘，搁了好多形如猪腰血糊糊的肉块，那上面也会放上我的孩子。是的，我这刻跳下来逃走，还不晚，拥有了这孩子，就等于拥有了他的父亲，等于他的父亲复活。我的双腿刚一动，一件冰冷的利器刺入我的阴道，我的身体尖声叫了起来，泪水从我的两鬓流进头发。这第一声自发的尖叫后，我就咬住牙齿，手抓紧铁床。

母亲说过她抬不动石头,快倒下时,就念毛主席的语录"下定决心,不怕牺牲,排除万难,去争取胜利"。要不然念佛,求佛保佑,就能挺住。我没有念语录的习惯,也没有念佛的本领,我只能更紧地咬着牙齿,双手抓牢铁床。医生连个帮忙护士也不用,把用完的器械扔到一个大筐里,从我身上的布取过来又一件器械,捣入我的身体,钻动着我的子宫,痛,胀,发麻,仿佛心肝肚肠被挖出来慢慢地理,用刀随便地切碎,又随便地往你的身体里扔,号叫也无法缓解这种肉与肉的撕裂。

知道这点,我的号叫就停止了。我的牙齿都咬得不是我自己的了,也未再叫第二声。我的眼睛里,屋中央的长日光灯开始缩短,缩小,成为一点,旋转起来,像个巨大的又白又亮的球向我垂直砸下来,我的眼前一团漆黑。

睁开眼睛,我看到了那个医生站在我面前,她取掉口罩,她长得其实挺漂亮,下巴有颗痣,很显年轻,最多也不过三十来岁,脱掉白大褂,她可能也是好妻子好母亲。她没有说话,她在想什么,我不知道。我的脸上和身上一样全是汗,嘴唇都咬破了,双手离开铁床,还恐惧得握成拳头,我觉得房间冷极,像有很多股寒风朝我身体涌来。

我从床上滑下地,穿上塑料拖鞋,那被我自己杀死的孩子,我不忍心去看。我有一个强烈的预感,我不会再有孩子,一辈子不想再要孩子。没有一个孩子,会比得上这个才两个多月就夭折的孩子在我生命中的分量,我这样的女人,生出来的孩子只会比我更不幸,更难过长大成人这一关。

我一步一步往那根长板凳走,谁也没有扶我一把,我挨近长板凳,就侧身倒了上去，蜷成一团，手捂紧下部。

一个护士朝门外大声叫下一位做手术的。她对那儿的女人们训斥道："刚才这人就不叫唤，你们学学她不行吗？"

"肯定脑子有问题。"另一个坐在桌子边年纪大的护士说，"去，叫她快点穿好衣服走。要装死到马路上装去。"

"让她待着，等我写完手术情况再叫她走。"

不知过了多少时间，可能就三四分钟，我觉得手里多了几张纸，就尽力在长板凳上撑起身子看。子宫深度：10。有无绒毛：有。失血多少：多。有无胚胎：有。我看到这儿，还未看完，便刷刷几下把病历撕成碎片，目光发直，那些纸片跟着我的身体站起，掉在地上。我什么也没说，穿好裤子袜子，换上布鞋，也没看屋子里人的反应，扶着墙慢慢挪出了手术室。

3

温暖的水从头发淋到脚心，我擦着肥皂，不时望望墙顶那个桶的玻璃管水位到哪。公共浴室，一人一格，半边木门挡着，衣服放在门上端水泥板上。

也许是中国女人的体质，生小孩后要坐月子，必须躺在床上休息一个月，吃营养食品。流产等于小产，也一样得包头或戴帽子一个月，不能让风吹，风吹了以后就要落个偏头痛。这一个月漱口要温热水，不吃生冷食品，不然牙齿要难受；即使偶尔下床不要拿重物，不然腰和手腿都要酸痛。若要洗澡，得等月子结束。

我顾不上这些规矩，没几天，就跑上了街，直奔公共浴室去。

生平第一次化钱进浴室的我，在淋浴时，感到一种说不出的安慰，好比亲人爱护着我照顾着我。裸着身体在水流中，哪怕瘦骨伶仃，也无比美好，我已好久不抚摸自己了，我从没抚摸那从未隆起过的肚子，待肚子里什么也没有，我才感到里面真的太空。

听说男浴室是一个大盆塘。女浴室却有二十个淋浴，管理人员是个胖胖的女人，一件薄汗衫短裤，穿了双雨靴，总在格子间的空道上走来走去。检查谁的水已完，就叫这人动作快点，到外屋穿衣，因为有人候着要洗。谁的水烫需要加冷，谁的水凉，需要加热，她就那么跑来跑去调水温，地上滑溜溜的，雨靴踩着水啪嗒啪嗒响。浴室里热气腾腾，未遮全的格子门露出女人漂亮或不漂亮的腿和脚。

在这段时期，只要手里有了几文钱，我就拿了干净衣服，往浴室跑，去排队。好像是让我身上流过的水，冲走我要忘却的事，让它们顺着水洞流进沟渠，流入长江。

4

第二年夏天我临时决定参加高考，根本没有准备，却也去试了。这样的考试当然失败，最后两科，我都只答了一小半。我知道自己无望，我家的血液里早已注定我不可能和大学沾上边。

高考落榜之后，一所轻工业中专学校录取了我，专业是仅比当工人好一点的会计助理。学校在嘉陵江北边的一个乡镇。去或是不去？已尝到自由滋味的我，不愿被一个所谓的"专业"束缚，但两年学习毕业后，我就可以有一个稳定的职业，有一份三十多元的工资，生活也暂时有了保障。

去报到注册时，学校已开学两周。

两年时间很快过去。母亲在一次春节时往学校寄来一封信，里面夹了纸币，从不写信的母亲附了一张纸条："六六，回家来过年。"就这么几个字，写得歪歪扭扭，"家"字还少了一撇。我收了做路费的钱，没有回家，也没给她回信。

毕业分配后，我有了一个工作，与两个姑娘共居一室，安放一张窄窄的床铺。我尽量争取外出，出差，请事假，后来干脆请了病假，说回家休养，实际上是只身逛荡在这个广袤无边的土地上。北方，走得最远是沈阳和丹东，靠近朝鲜，南面是海南岛、广西，濒临越南，东边是长江下游一带，一个个城市，无目的地乱走，有目的地漫游。

我仅与二姐保持偶然的通信联系。她来信说，四姐夫德华死了，晚上肚子痛，发高烧，到南岸区医院，开刀以为是阑尾炎，打开才知是腹膜大面积感染，一开刀就没治了，死时很痛苦。

我很怕收到她的信，信里没有什么好消息。她的信说大姐已回到山城，和那个高个男子住在一起。回来前大姐和前夫打了一架动了刀子，小女儿吓得上去挡架，脸被前夫划了一刀，破了相。大姐痛哭数日，精神崩溃。前夫告她，说是由于她上门打架，才导致他误伤了女儿。她被公安局抓去，在拘留所里关了两个月，出来后依然原样。三哥有了个女儿，五哥和一个农村女孩结了婚。

"前两天张妈死了，被丈夫气死的，"二姐写道，"你记不记得，就是那个当过妓女的？"

我当然记得。二姐的信从不问我在干什么，也很少提母亲父亲。她不必提，我清醒时更不想知道，我在梦里却不断回去，我看得见那个位于野猫溪副巷，和其他房子相连在一起的六号院子。

堂屋连接天井的门槛可能烂掉被扔了，天井青苔更多，两旁的屋檐下依旧挂晾着衣服，阴郁的天空，站在天井里才能望见，大厨房坍了，屋顶成了两大窟窿，灶神爷石像的壁龛剩个黑乎乎的坎。我家的灶上堆满了瓦片、砖和泥灰，已经无法生火了。有一天屋梁倾塌，整个大厨房几乎成了废墟。还好，自来水管接到院子里，再不用去挑水了。邻居差不多都是新面孔，一年又一年，有点办法的人家都搬离了，留下的原住户，他们的孩子长大，成家，也养了孩子，却没能力搬离。原住户，加上一些毫无办法立即搬进这儿的住户，依然十三家。

没了厨房，我家在堂屋用小煤炉烧饭。对门邻居程光头在往一个瓦罐浇水，瓦罐里堆了泥巴，有几株蒜苗，他嘴里念念有词，默坐运气。之后对我父亲说，那些蒜苗会生出延年益寿的花籽。

那间阁楼还是两张床，但布帘没了，一张床用席子盖着，不像有人睡的样子，我以前睡的靠门的一张床，铺着干干净净的床单，放的却是父亲的药瓶衣服和小收音机。父亲怕吵，图楼上清静，非要住上面。小桌子移到床边，放着茶杯。没有叶子烟，父亲抽了几十年的烟不抽了？

四姐又结婚了,住在婆家,新丈夫也是建筑工人。

野猫溪副巷整条街,各家各户的房门,白天仍不爱关门,家里来了客,门前照旧围一大串叽喳不停的邻居,看稀奇。若某家房门关,一定在吃什么好东西,怕人碰见来分嘴,吃完门才打开。

一下雨,所有洗澡洗衣的木盆木桶,都移到露天蓄雨水。铁丝箍的木盆木桶,本来就得经年泡在水里,积下的雨水用来洗衣服,洗桌椅碗柜,最后洗脏臭的布鞋胶鞋。自来水还是金贵的。

还是那一条江,那一艘渡船,那些连绵叠嶂的山,那些苍白发着霉味的人,新一代工人顶了旧一代工人,生活一点也没有改变。

我听见自己的声音在说,你必须背对它们。大部分时间我埋头读书,什么书都读。也一个劲地写诗写小说,有正儿八经的拿去发表,赚稿费维持生活,歪门邪道的收起来,不愿意给人看,更多的时候写完就扔了,不值得留下。

一段时期我沉溺于烟与酒里,劣质烟与廉价白酒,80年代中期南方各城市冒出成批的黑道诗人画家小说家,南来北往到处窜,我也在里面胡混。什么都不妨试试,各种艺术形式,各种生活方式,我的小包里或裤袋里始终装着安全套,哪怕没能用上,带上它,就感到了性的存在。爱情在我眼里已变得非常虚幻,结婚和生养孩子更是笑话,我就是不想走每个女人都得走的路。我一次又一次把酒当白开水似的喝,我很少醉倒,装醉佯狂,把对手,有时是一桌子的男士全喝到桌下去。

我结交女友大都是在贴面舞会上。我们为彼此装扮,为彼此剪奇特的短发式,穿着和男孩子差不多的最简单的衣服,夏天裙子里很少穿内裤，结伴而行去熟人和非熟人家的聚会。关上门拉下窗帘，黑了灯，图方便，也图安全。我从来没被警察抓去关上几天几月，也算够幸运的。偶尔也有公安局来查，被抓住盘问的人不多，大部分人翻窗夺门逃走。反正过不了多久，在另一城市又会碰到熟面孔。

西方的流行音乐成了80年代中国地下艺术界的时髦。我们跟着乡村音乐的节奏，怀里抱着一个人，慢慢摇，不知时间地摇，逃避苦闷和压抑。这时我可以过过幻觉瘾，好像快乐已抓在手中。

另一曲开始，听到猛打猛抽的迪斯科，一把推开对方，凶猛地扭动身体，鞋跟要把楼板踢穿，好像只有这么狂舞掉全部精力，才能催动我继续流浪。我的脸，早已失掉青春色泽的脸，只知道及时行乐地笑，已经不会为任何人，也不会为自己流一滴泪了。

有天晚上我喝得比以往任何时候都多，酒烧焦了我的身体，房间小而拥挤不堪，音乐声虽不太吵，但是空气混浊，我从双双对对相拥在一起的人里往门边挤，奔出房间，一个女友跟了出来。

黯淡的路灯照着乱糟糟的街，没有人走动，我只想一人待着，我腻味所有的人，包括我自己，我跑得很快，那位女友没能跟上。

穿过一条巷子，拉粪的板车从我身边的马路经过，洒水车的铃声在惬意地响着。我走下两步石阶，扶着一间房子的墙壁，突然疯狂地呕吐起来，酒混合着酸味的食物碎屑，从我嘴里往外倒。好一阵，等喘气稍定后，我从口袋里抽出一张纸，想擦擦嘴，却看到这是一首在地下油印杂志上的诗：

在灾难之前,我们都是孩子,
后来才学会这种发音方式,
喊声抓住喉咙,紧如鱼刺。
我们翻寻吓得发抖的门环,
在废墟中搜找遗落的耳朵,
我们高声感恩,却无人听取。
灾难过去,我们才知道恐惧,
喊声出自我们未流血的伤口,
出自闪光之下一再演出的逃亡。
要是我们知道怎样度过来的,
靠了什么侥幸,我们就不再喊叫,
而宁愿回到灾难临头的时刻。

  我一边读,一边觉得舒服多了。这首诗,就像是专为我这样靠了侥幸才从一次又一次灾难中存活下来的人写的,我记得作者姓赵,或许命运真能出现奇遇,让我碰见他,或是一个像他那样理解人心的人,我会与这样的人成为莫逆之交,或许会爱上他,爱情会重新在我心里燃烧。或许,我的写作,早晚有一天能解救我生来就饥饿的心灵。

第十九章

1

离家多年,当我决定走得更远的时候,在1989年初我回了一次家。

快到六号院子门口时,我才有点忐忑不安,不知家里人会怎样对我。父亲坐在堂屋家门口一小炉子边,他把几层外套重叠着穿,缩着腰,怕冷似的双手插在袖子里,正对着院大门。眼睛已完全看不见了,但能感觉是我,能听出是我的声音在叫他爸爸,他笑了。

母亲从屋里走出,手里的一节藕掉在地上,她变得很老,背更驼了。她说:"你回来做啥子,你还记得这个家呀?"话很不中听,但她看着我的神情告诉我,对我的回家她又惊又喜。

我把随身带的帆布小旅行箱放下,目光四下望着。这儿的一切,包括父母,与我想象的一样,只不过更为朽败,毫无新奇之处,也没有亲切的感觉。而我回来也不过是瞅上一眼,对自己曾经那么多年在这地方生活做个交代,有几分是为了看父母呢?

最多后天,说不定明天,我就走。

吃过晚饭,天就完全黑了。在屋子里,不管怎么弯着头,也看不到一点窗外掉尽叶子光秃秃的黄桷树。我脱了衣服上床,母亲在给五屉柜上的一尊佛规规矩矩作揖,嘴里轻轻念叨着什么。那是个和喝水杯子差不多大的瓷人,瓷人的面前放着一个小香炉。母亲信佛比以往更为虔诚,已把佛请到家里来。

母亲上床后,与我的身子挨得极近,我很不习惯往里面挪了挪,她扯过她的棉被给自己盖上。架子床靠墙一边横搁了一个窄窄的木板,上面放了夏天衣服,和一个个用布包起来的小包袱。弄得一张床不伦不类的,而且稍不注意,一抬头,就会撞上。我忍不住说:"床下有箱子,还有五屉柜,都装不下了?"

"这你就不晓得了,把东西包起来,随时就可以走。"母亲说。

还不等我问她走哪儿,她就说,她准备好了,一失火,就可以拎走,先牵走我父亲,再拎包。

呼吸着母亲的气息,我想,她不过才六十二岁的人,脑子却真是老了。

我眼皮开始打架,粘在一起。奇怪,我在外每夜靠安眠药才能入睡,一回到家,不必服药,脑子马上昏昏沉沉。

母亲关了灯,她说这个月退休工资没领成,几家造船厂都发不起工人工资,退休工人连领一半退休金也不行。大冷天她去了好几次都白跑，有几百个退休老年人在公司大门口静坐。她怕冷，怕心脏犯病，没有去。公司若再不发退休工资，他们说要到朝天门港口去静坐。"那么冷，都是上了年龄的人，活不了几天，朝死里奔。"黑暗中，母亲自言自语："我现在就是去一趟石桥广场买菜，人就累得不行。"

这几句我听清楚了，我对母亲说："我要睡着了，明天我给你钱就是了。"

母亲想说什么，果真停了嘴。她那么说，不过是提醒我应当养家的一种方式罢了。

母亲也不问我的情况，在外边干些什么，她依然不把我当一回事。不过她问，我能说什么呢？假如我告诉她，她的第六个女儿靠写诗写小说谋生，她一定不会相信也不明白。我已经二十六岁，往二十七岁靠了，她也没有问一问我有没有谈对象，什么时候结婚？也可能她明白，我这种女儿的生活方式，还是不问为好，省了焦心。

2

第二天我醒来，就闻见烧香敬佛的大众牌卫生香，气味刺鼻。香炉上弯弯曲曲冒着三根白烟。父亲早起来了，摸下楼。面朝我站着，他喘得很厉害，在喝一种颜色很浓的药水。他看不见我，只是感觉到我站在门槛边。

母亲提着菜篮回来，她把白萝卜，还有几两猪肉、一束葱，放在门外靠墙放的竹桌上。我过去帮母亲理葱上的须和黄叶，掏出钱给她。母亲把钱仔细地数了数,还了两张给我。我没推辞,就收下了。我对母亲说,我以后还会寄钱给她。

"一笼鸡不叫,总有只鸡要叫,"母亲说,"我知道你会最有孝心。"

"我明天一早就走。"我打断母亲。

母亲脸上的笑容顿时没了,嘴里却说:"你昨天晚上讲,我今天就多买点菜呀,你啷个不早点说嘛。"

父亲把炉子边上的扇子拿着,在对着炉子扇。母亲走过去,一把夺了下来:"火燃得又不是不好,搧啥子,瞎起个眼睛,尽添事!"

她是有气想对我发,但又不能朝我发,就对父亲发。人还是得长大,我想,起码长大了,母亲不能随便朝你发火。

整个下午和傍晚家里空气都异常沉闷。晚饭时,五哥回来了一趟,他变得很瘦,人矮了一截,见了我仅说了句"你回来了"。连他都变得如此陌生,那么不用说其他姐姐哥哥了,我决定明天走是对的。我只想等到黑夜来临,盼望这一天尽快结束。

母亲洗了脚,迟迟不上床,墙上挂钟都快夜里十二点,整个院子的人都睡了,她还在翻箱倒柜,找什么东西似的。她一定是记忆出差错了,总找不着。

看着她着急的样子,我躺在被窝里说:"你要找的东西说不定就在我头上的包里。"她拍了一下自己的头,就爬上床,把边上一个布包取下。

我懒得看她,干脆闭上眼睛,准备入睡。

母亲叫我，我张开眼睛，见她手里拿着一支口琴，摊开的布包上是墨蓝色儿童绒帽。口琴和帽子都是我曾径见过的，她把口琴递给我。"你再也见不到他了。"她说这话时好像带着一种莫名的快感，仿佛是一个击中要害的报复。

"为什么？"我问，我知道母亲在说谁。

"他得肺癌死了。临死前他希望见到你和我，让他的老母亲去找你二姐，好不容易找到二姐，二姐却没有过江来叫我，即使叫了，你也不在。"母亲拿准我地说，"即使你在，你也不会去的。"

"我不在。"我喃喃重复母亲的话。在1986年4月20日生父咽气的那一刻，三年前，二十四岁的我在哪里？在哪个城市潇洒地打发时光？可能和一群人在喝酒闲聊，哈哈大笑，正把身体倒向一个自认为爱我的男人的怀里？我想不起来，感觉脑壳上开始有东西在敲，我从被子里坐了起来，语气平淡地说："人要死了，我还是得去的嘛。"

母亲俯下身的脸，我看不清楚，觉得她在冷笑，但是她的手抹了抹脸，那么说，她在流泪？

二姐写信从来没提这事，我相信她今后也永远不会给我讲这件事：生父的母亲，我的婆婆，为了儿子临死前想见我一眼，来找二姐。二姐却直截了当地说："你不要来找我们家，不要来找我们家六六，我们家六六不会认你们的。"

二姐会一直守住这个秘密，如同她守着另一个秘密一样：她曾代母亲收我生父按月寄来给我的十八元生活费。

母亲后来知道了，也没有一句话责怪二姐。在这件事上，母亲心里一直很虚,她对我们家其他的孩子都总是采取一种卑微的姿态,把一腔委屈和悲痛留给自己。

母亲说她有感觉,连续好些天夜里做梦,都梦见我生父像个小儿哭啼,责怪她不去看他。以前他在她的梦里不是这副样子,母亲便知道他已走了。

癌症晚期,没有医院肯收他,集体所有制的塑料厂付不出医疗费,家里人抬着他,一家家医院走,只有几张病床的一个乡镇小诊所算是开恩,收下他等死。他的妻子侍候了一段时间,也不干了,连火葬场都不愿去,她心里明白自己在他心里的位置。

"死的时候,他就叫我和你的名字,求他的老母亲再来找我们俩。"母亲停了停,说我生父平常连个鸡蛋都舍不得吃,他得肺癌是由于缺营养,身体差,在厂里长年做石棉下料。婆婆拉住母亲的手哭着说,他才四十九岁,我这种活够了的白发人不死,他啷个死了,老天爷长的啥子眼睛嘛!

3

或许从那以后,母亲就开始把佛请到家中,父亲和母亲也分开睡,母亲可能每夜哭醒?但她比以往更细心周到,照顾着比她大十岁的父亲,天一亮就上阁楼去,倒掉父亲的尿罐,提着烧开的水,为父亲泡上一杯茶,因为父亲的支气管炎,她硬是把父亲的叶子烟扔掉,让父亲戒了烟。父亲生病卧床不起时,母亲就把做好的饭菜送上楼,喂父亲,睡在父亲身边,怕父亲一口气喘不过来。她宁愿自己走在父亲后面,哪怕到时她一人无人照顾,若她走在父亲前头,没她,父亲怎么办?

她不爱父亲,却为父亲做从未为我生父做的一切,她的孤独,她的心事,只能向佛诉说,她没有一个听众,连她这刻对我说的,也是声音轻得不能再轻。知道眼瞎耳聪的父亲未睡着,听力神奇地好,隔着一层薄薄的楼板也没用,她不愿意伤害父亲,她认为自己伤害父亲已经够多的了。

口琴的冰凉,刺激着我好不容易在棉被里暖和过来的身体。我这个冷心人,不,一个冷血动物,伸过手去拿那顶墨蓝色的小帽,摸着面上的丝绸,里面的绒,帽子上被老鼠或虫咬坏的小洞。我闭上眼睛,想象当年生父怎样从他的裤袋里掏出这顶帽子,然后把它戴在我的小脑袋上的一串动作;站在严冬寒流中,他对母亲说风大,不要让我着凉了;我十八岁时,我们一辈子唯一的一次会面,他那副小心翼翼百倍讨好,想讨我喜欢的种种情形。

他在城中心的最高点枇杷山公园,对我说过的话,当时我根本不在意,这时我却一字一音记起来了。

他说,尤其是你未来的丈夫,绝对不能让他知道,你的身世,你千万不要透露给任何人。不然你丈夫公婆会看不起你。以后一生会吃大苦,会受到许多委屈。

他说,在他跟着我时,他看到我受人欺侮,又不能奔过来帮我,心里直恨自己。

他说,你得原谅我没有尽到一个做父亲的责任,你得原谅你妈和我，你得对你妈好点，为了你，她太受苦了。

那个焰火齐放的夜晚，想起来真是灿烂。我当时感觉到那是一个节庆，不明白这座山城有什么可喜气，想必是国庆节。为了确认，我在图书馆翻到1980年旧历八月二十三日，母亲和生父记在心头的我的生日。原来那天正是10月1日，庆祝共和国成立三十一周年的大喜日子。那天晚上最高级领导人在人民大会堂宴请外宾，柬埔寨诺罗敦·西哈努克亲王和夫人，以及越南流亡领袖黄文欢。

我把装订好的一册册报纸逆时翻，手指一触，泛黄的纸，一不小心就脆开一条缝。越接近1962年9月21日——我出生的那天，我的手越抖得厉害，纸的裂缝也就越大：那是个星期五，为旧历壬寅年八月二十三日。那天发生最大的事，是声讨美帝国主义侵略罪行，我空军击落U—2美蒋间谍飞机，毛主席接见空军英雄。赞歌颂曲一片，云南烟区精选烟种，江西旱烟收成也好极了，我的家乡四川提供耕牛两万五千多头给缺牛区，广西中稻丰收等等。越往我出生前大饥荒那些年翻，消息越是美好，生活越是美丽……

天已开始有点发亮，卷烟厂又雷鸣般放蒸汽。我毫无睡意，索性起来。母亲从布包底抽出叠得整齐的蓝花布衫，说："你试试。"我生父九年前为我扯的那段布，母亲已把它做成一件套棉袄的对襟衫，一针一线缝得扎实均匀。

我站立床前，把衣服穿在身上，一颗颗布纽扣扣好，母亲呆呆地看着我。如果她这时，对我说一句："六六你留下，多住几天。"我会改变主意的。她没提出,我就坚持原来的打算,一早就走。

我让母亲躺到床上,她很听话,就躺了上去。我穿着衣服在她身边躺了下来,把房间里的灯熄掉。

母亲的眼睛闭着,呼吸变得均匀,但我知道她没睡着。

鸡叫第一遍,江上轮船的鸣叫零零落落,传到半山腰来,像有人在吊嗓子那么不成调地唱着,一遍又一遍,都不满意,又重新起头。我下了床,穿上皮鞋,这时,听见母亲轻轻地说:"六六,妈从来都知道你不想留在这个家里,你不属于我们。你现在想走就走,我不想拦你,妈一直欠你很多东西。哪天你不再怪妈,妈的心就放下了。"她从枕头下掏出一个手帕,包裹得好好的,递给我。

我打开一看,却是一元两元五元不等的人民币,厚厚的一沓,有的新有的皱有的脏。母亲说:"这五百元钱是他悄悄为你攒下的,他死前交给你的婆婆,让你的婆婆务必交给我,说是给你做陪嫁。"看见我皱了一下眉,母亲说:"你带上!"她像知道我并不想解释为什么不嫁人,她没有再说话。即使我想说点什么,她也不想听。

那天清晨雾很大,重庆层层叠叠的房子很快消失在雾幛后面。

我提着小箱子走到江边,江上雾好像是专为我而散开,好让我坐轮渡过江,我一直来到江对岸,走过沙滩,上了一坡长长的石阶,站在朝天门码头顶端,四十六年前我母亲从乡下坐船来到这个城市的地方,江上没有一声汽笛,像哑了一样。

这么说,我"成年"后每月十八元不要他付了,他看到我成人了,飞走了,他还是每月成习惯地把钱省出来留给我。没有机会再偷偷跟在后面看我,他可能心里空得慌。他的情感专注,到死还想着我,没有一点改变。而我呢?连一声爸爸也不愿喊,我看不起这种情感,我鄙弃地把他推到一边,丝毫也不犹豫,连转过头去看他一眼也不肯。

突然泪水涌满我的眼睛,我竭力忍住,想吞回肚子,但泪水不再听我使唤,哗哗地往外淌着,我身子痛得站不住,依着石墙直往台阶上滑。

4

1989年2月,我乘火车到了北京,在鲁迅文学院作家班读书。3月份,一些小型或不太小型的聚会已在大学校园里举行,学生们在热情地辩论中国应当成为什么样的国家。到处是歌声,到处是激情澎湃的人群。

我和同学们一起,在人流中,想起离开重庆时,特地转道去郊区看生父的墓。墓在一片只种杂粮的荒野岭上,不过是在埋他的骨灰的土上面,堆了些石头,一些大大小小的乱石,垒成一个小堆,算是标记。连个起码的碑石、连个名字也没有,旁边乱堆了一些南瓜藤玉米秆,山坳下种了红苕高粱。看来他的农村妻子和两个儿子,也想把他忘掉。当然,多少年来每个月他得给另一个非婚生的孩子十八元钱,这么大笔钱,谁能抑制得住怒气?还不用说他的心从来都未真正属于这一家,尽管他拼命劳作干活,履行一个丈夫和父亲的责任。

我的那两个从未见面的弟弟,会问姐姐在哪里吗?也许我和他们一生都不可能见面。

　　宽阔的马路，人行道两旁全是人，墙上树上也有人。这么多人，这么整齐的呼喊，这么蔚蓝的天空，祖国首都的天空，在这个我从小向往的地方，圣地一般的地方，我的心跳在加快，跳得迅猛而有力。

　　我看见一个小女孩在南方那座山城的长江边，在暗沉沉的雨云下飞快地奔跑。那是五岁半的我，我一边跑，一边想，尽管我不认识路，但只要我顺着长江往下游跑，就一定能找到在江边造船厂做搬运工的母亲，把五哥腿被缆车压伤的消息告诉她，叫她赶快回去救五哥。雨越下越没完，密密地铺洒下来，江岸翻成一片泥浆，在我的脚下溅起。我跌倒了，马上爬起来，继续跑。

　　一阵口琴声，好像很陌生，却仿佛听到过，这时从滔滔不息的江水上越过来，传到我的耳边，就像在母亲子宫里时一样清晰。我挂满雨水的脸露出了笑容。

1996年6月初稿

1996年11月终稿

2013年1月修订